LES CORPS DE VERRE

"Actes noirs"

DU MÊME AUTEUR

PERSONA. LES VISAGES DE VICTORIA BERGMAN 1, Actes Sud, 2013 ; Babel noir n° 117.
TRAUMA. LES VISAGES DE VICTORIA BERGMAN 2, Actes Sud, 2014 ; Babel noir n° 132.
CATHARSIS. LES VISAGES DE VICTORIA BERGMAN 3, Actes Sud, 2014 ; Babel noir n° 142.

Titre original :
Glaskroppar
Éditeur original :
Ordfront Förlag, Stockholm

ISBN 978-2-330-05656-8

ERIK AXL SUND

Les corps de verre

MÉLANCOLIE NOIRE

roman traduit du suédois par Rémi Cassaigne

ACTES SUD

PHASE I : CHOC

"Life is meant to be more than this and this is a bum trip."

VA MOURIR
Salem

Elle s'appelle comme la mère de Jésus et vit à Salem, au sud de Stockholm, à deux syllabes de Jérusalem.

Maison oubliée de Dieu, pense-t-elle en remontant la piste cyclable vers le grand ensemble gris. Le quartier est plongé dans le noir par une nouvelle coupure de courant, la troisième cette semaine, et, comme le digicode ne marche pas, elle sort ses clés.

Ses mains tremblent, sans qu'elle sache si c'est de peur ou d'impatience.

Dans le sac plastique qu'elle tient, une bouteille d'alcool de contrebande de marque russe et un litre d'eau de Javel.

Maria ouvre la porte de l'appartement et pénètre dans l'entrée obscure. Cherche des bougies, les dispose sur la table du séjour et les allume.

Elle prend son téléphone. La dernière personne à qui elle parlera doit être quelqu'un de confiance, et Vanja est la seule qui puisse peut-être comprendre. Elle est descendue aussi profond.

Toucher le fond est une mauvaise comparaison. C'est une bouillie, un marécage dénué de sens : plus on lutte pour en sortir, plus profondément on coule.

Le téléphone sonne, mais Vanja ne répond pas.

Elle attend. Appelle encore plusieurs fois Vanja, sans résultat.

Mais il faut qu'elle parle à quelqu'un, et par défaut, ce sera Isaak. Ils ne se sont pas vus depuis son dernier atelier au Lys, et en fait ils ne se connaissent pas vraiment. Mais elle l'aime bien. Il répond juste avant la quatrième sonnerie.

"Salut, Maria", dit-il, et elle entend qu'il est dehors. Le vent souffle dans le micro. "Ça va ?"

Sa voix atténue un peu le froid qui engourdit son corps. Elle jette un œil sur le sac plastique.

"Ça va, ment-elle. Je viens de finir mon autoportrait, tu sais ?"

En fond sonore, chuintement de vagues et rires de mouettes.

Tellement différent de sa bande sonore à elle.

"Super. Et le nez, tu t'en es sortie?" demande-t-il en riant. Maria songe aux heures qu'ils ont passées à s'acharner à trouver le bon angle à son nez tordu. "Oui, je crois", répond-elle, luttant contre l'envie d'être sincère et de lui dire comment elle va vraiment.

La fatigue et l'obscurité. Lui avouer ce qu'elle s'apprête à faire.

Mais c'est impossible. Les mots forment une barrière entre elle et le monde, et il va la trouver banale.

Sa réalité n'est pas la sienne. Ce qui est pour elle le mont Everest n'est pour lui qu'une petite pente.

"Le résultat est trop bien", poursuit-elle en étouffant le cri qui veut se frayer un passage par ses canaux lacrymaux et en écartant le téléphone pour qu'il ne devine pas son désespoir.

Elle voudrait qu'il entende ses appels à l'aide muets, mais non, et le froid reprend sa progression sournoise, lentement, mais sûrement. Elle n'a pas peint. Pas un trait de pinceau. Pas eu envie. Pas inspirée par son cours, même s'il était très bien.

Pas eu envie de quoi que ce soit.

Mais elle dit qu'elle a de grands projets et commence à entrevoir un chemin qui mène quelque part.

Que des mensonges.

Ils raccrochent et elle se sent aussi vide que gelée.

Une mite s'égare sur une des bougies. Elle grésille et tombe sur la table. Brûlée, mais pas morte. Elle la laisse là.

Elle prend une des bougies et va dans sa chambre chercher son journal.

Personne ne doit lire ce qu'elle a écrit. Revenue sur le canapé, elle arrache les pages une à une et les met en boule.

Soudain, l'air semble plus dense. Un claquement à la cuisine suivi d'un ronronnement. C'est le réfrigérateur : le courant est revenu.

Elle souffle les bougies, allume l'abat-jour puis retourne dans l'entrée pour prendre le walkman dans la poche de son blouson. Au moment même où elle pose le magnétophone sur la table à côté des boules de papier, l'abat-jour s'éteint. Le courant a encore sauté.

Ce sera la dernière fois qu'elle se fait du mal.

Maria Alvengren mélange le cocktail dans le noir, sans en renverser une goutte, dans cette maison oubliée de Dieu alors qu'elle n'est qu'à deux syllabes de Jérusalem.

Un décilitre de vodka, un décilitre d'eau de Javel.

Elle ne vomit pas en ingurgitant le mélange mortel. Ni au deuxième verre. Ni au suivant.

Elle se sent comme un enfant les jours avant Noël. Un enfant qui ne peut pas s'empêcher de toucher le papier glacé prometteur des paquets.

Un vent froid fouette ses chevilles nues quand elle ouvre la porte du balcon.

Dans sa tête résonne Hunger.

Le vertige lui fait contracter l'intérieur de la cuisse : un réflexe de fuite.

Elle est une proie.

HURTIG
Runmarö

Les dernières lueurs du jour colorent de rose les rochers et la cime des arbres. En contrebas des arbres qui s'éteignent, l'eau est bleu-gris dans le crépuscule, mais les sorbiers sont encore d'un rouge éclatant.

Deux tranches de filet de bœuf, avec chacune sa patate au four et sa demi-baguette, le tout rincé par un litre de bière, rendent presque agréables les sept degrés d'une soirée d'automne humide au bord de la Baltique. Le commissaire de police remplaçant Jens Hurtig est confortablement assis. Enfoncé dans une chaise longue à l'épreuve de l'hiver, sur le ponton, à un jet de pierre de la maison qu'ils louent, il se sent aussi lourd que les gros blocs erratiques qui parsèment l'île.

Hurtig regarde au-delà des rochers. D'après une tradition, ce sont leurs faces rouges qui ont donné à l'île son nom. *Rudhme*, ancien terme nordique signifiant la rougeur, ce qui décrit bien ce qu'il a sous les yeux.

Il entend Isaak dire au revoir d'une voix inquiète, puis ses pas sur le ponton. Hurtig a essayé de ne pas écouter la conversation, mais il n'a pu éviter d'en saisir une partie.

“Une fille qui avait besoin de parler”, explique Isaak en regagnant la chaise longue voisine.

Hurtig hoche la tête et prend deux autres bières dans le seau, sur le ponton.

“C’est quand ils assurent qu’ils vont bien qu’il faut ouvrir l’œil, continue Isaak en ouvrant sa bière avec un clic humide. Mais je ne sais pas… Je m’inquiète peut-être pour rien.

— Avec qui parlais-tu ?

— Maria.

— Tu la connais bien ?”

Isaak se passe la main dans les cheveux et boit encore quelques gorgées de bière avant de répondre. “Pas spécialement, en fait. C’est une fille de Salem qui a participé à quelques-uns de mes ateliers, au centre d’animation Le Lys. Pas très loquace. Ça a dû être notre plus longue conversation jusqu’ici, et c’est bien ça qui m’inquiète.

— Avec ma frangine, c’était le contraire, dit Hurtig, tandis qu’un souvenir vieux de quinze ans lui revient. Elle était toujours très bavarde, mais notre dernière conversation a été très courte.”

Hurtig est gêné par la compassion qu’il lit dans les yeux d’Isaak. Il détourne la tête, regarde au large et continue : “Elle m’a dit : « Je t’aime frérot. » Rien d’autre.”

Puis elle a raccroché et est allée se pendre, pense-t-il.

Il entend la respiration d’Isaak. Lente et régulière, en contraste avec les rafales de vent dans les arbres autour de la maison. Une branche heurte de temps en temps le toit de tôle. Le vent se lève.

“Joli, reprend Isaak au bout d’un temps. Un joli adieu.

— Oui, sans doute.

— Je devrais m’inquiéter pour Maria, tu crois ?

— Je ne sais pas, soupire Hurtig, pensif. Tu te soucies d’elle. La faculté d’empathie est bien ce qui fait un être humain, non ?

— Qu’est-ce que l’empathie ?

— Le fait de ne pas vouloir heurter ou blesser les autres, propose-t-il en laissant libre cours à ses idées. De pouvoir se mettre à leur place.

— Le fait d'éviter d'influencer négativement ses congénères, contre Isaak. Et c'est la raison pour laquelle un homme politique ne pourra jamais être complètement humain. Peut-être qu'un artiste non plus, d'ailleurs. Ce métier exige des sociopathes, et même des psychopathes."

Hurtig rit. "Tu veux dire que tu es psychopathe juste parce que tu es artiste ? Ou tu t'amuses seulement à t'enferrer dans ton raisonnement ?

— Comme artiste, je me trouve en position d'influencer plein d'inconnus. Dans ces conditions, je suis bien forcé de me dédouaner des conséquences de mon travail.

— Je pensais que l'art était une affaire de communication.

— Ça, c'est toi qui le dis. Mais combien parlent cette langue ? Non, pour moi, la communication, c'est la conversation que j'aurais aimé avoir avec Maria. Le problème est que je ressens de l'empathie pour elle, mais que je ne sais pas quoi en faire. Je pense faire de mon mieux, mais je n'y parviens pas vraiment et, pour cette raison, mon empathie est absolument vide de sens. En plus, Maria a un penchant autodestructeur, et je ne pense pas qu'on puisse ressentir de l'empathie quand on se hait soi-même."

Isaak le regarde avec une assurance que Hurtig lui envie autant qu'il l'admire. C'est peut-être une question d'âge. Isaak n'a pas trente ans, et lui bientôt quarante.

"Quand ma frangine est morte, je me suis haï, dit Hurtig au bout d'un moment. Tout ce qui m'importait, c'était ma mère et mon père. L'empathie est un sentiment sélectif, c'est effrayant, non ?

— Tu étais dans une situation très spéciale.

— Peut-être. Mais est-ce qu'on n'observe pas partout autour de nous ce caractère sélectif ? Les gens se proclament empathiques, mais ils fixent eux-mêmes la limite. Ils éprouvent de l'empathie pour leurs proches, mais se foutent royalement de tous les autres."

La mer clapote sous le ponton, et l'odeur de l'eau saumâtre de la Baltique semble soudain plus salée. Le vent a forci et, avec lui, les coups des branches contre le toit de tôle. Hurtig sent arriver la bourrasque.

"Je t'aime bien, Jens, lâche Isaak avec un sourire torve.

— Moi aussi", répond Hurtig.

Le reste des bières coule en silence, et le soir s'assoupit tandis que la mer s'éveille : écume à la crête des vagues et embruns roses autour des trois écueils devant Nore.

Isaak raconte que Strindberg a commencé le roman *Au bord de la vaste mer* dans une maison de l'île. Hurtig pense comprendre pourquoi et propose d'aller la voir le lendemain. "S'il en reste quelque chose.

— Non, je rentre en ville, dit Isaak en reposant sa bière. Il faut que je travaille un peu avant de filer à Berlin."

Hurtig songe au précédent séjour d'Isaak dans la capitale allemande. Il en était rentré plein d'idées nouvelles. Des tableaux à peindre, des expositions à organiser. Ça avait été une injection de vitamines de quitter la Suède et le monde de l'art étriqué et consanguin des beaux quartiers d'Östermalm.

"Tu veux que je rentre en ville avec toi ?

— Non, ce n'est pas la peine, et puis on aura le temps de se revoir avant mon départ vendredi. Profite plutôt de tes vacances. Tu n'as pas si souvent l'occasion d'aller à la campagne.

— Ma première semaine de congé depuis les deux jours fériés de la Saint-Jean, dit Hurtig en haussant les épaules. Finalement ce n'est pas si mal, vu les sous-effectifs de la police.

— Des vacances dans l'archipel fin octobre. On se contente de ce qu'on a.

— Ou plutôt de ce qu'on vous donne. Mais j'ai un peu mauvaise conscience d'avoir passé toutes mes soirées comme ça, une bière à la main."

Isaak regarde vers le large. "Pas de quoi avoir mauvaise conscience", assure-t-il en posant la main sur l'épaule de Hurtig.

Les branches fouettent le toit.

"Et à cet instant, je dis : *Ô reste… Que tu es beau!*"

Le commissaire de police remplaçant Jens Hurtig rit : "Qu'est-ce que c'est que ça?

— Oh, rien, une déclaration d'amour. Tirée du *Faust* de Goethe."

VANJA
Södermalm

L'ouest de Södermalm abrite aujourd'hui la plus forte concentration de journalistes de Suède. Presque trois pour cent de la population y travaillent de près ou de loin dans la presse.

Pour la même raison que le secteur de Södermalm situé à l'est de Götgatan est appelé Knogsöder – on y risque des coups de poing *(knog)* –, le côté ouest est surnommé Knivsöder – là, ce sont des coups de couteau *(kniv)*. Ces derniers temps, avec la progressive gentrification du quartier et la montée en flèche des prix de l'immobilier, ce surnom a cependant été raffiné en Hummerknivsöder – en référence au couteau à homard.

Vanja Hjorth a bientôt seize ans et habite Knivsöder avec ses parents adoptifs Edith et Paul.

Elle est sur le chemin de la maison depuis plusieurs heures.

Elle s'est consolée de trois tentatives ratées de commander de la bière forte dans autant de bars avec deux bières légères ingurgitées sur le terrain de basket du lycée d'Åsö, et elle se dirige à présent vers le distributeur de billets de Katarina Bangata, pour découvrir qu'elle a perdu sa carte bancaire.

Elle va rebrousser chemin quand elle aperçoit le vieil

homme. Seul avec son déambulateur dans la pénombre, devant le distributeur.

Elle le voit plier plusieurs billets de cinq cents et les ranger dans sa sacoche, posée dans la corbeille du déambulateur. Puis, très lentement, il tourne le coin et s'engage sur Bondegatan.

Elle le suit. Comme elle approche dans son dos, son téléphone sonne et la sonnerie se répercute bruyamment entre les façades de pierre de la rue déserte.

Et merde, se dit-elle tandis que l'homme s'arrête et se retourne pour la regarder. Elle ne répond pas.

Elle saisit plutôt la chance au vol.

Tandis que son téléphone sonne encore, elle arrache la sacoche et s'enfuit en courant.

Les glapissements du vieil homme sont couverts par l'irritante sonnerie qui ne cesse que lorsqu'elle a tourné à l'angle de rue suivant.

Elle arrive à toute allure sur Östgötagatan et voit aussitôt la voiture de police.

À dix mètres de là. Deux silhouettes assises à l'avant. Elle ne peut pas faire demi-tour. Leur passer devant en courant est à éviter, et elle espère qu'ils ne l'ont pas vue déboucher en trombe au coin de la rue.

Elle ralentit et marche vers la voiture de police, l'air le plus détaché possible.

Les cris du vieil homme se sont tus. Peut-être atteindra-t-elle le croisement suivant avant qu'il n'arrive au coin de la rue.

Son téléphone sonne à nouveau. Elle le sort vite de sa poche et le met en mode silencieux.

Elle continue.

Encore quelques mètres. Elle prend à gauche dans la première rue et se remet à courir. Åsögatan, pour regagner Götgatan.

Ce n'est qu'en approchant du métro Medborgarplatsen qu'elle cesse de courir.

Elle a l'impression que son cœur saute hors de sa cage thoracique. Elle se sent vivante.

Quand Maria appelle pour la troisième fois, Vanja est dans le métro, la sacoche du vieux sur les genoux. Elle sort son mobile, va répondre, mais se ravise.

Elle n'en a tout simplement pas le courage. Maria est tellement chiante, parfois.

Avant la correspondance à Slussen, Vanja constate que la sacoche, à part le portefeuille garni de sept billets de cinq cents, contient une boîte de cachets d'aspirine et un agenda élimé.

Elle le feuillette.

Chaque journée est remplie de notes du vieux. Des observations précises sur le temps qu'il fait et, pour une raison inconnue, la liste des poids lourds qui passent sous sa fenêtre.

Elle se sent au bord des larmes, mais le wagon a beau être quasi vide, elle se retient. Les larmes sont quelque chose de privé.

Devant elle, sur une paroi vitrée, une publicité pour une grande marque de cosmétiques. Une belle femme lui sourit avec ses dents blanches, et Vanja voit son propre visage se refléter à côté. Cheveux noirs en bataille, cernes sombres sous les yeux. Certains prétendent qu'elle est mignonne, mais elle sait qu'ils mentent. Elle sort un stylo de sa poche et se souvient d'un blog qu'elle a lu la semaine précédente.

Maquille-toi jusqu'à disparaître, et n'oublie pas les petites lèvres! écrit-elle en travers du visage de la femme, avant d'ajouter : *Si tu as de la cellulite – arrête ça!*

À la station Zinkensdamm monte un type ravagé. Il tient des tracts, en pose un sur le siège à côté d'elle, puis se dirige vers les autres passagers.

C'est la photo d'un petit enfant et quelques mots qui parlent de cancer et de pauvreté.

Elle dépose six des sept billets de cinq cents sur le siège, se lève et se met devant la porte.

Elle a le temps de descendre avant qu'il ne découvre son don.

Devant la station de Hornstull, c'est le chaos à cause des travaux sur la place. Les politiques ont décidé de faire subir un lifting à Hornstull, malgré les protestations des habitants. Edith et Paul, les parents adoptifs de Vanja, étaient en première ligne parmi les opposants au projet, en vain. Une nouvelle galerie marchande en verre et en béton s'élève à présent au-dessus de la vieille place.

Ici, c'est son quartier. C'est ici qu'elle a vécu. Et c'est ici qu'elle va mourir.

Bientôt. Quand le paquet arrivera.

Elle jette la sacoche du vieux avec le portefeuille vide et les cachets d'aspirine dans une des bennes à ordures du chantier, mais conserve l'agenda. Elle va l'apporter au Lys pour demander à Aiman de l'aider à le relier.

Aiman est sa référente, comme on dit en jargon administratif, et elle est une des rares personnes en qui Vanja ait confiance. Aiman sait ce que c'est que d'être exclue et a un côté mystérieux qui plaît à Vanja.

Elle se tâte les poches. Le stylo, le billet de cinq cents, mais une seule cigarette.

Elle tourne à gauche, entre dans le supermarché ICA de Bergsunds Strand, prend un panier et se lance dans les rayons. Quand elle l'a rempli, elle gagne les caisses et se place dans la queue, derrière un bonhomme renfrogné à lunettes épaisses. Vanja place le séparateur et commence à empiler ses achats sur le tapis roulant. Elle attrape trois paquets de cigarettes qu'elle pose à côté. Elle se frappe alors le font :

“Ah zut… le café…” Elle se dépêche de tout remettre dans son panier et retourne dans les rayons. Elle va chercher le café, fourre les cigarettes dans la manche de sa veste et revient à la caisse.

“Tu as oublié le café ?” demande la caissière.

Ce n'est pas la première fois, Vanja sait qu'il faut faire bonne impression pour que ça marche.

Ses côtes pressent sur ses poumons, et chaque respiration est un effort. La sueur imprègne son tee-shirt. Elle ne vole pas des cigarettes parce qu'elle n'a pas les moyens ni parce qu'elle est trop jeune pour avoir le droit d'en acheter.

Elle veut juste vivre encore un peu.

Pendant que la caissière enregistre ses achats, Vanja les range dans un sac plastique et quand elle a fini commence à fouiller dans ses poches.

“Ah mince, soupire-t-elle alors qu'elle sent sous ses doigts dans sa poche le billet de cinq cents, j'ai oublié l'argent à la maison. Je peux laisser le sac ici ?” Elle montre l'espace à côté de la caisse. “Je reviens dans cinq minutes.”

La caissière sourit, compréhensive. “Donne-moi le sac.

— Merci, c'est gentil”, dit-elle avant de se dépêcher de partir.

Devant le magasin, elle croise un type qu'elle connaît, mais dont elle ne se rappelle pas le nom. Il fait semblant de ne pas la voir, mais elle sait que c'est faux. Sa façon de regarder dans la direction opposée ne la trompe pas. Marche ou crève.

Au collège, ils étaient dans des classes parallèles et elle avait couché avec lui parce qu'il lui faisait pitié. Personne ne méritait d'être encore puceau à quinze ans. Elle avait même dû insister pour le convaincre, tellement il était nerveux. Plus tard, dans la soirée, il avait mis à jour sa page Facebook en y écrivant qu'elle était une pute.

Vanja s'arrête, observe sa démarche assurée dans la rue avant de rentrer chez elle.

Ils habitent un quatre-pièces au dernier étage. Un appartement rénové. Vanja se demande comment Edith et Paul peuvent être payés pour ce qu'ils écrivent. Les livres nombrilistes d'Edith et les soi-disant reportages de fond de Paul. Leur engagement social a beau être vanté par les autres, Vanja trouve qu'ils ramènent toujours tout à leur petite personne. Deux égocentriques qui se prétendent de gauche, mais possèdent un lustre en cristal à vingt-cinq mille couronnes acheté en grugeant sur la TVA. De beaux discours, rien dans les actes.

Tout est mensonge.

En entrant, elle entend des voix dans la cuisine. Ils ont la visite de Holger Sandström : Vanja sait qu'il est venu avec de l'argent. Il vient de temps en temps leur prêter quelques milliers de couronnes quand la caisse est à sec et l'écriture en plan. Il a presque soixante-dix ans, mais travaille encore et gagne bien sa vie.

Un été, voilà quatre ans, elle a passé deux semaines chez Holger, pendant qu'Edith et Paul étaient en vacances. Il avait été gentil, l'avait emmenée au zoo de Skansen et à la fête foraine de Gröna Lund, ça avait été un séjour agréable.

"Comment va Vanja ?" demande Holger – ils ne l'ont pas entendue rentrer. "Ça va mieux ? Vous arrivez à vous entendre ?

— Elle est au Lys avec Maria, sa meilleure copine." C'est la voix d'Edith. "Elle ne dit pas grand-chose, mais nous pensons que ça va bien à l'école et…

— C'est des conneries, l'interrompt Paul. C'est une flemmarde. Un point c'est tout. Elle n'est pas bête du tout, mais elle manque d'initiative. Tout ce qui la maintient en vie, c'est la musique et les coquillettes."

Holger rit. "Bon, bon. Et pour ça, vous aurez encore les moyens pendant quelque temps." Il marque une courte pause. "Au moins si vous restez aux coquillettes.

— On te remboursera jusqu'au dernier centime dès la sortie du livre", proteste aigrement Edith. Écouter en douce met Vanja mal à l'aise. Elle va doucement ouvrir la porte, puis la claque derrière elle.

"Mais la voilà", lance Paul, et Vanja l'entend poser ses couverts dans son assiette.

Ils sont à table dans la cuisine. Edith fume un cigarillo et Paul allume une de ses cigarettes au menthol.

Il n'y a que les riches et les prolos qui fument à l'intérieur, pense Vanja. Ils tiennent à bien marquer qu'ils ne sont pas des Suédois moyens.

"Le dîner a refroidi." La veine sur le crâne chauve de Paul est grosse comme un ver de terre : il est en colère.

"J'ai fait les courses, mais je n'ai pas trouvé ma carte, et je n'avais pas de liquide sur moi."

Edith éteint son cigarillo. "Je peux descendre… ça me fera du bien de me bouger un peu.

— Non, laisse, dit Paul. J'y vais, mais je te préviens, c'est la dernière fois." Il se lève en adressant un regard las à Holger avant de sortir. Edith la regarde et essaie de sourire. Ses traits pointus et ses yeux noirs lui donnent l'air méchant, alors qu'elle ne l'est pas.

Maria a l'habitude de dire qu'Edith est belle, mais Vanja trouve qu'elle ressemble à une sorcière. Ses cheveux cendrés et raides lui descendent jusqu'à la chute des reins.

"Tu rentres tard, qu'est-ce qu'il y a ?

— Rien, j'ai fait un tour", répond Vanja. Elle hausse les épaules, tourne le dos à Edith et Holger et va s'enfermer dans sa chambre.

Par la fenêtre, elle voit le centre d'animation, Le Lys, de l'autre côté de l'eau. Le monde est petit.

Elle sort la boîte rangée sous le lit, enlève le couvercle et la couche supérieure de cartes de vœux, de lettres de copains et de souvenirs de vacances de son enfance. Deux montres, plusieurs bijoux en argent, une broche en or véritable, trois téléphones mobiles et diverses babioles qu'elle a volées sans savoir pourquoi. Il y a aussi presque deux mille couronnes attachées par un trombone. Elle coince dans la liasse le billet de cinq cents du petit vieux, referme le couvercle et repousse la boîte sous le lit.

Elle va prendre sur une étagère son journal, serré entre deux *Harry Potter* que Holger lui a offerts pour ses treize et quatorze ans.

Les lettres sautaient sous ses yeux, mais elle les a lus quand même.

Elle sait maintenant qu'elle est dyslexique. À l'époque elle se croyait tarée.

Aiman lui a dit qu'Agatha Christie et Ernest Hemingway étaient dyslexiques, et qu'écrire, c'était raconter.

Vanja s'assoit par terre, branche ses écouteurs sur l'ordinateur et s'adosse au lit. Une basse répétitive, qui grésille comme si les cordes étaient électriques.

Elle ouvre son journal et se met à écrire. Pas parce qu'Aiman l'y a encouragée, mais juste parce que ça lui vient.

Et puis elle a promis à Maria de le faire.

Que faire sans rêves ?

Hunger l'aide à s'exprimer et elle espère que le paquet avec la cassette arrivera bientôt. Elle sera alors enfin confrontée à un choix concret.

Vivre ou mourir.

ANGE DÉCHU
Pont de Liljeholm

La circulation des petites heures est clairsemée et la camionnette de livraison qui approche du pont de Liljeholm par l'est roule beaucoup trop vite. Le corps qui heurte le pare-brise fait un vol plané de cinquante mètres avant d'atterrir sur la file d'en face, un peu plus haut sur le pont. La distance de freinage du poids lourd est presque aussi longue. Le chauffeur descend en état de choc. Son pouls est rapide, sa respiration irrégulière, il a des sueurs froides.

Quand la première voiture s'arrête sur les lieux de l'accident, le chauffeur fume, assis sur la glissière de sécurité.

Une autre voiture s'arrête. Quelqu'un appelle la police et une ambulance.

Sur la glissière, l'homme allume une autre cigarette. Quelqu'un le secoue. Il essaie de parler, mais c'est impossible. Il a l'impression qu'on l'étrangle.

Il ne s'est rien passé, pense-t-il. Absolument rien.

MÉLANCOLIE NOIRE
Train de Saltsjö

Au fond, je comptais attendre pour Fabian Modin mais, en le voyant à Slussen, j'ai cédé à cette occasion en or. De toute façon, l'analyse des conséquences n'a jamais été mon fort.

Ma décision d'accepter mon destin était authentique. Il existe une justice supérieure aux lois humaines. J'y gagnerai plus que la vie, plus que tous les sentiments humains. Plus que l'amour.

Mais tuer n'est pas simple. Même pour une bonne cause.

Le spéculateur Fabian Modin tourne le dos à la voie, en bout de quai, sans doute pour monter dans le wagon de queue. Ce qui me convient parfaitement.

Je regarde l'heure. Le prochain train en partance pour Saltsjöbaden est un des derniers de la soirée et je sais que la réussite de mon entreprise exige que les conditions à bord soient à peu près semblables aux trois fois où j'ai repéré les départs.

Je tâte ma poche intérieure. Le couteau est là. Et l'éprouvette.

Une fois le train à quai, quand les portes s'ouvrent, j'entre dans le même wagon et m'assois à quelques banquettes de lui. Je vois à présent qu'il est ivre et je suis étonné qu'il n'ait pas l'air même un peu plus âgé que la dernière fois.

J'avais six ans quand la femme de Fabian a été trouvée dans son garage. Papa a dit que les suicidés finissaient dans le septième cercle des enfers, avec les meurtriers. Tandis que les meurtriers cuisent dans le sang, les suicidés sont transformés en arbres afin de ne plus pouvoir se faire du mal.

Quand j'ai demandé ce qui arrivait à ceux qu'on avait assassinés, il m'a répondu qu'ils allaient au ciel, pourvu qu'ils ne soient pas, eux aussi, des pécheurs. Se suicider est un double péché.

J'étais sur le tapis persan dans la bibliothèque de Papa, occupé à feuilleter les livres que j'avais sortis devant moi. Dans la pièce voisine, j'entendais les voix des adultes. Papa surtout parlait mais, de temps en temps, on entendait aussi Fabian dire quelque chose. Ils n'étaient pas fâchés, mais pas non plus d'accord.

Fabian estimait qu'il leur fallait s'agrandir et trouver un local en ville, alors que Papa considérait préférable d'attendre que la communauté croisse lentement. Souviens-toi que Jésus compare le royaume des cieux à un grain de moutarde, a dit Papa, et Fabian a fait mmh. C'est la plus petite des graines, mais quand elle pousse, elle est plus grande que toutes les plantes et devient un arbre.

Papa dit que Fabian est un rigolo et je le sais, parce que Maman et lui ont l'habitude de rigoler ensemble quand Papa va sortir les poubelles. Fabian est un boute-en-train et nous emmène, nous les enfants, dans la forêt de Grimsta chercher des insectes et nous cacher des trolls.

Je sens son menton mal rasé sur mon ventre et ça ne chatouille pas, contrairement à ce qu'il imagine. Ça écorche et ça fait mal, ça sent le fromage, la poussière et le cuir.

Quand le train quitte Slussen, le wagon est à moitié plein. Surtout des jeunes qui rentrent de soirée, mais aussi quelques retraités. Nous traversons le pont basculant de Danvikstull et les lumières de Sjöstaden se reflètent dans les eaux sombres du Mälar. Dans la fenêtre j'aperçois son reflet : il a l'air de s'être assoupi. Sa tête pend et sa respiration est lourde. À côté de moi, sur la carte de la ligne, je compte qu'il lui reste quatorze stations à vivre.

À Nacka, la moitié des passagers descendent et il n'en monte pas d'autres. Dehors, sur le quai, quelques jeunes fument sur un banc. Dans le train, nous ne devons plus être qu'une dizaine de personnes.

Un contrôleur entre dans le wagon pour poinçonner les billets au moment où une voix métallique à peine audible annonce que nous arrivons bientôt à Saltsjö-Järla.

Je détourne la tête quand il contrôle ma carte d'abonnement.

Nous passons Lillängen et Storängen. À Östervik, je vois quelques chevreuils qui broutent sous un arbre fantomatique aux branches curieusement ébouriffées.

Quand nous arrivons à Fisksätra, Fabian Modin sursaute et lève les yeux.

J'ai pris la grosse bible familiale en cuir brun dans la bibliothèque, je l'ai posée sur le tapis épais et j'ai lu la page de garde. BIBLIA, sçavoir Toutes Sainctes Escriptures Traduites es Langue Suedoise, sur Ordre du Roi Charles Douzième.

J'aimais la feuilleter et regarder les illustrations. Celle que je préférais était la lapidation de saint Étienne. Le premier martyr chrétien.

Un de ceux qui jettent les pierres est Paul. Celui qui s'est ensuite repenti et a été converti.

J'avais six ans et je réfléchissais à Jésus. Puisqu'il est tolérant et plein d'amour, faut-il être intolérant et haineux envers ceux qui ne croient pas en lui ?

Maman est entrée dans la pièce me demander si je voulais une tartine. Elle était grosse, car j'allais bientôt avoir un frère ou une sœur. J'ai répondu que j'avais faim et j'ai continué à regarder les images.

Je glisse la main dans ma poche intérieure et je touche le métal froid. Le tranchant affûté.

La pression augmente dans ma tête, je sens mes mâchoires se crisper, ce qui a pris possession de mon cerveau grandir et lutter pour envahir tout mon corps. Ce qui, au début, n'était qu'une idée fixe est devenu le cauchemar que je redoutais plus que tout. Ne plus être maître de mes pensées.

Ne plus posséder mon propre corps.

"Igelboga. Correspondance pour Solsidan."

Nos regards se croisent et Fabian Modin ne me reconnaît pas. Il rote et cherche quelque chose dans la poche de sa veste.

Quelques autres passagers descendent à Neglinge et, à Ringvägen, nous sommes enfin seuls dans le wagon.

À Saltsjöbaden, je sors mon couteau.

Se sentir coupable est le devoir et le lourd fardeau de l'innocent, m'a dit Fabian Modin, un jour que je l'interrogeais au sujet de Paul.

SIMON
Quartier Vägaren

Il entend quelqu'un bâiller dans le séjour. Une couverture qu'on rejette, puis des pas lourds qui se dirigent vers les toilettes. Quelqu'un s'asperge le visage d'eau en soufflant bruyamment.

Il rabat la couette et sort du lit. Ses cheveux gardent l'odeur aigre de la bière qu'ils se sont crachée dessus. Il se souvient que quelques paumés les ont suivis à la maison, des types au look trop étudié, et, quand il leur a dit que c'était du toc, ils ont été furieux. Il espère qu'ils se sont tirés.

Il tend la main vers le livre *Instructions pour un père* de Peter Kihlgård. Il se rappelle le sentiment de vacuité du fils qui dit admirer son père mais en même temps haïr la perfection paternelle. Le père n'a transmis à son fils que culpabilité et mauvaise conscience de son insuffisance. Incapable de toucher la planche en saut en longueur, de sauter du cinq mètres ou de comprendre pourquoi un puissance zéro fait un, un produit vide, rien de plus absurde.

On n'est pas à la hauteur.

Il entend la porte des toilettes s'ouvrir et repose son livre.

"Simon, je me casse." Øystein est dans l'embrasure de la porte. Ses yeux sont injectés de sang et encore noirs de maquillage. Simon voit les plaies récentes sur les bras d'Øystein. Certaines semblent vraiment profondes. C'était peut-être une bonne soirée, hier, malgré tout.

Mais le concert à Uppsala était moyen. Une prestation tiède, indigne de Hunger.

Simon enfile son jean, s'accroche les orteils dans un trou au genou et déchire la toile. "J'ai besoin d'un truc pour ce soir. Tu peux t'en charger ?" Il gagne le bureau. "Tu m'en trouves un peu, tu peux garder le reste. D'accord ?"

Øystein hoche la tête. Simon sait qu'il va se faire rouler. Øystein va acheter juste ce qu'il pense que Simon veut avoir, et fourrer le reste dans sa poche. Le fort survit. Aucun lion ne refuserait un buffle faible ou malade. Le faible ne peut justifier son existence et doit mourir. Il faut s'y conformer, qu'on le veuille ou non.

"Fais gaffe, qu'on te fourgue de la bonne", ajoute-t-il.

À cause des programmes de distribution de Suboxone et de méthadone, certains dealers en sont à distribuer leur came quasi gratuitement, rien que pour se faire de nouveaux clients. Pour maintenir les prix bas, ils la coupent avec à peu près n'importe quoi. Sucre, quinine ou médicaments pour le cœur, très dangereux.

Simon ouvre le tiroir du haut. Il y a là quatre sacoches de billets. Il en ouvre une et donne à Øystein deux billets de cinq cents.

"Putain, le fric que t'as."

Le père de Simon contribue à son existence à hauteur de dix mille couronnes par mois, qui doivent couvrir son loyer et son entretien. En contrepartie il doit garder ses distances, ce qui n'est pas un gros sacrifice. Plutôt une libération.

Øystein prend l'argent et ils conviennent d'un rendez-vous pour plus tard.

Øystein parti, Simon va dans la cuisine. Trois types à différents stades de liquéfaction dorment par terre. Il en réveille un d'un coup de pied dans le dos. "Debout, bordel !"

En l'absence d'Øystein, c'est Simon le mâle alpha, même s'il est maigre comme un clou.

Le jeune homme roule sur le dos et s'étire. "Désolé..." Puis il sourit. "Putain ce que c'était bien hier. Hunger a déchiré..."

Simon ricane. "Il a fait mieux."

Le type s'assoit et se frotte les yeux. "Il ? Ça pourrait aussi bien être une fille. Personne ne sait encore qui c'est, non ?

— Aucune idée. Mais on s'en fout. Réveille tes potes et barrez-vous."

Le type bâille en laissant voir une langue déshydratée, jaunâtre. "C'est toi qui habites ici ?"

Simon le regarde avec un mélange de mépris et de pitié.

"Non, répond-il. Tu peux considérer celui qui habite ici comme mort."

HURTIG
Sibérie

Voilà une bonne centaine d'années, déménager dans le Nord-Est de Vasastan était assimilé à une relégation dans un camp de travail reculé et, encore aujourd'hui, le quartier a conservé le surnom de *Sibérie*.

Jens Hurtig y loue un deux-pièces de cinquante-sept mètres carrés qui semble à la fois exigu et vide.

Il se réveille avant l'heure, sans être reposé. C'est toujours comme ça le premier jour après les vacances. Il reste un moment au lit avant de s'habiller et d'aller dans le séjour. Il sent encore dans les jambes la promenade d'hier sur l'île de Runmarö.

Isaak dort sur le canapé, tout habillé et roulé dans deux couvertures. Peut-être a-t-il apporté avec lui en ville le froid de la maison de l'archipel : quatre degrés à leur arrivée, et la température n'avait jamais dépassé dix-sept pendant leur séjour.

Il songe à ses parents, à Kvikkjokk.

Dix-sept degrés à l'intérieur en novembre est un luxe pour eux. S'ils ont froid, eux, c'est pour d'autres raisons. Une fille qui s'est suicidée refroidit la vie, même quinze ans après.

Il va à la cuisine lancer la cafetière et, quand elle commence à crachoter, il entend Isaak bâiller. Un moment plus tard, il entre dans la cuisine avec le journal du matin sous le bras.

Isaak est à la recherche d'un nouvel appartement et, en attendant, il lui arrive de passer la nuit sur le canapé. La crise du logement à Stockholm exige d'avoir de bons amis.

Hurtig lui trouve l'air vaseux, presque malade et, pour ne rien arranger, il a déjà à son habitude tartiné son visage de crème et lissé ses longs cheveux. On aperçoit un patch de nicotine sur son avant-bras. Peut-être est-il en manque parce qu'il essaie d'arrêter de fumer.

"J'ai l'impression de m'être rendormi, dit-il. Quelle heure est-il ?

— Seulement six heures et quart, ne stresse pas. Tu auras ton train. Tu es bien venu dormir chez moi parce que c'est plus près de la gare que ton atelier de Västberga, non ?

— Ce n'est pas ça…"

Isaak s'assoit à table et allume aussitôt la radio. Il est comme ça. Il lui faut toujours du bruit. Hurtig, c'est le contraire. Il réfléchit mieux en silence.

La radio annonce un meurtre au couteau dans un train de banlieue à Saltsjöbaden.

Hurtig monte le son en se demandant lequel de ses collègues aura eu le plaisir douteux de faire le ménage après une douzaine de coups de couteau. Sans doute Schwarz, ou Åhlund.

Isaak semble inquiet.

"Qu'est-ce qu'il y a ?"

Il se tortille sur son siège. "Je commence à me demander si je fais bien d'aller à Berlin, si c'est le bon moment. Je n'ai rien fait de bien depuis une éternité et j'ai l'impression que mon art arrive à sa date de péremption."

Hurtig regrette qu'Isaak se soucie tant de ce que font les autres artistes.

“Va à Berlin. Ce sera bien. Tu auras peut-être autant de chance que la dernière fois.”

Quatre ans plus tôt, Isaak avait rencontré un groupe d'hommes d'affaires qu'il était parvenu à convaincre de sponsoriser son travail. Ils lui avaient donné une grosse somme.

“Ce genre de chance n'arrive qu'une fois, dit Isaak. J'ai à peine commencé le travail, et en plus ils n'ont pas la moindre idée de ce pour quoi ils ont payé. Et ce n'est plus la même chose aujourd'hui. Il ne reste aucun de mes vieux amis. Même pas Ingo, que je croyais pourtant installé définitivement à Berlin. Je vais juste me sentir seul.” Isaak le regarde avec gravité. “Tu ne pourrais pas venir avec moi ? Ça me rassurerait d'avoir quelqu'un que je connais vraiment. Prends quelques jours de congé ou mets-toi en arrêt maladie. Laisse tomber le devoir.

— Tu sais bien que je ne peux pas”, répond Hurtig, qui aimerait bien.

Isaak soupire et se met à feuilleter le journal. Hurtig le regarde.

Une des grandes qualités d'Isaak est sa facilité à lier connaissance, à inspirer confiance. Jens apprécie sa sociabilité innée. Ça lui évite d'avoir à nourrir la conversation quand il est à sec.

Hurtig devine quelques rides d'amertume autour de la bouche d'Isaak, mais elles disparaissent quand il lève les yeux. Isaak est d'humeur changeante et à présent il semble curieux, presque amusé. “Au fait, demande-t-il en posant le journal et en agitant un avis de passage de la poste, qu'est-ce que c'est que ça ?

— Des trucs informatiques”, élude Hurtig, qui sait qu'il s'agit d'une des deux consoles de jeux vidéo qu'il attend. Isaak se moquerait de lui s'il savait ce qu'il est prêt à payer pour un peu de nostalgie toute simple. Une

Atari Home Pong de 1975 pour cent dollars, ou une Coleco Telstar de 1977 pour soixante-dix. Toutes les deux achetées aux enchères sur Internet.

"Tu as presque quarante ans, dix ans de plus que moi, rit Isaak. Et c'est toi qui es en manque de zéros et de uns. C'est forcément un jeu vidéo. Avoue."

Hurtig va répliquer que le jeu est un domaine culturel légitime mais hélas dénigré, quand la radio se met à parler d'un accident sur le pont de Liljeholm, côté Hornstull.

Un homme non identifié, renversé par un poids lourd.

AIMAN
Quartier Vägaren

Le voyage de sa vie a commencé à Alma-Ata, continué par Téhéran, Minsk et Gävle avant de finir dans un appartement de Folkungagatan, à Stockholm.

Elle s'est rapidement installée dans une existence rangée de bibliothécaire, s'est consacrée à la reliure, laissant libre cours à sa capacité de fixer son attention sur de toutes petites choses. À la longue, elle a renoncé aux grands projets et a fini par oublier ses rêves. Le temps a passé si vite, et vingt ans se sont évanouis en un clin d'œil.

L'immeuble où habite Aiman Chernikova depuis son arrivée à Stockholm est une grosse boîte de tôle brossée orange avec de petites fenêtres, juste en face de l'entrée du métro Medborgarplatsen. On a l'habitude de le considérer comme un des bâtiments les plus laids de la capitale, un repoussoir pour les étudiants de l'école d'architecture d'Östermalm.

Elle a beau trouver que l'immeuble rappelle un Tupperware des années 1970, elle l'aime bien. Son appartement est spacieux, la cour intérieure jolie et, même si la façade frise le grotesque, on ne l'a pas sous les yeux quand on est chez soi.

Avant de traverser la rue, elle lève la tête vers ses trois fenêtres. Derrière les persiennes du séjour, elle aperçoit sa longue-vue. De la rue, on ne voit qu'une ombre noire qu'on peut très bien prendre pour une lampe.

Elle aime regarder le monde à travers ce cylindre borgne. Ses yeux abîmés peuvent alors se reposer et elle se sent rassurée. Elle observe, elle n'espionne pas, et ne dirige jamais sa lorgnette vers les fenêtres d'en face. Ce qui s'y passe ne la regarde pas. Chez soi, on doit être tranquille, mais en revanche, dans la rue, il faut accepter d'être vu.

Elle passe le digicode et prend l'escalier plutôt que l'ascenseur.

Depuis que le bébé dans son ventre s'est manifesté sous forme de quelques kilos supplémentaires dans les hanches et les cuisses, elle veille à faire le plus d'exercice possible.

Elle est bientôt sur la coursive, devant son appartement, en train de chercher ses clés dans son sac à main, tout en jetant un œil vers la fenêtre de la cuisine. On aperçoit derrière la vitre une ombre noire et deux yeux jaunes. Elle l'entend miauler en se faufilant entre les pots de fleurs sur le rebord de la fenêtre.

Au moment où elle trouve ses clés, coincées entre son poudrier et son portefeuille, la porte de l'appartement voisin s'ouvre.

"Bonjour", dit-elle quand le jeune homme sort sur la coursive.

Il se tourne vers elle, la salue de la tête en silence derrière ses longs cheveux noirs puis baisse les yeux. Elle se demande s'il a l'intention de s'excuser pour la fête de la veille. Une nouba qui l'a tenue éveillée jusqu'aux petites heures.

Sa serrure et son trousseau de clé ferraillent en mesure avec le chat qui se fait les griffes sur le cadre de la porte.

Le visage de son voisin a une expression vide et pâle. "Votre chat s'appelle Béhémoth, hein ?"

Elle réalise que c'est la première fois qu'ils se parlent.

"Oui… Mais d'habitude je l'appelle Motte.

— Pas quand vous êtes fâchée contre lui."

Il écarte son blouson de cuir élimé et lui montre son tee-shirt. On y lit BÉHÉMOTH en caractères gothiques, au-dessus d'un symbole mêlant une croix et des ailes de rapace.

Puis il tourne les talons et s'en va. Quand sa silhouette dégingandée a disparu au bout de la coursive, elle referme la porte derrière elle. Motte l'accueille en miaulant sur le tapis de l'entrée.

Elle ôte son hijab et le suspend au portemanteau, défait sa barrette et se met devant le miroir pour lâcher ses cheveux.

On ne voit pas qu'elle est enceinte, et ce n'est pas seulement à cause de ses vêtements amples. C'est héréditaire. Des générations de premières grossesses tardives avec des ventres tout petits, et voilà que c'est son tour, quarante-trois ans et rien qu'une petite brioche à peine visible, alors qu'elle en est au septième mois.

Elle regarde son visage dans la lumière électrique blême. Aiman signifie belle comme la lune, mais elle pense que c'est une question de définition. Bien sûr, la lune est belle quand on est de bonne humeur, mais si on ne l'est pas, on ne voit qu'une surface grivelée de cratères d'un jaune pâle maladif. Des cicatrices d'acné et le teint jaune pâle d'un visage kazakh du Sud que beaucoup de Suédois pensent persan ou pakistanais. Cette couleur est renforcée quand elle porte un hijab blanc, aussi en choisit-elle souvent un noir : cela lui fait un visage plus clair, plus nordique.

La pupille de son œil abîmé semble beaucoup plus petite éclairée d'en haut, alors qu'en fait elle est plus grosse.

Béhémoth ronronne et se frotte contre ses jambes. Elle se penche pour lui toucher le nez.

Dans *Le Maître et Marguerite*, Béhémoth est un chat qui parle, marche sur ses pattes arrière et arrive à Moscou en compagnie du diable.

C'est en outre le nom d'un monstre biblique, né des profondeurs humides de la terre. Un démon aux os comme des tubes de cuivre et aux membres d'acier.

Ses pensées sont interrompues par le vibreur de son téléphone.

C'est un collègue du Lys. Pendant qu'ils parlent, elle en profite pour ranger un peu. Ramasse les vêtements qui traînent dans l'entrée et pend le hijab avec les autres voiles dans le placard de la chambre.

L'homme lui fait part de son inquiétude au sujet de Maria.

"Tu n'as pas eu de contact avec elle ?

— Non, répond-elle. Nous ne nous connaissons pas tellement bien, c'est surtout avec Vanja que je travaille, mais Isaak est peut-être au courant ? Tu lui as parlé ?

— Oui, lui aussi a cherché à la joindre, mais il n'a pas réussi. Et maintenant il part pour Berlin."

Berlin ? Voilà presque quatre ans qu'elle a rencontré Isaak. Peu après, il l'a présentée au peintre Ingo, à l'écrivaine Edith et au journaliste Paul – qui, assez curieusement, se trouvent être les parents adoptifs de Vanja –, une bande de Suédois qui formaient un mini-groupe créatif à Berlin.

Désormais, c'est le centre d'animation du Lys qui constitue leur dénominateur commun, même si Ingo n'y enseigne plus depuis l'AVC qu'il a eu le jour de ses soixante ans : il vit dans un centre de soins à Strängnäs, et elle a mauvaise conscience de n'être pas allée le voir depuis longtemps. Peut-être pourrait-elle proposer à Isaak d'aller ensemble lui rendre visite, un de ces jours ?

Ses contacts avec Edith et Paul se sont distendus, et se limitent désormais à quelques coups de téléphone qui, le plus souvent, concernent Vanja.

"J'ai rendez-vous avec Vanja au Lys, aujourd'hui, dit Aiman à son collègue. Elle s'est un peu mise à la reliure. Je lui demanderai si elle sait où est passée Maria."

Le téléphone raccroché, elle ne sait pas pourquoi, elle se rappelle la première chose qu'Isaak lui a dite. C'était au bar d'un hôtel de l'ancien Berlin-Est : *"Ich liebe dich"* – et quand elle lui a demandé pourquoi, il lui a répondu qu'il avait besoin de s'entraîner à prononcer cette phrase.

C'était pour elle une période de vulnérabilité indescriptible. Comme marcher en équilibre sur un toit de verre, morte de peur à l'idée qu'il se brise. Peut-être ces trois mots l'ont-ils conduite à s'ouvrir à Isaak? *Ich liebe dich*. Elle ne sait pas. Mais elle lui a alors raconté qu'elle se trouvait à Berlin parce qu'elle avait fui son frère.

Après avoir donné un peu de croquettes à Béhémoth, elle s'assoit derrière la longue-vue et ôte le bouchon de l'objectif.

Elle a parfois l'impression que ces inconnus, dans la rue, sont devenus un substitut à de vrais amis.

Elle voit le facteur entrer en face. C'est un jeune homme qui reste toujours anormalement longtemps à ce numéro : Aiman a fini par découvrir que c'est à cause d'une femme qui habite là. Il a à peine vingt ans, elle est d'un âge mûr.

Presque chaque jour a lieu une rencontre fructueuse entre une fleur tardive et une fleur précoce, et tout ça, Aiman le sait sans jamais avoir pointé sa lunette sur l'appartement de cette femme.

Elle n'est pas une vulgaire espionne.

Le facteur quitte l'immeuble avec un grand sourire, il commence à pleuvoir, les gens se mettent à l'abri ou pressent le pas sur le trottoir. Un homme avec un caniche nain en laisse a été surpris par la pluie, il se protège la tête sous son blouson en cuir, tandis que le chien sautille à côté. À l'arrêt de bus, une femme est blottie sous un parapluie, tandis qu'une fillette saute dans une flaque sur le trottoir, sans se soucier de la pluie. Les enfants et les animaux en profitent pour s'amuser.

De l'autre côté de la rue, elle voit un homme qui ressemble à son voisin, comme lui vêtu de noir, avec de longs cheveux sombres. La pluie ne semble pas l'atteindre.

VANJA
Knivsöder

“Baisse, bordel!” Paul hurle à la porte de la chambre.

Vanja se retourne et le regarde dans les yeux. “Ça te dérange?” fait-elle avec son sourire le plus suave. Elle veut l’énerver pour le déstabiliser. Être la fissure sur la façade, le cheveu dans la soupe, le caillou dans la chaussure. Il est particulièrement irritable quand il boit. Et il boit souvent ces derniers temps.

Paul va éteindre la chaîne. “Bordel, c’est quoi, ce que tu écoutes? dit-il en s’asseyant sur le rebord du lit.

— Tu peux pas comprendre, répond-elle, toujours en souriant. Tu es trop politiquement correct. Tu as trop peur.

— Peur de quoi, s’il te plaît?

— Tu n’oses pas regarder le monde tel qu’il est.

— Parce que toi, oui? Ou ceux que tu écoutes?

— Oui.

— Comment s’appelle le groupe?

— C’est pas un groupe. C’est Maria et moi.

— Et pourquoi tu ne m’en as pas parlé?

— Tu as posé la question?

— C’est quoi, le titre de la chanson?

— *La Horde pourrie*.

— Et j’en fais partie? Je suis une des brebis égarées? Que dit le texte?”

Elle voit son sourire crispé et sait exactement ce qu'il pense. Il était furieux, et maintenant il cherche à enterrer la hache de guerre en faisant semblant de s'intéresser. Une bonne occasion de continuer à l'énerver. Elle feuillette son journal intime, trouve le texte de Maria et lit à haute voix :

"*Sans hommes sur la terre, le bien et le mal perdent toute pertinence. L'existence est faite de ce qui est, cafards ou* Homo sapiens. *L'existence n'a pas besoin d'être. Elle peut être le vide. Sans hommes sur la terre, tout ce qui est vivant pourrait vivre. Sans hommes sur la terre, la morale ne serait pas une règle de vie, mais un handicap. Le faible ne devrait pas pouvoir vivre. Sans hommes sur la terre, l'éthique serait un luxe superflu.*

— Je suis peut-être vieux jeu, mais les paroles d'une chanson, c'est pas censé rimer ?

— Là arrive le break. C'est Maria qui lit, puis on a descendu le pitch de sa voix.

— Le pitch ?

— Oui, baissé sa voix de quelques tons. On peut faire ça, de nos jours.

— OK, j'écoute."

Toujours intéressé, se dit-elle. Il est résistant, aujourd'hui.

"*La terre est un nid de douleur et d'agonie. Créé par Satan autant que par Dieu. Sans hommes sur la terre, Dieu n'aurait pas été créé en vain, puisqu'il aurait justifié sa propre existence. Du papier de verre sur les yeux, je crois que seuls ceux qui voient peuvent être aveugles. Salut, Ô Satan. Salut, Ô Absurdité. Et vive tout ce qui est né pour mourir. Vive le vide, les ténèbres, et la volonté de souffrir. Oméga.*"

Elle repose son journal.

"Tu es sataniste ?" demande-t-il. La veine à sa tempe est réapparue.

“Tu es vraiment trop con”, dit-elle.

Cinq secondes de silence. Il doit avoir du mal à se calmer.

Elle prend son casque et le branche à la chaîne. Quand elle remet la musique en montant le volume, elle voit Paul se lever et partir.

Il a l’air triste.

Elle ouvre les yeux dans l’obscurité complète et essaie d’arrêter de penser.

Maria a reçu le paquet et elle l’a fait.

Maria a osé.

Mais elle ne veut pas penser au coup de téléphone de la mère de Maria. Les pleurs, l’incompréhension et les mensonges comme quoi elle n’a rien vu venir.

Connasse, a pensé Vanja, mais elle s’est tue.

Elle aurait dû dire : “Je sais que tu sais pourquoi Maria s’est tuée. Sale pute obèse accro aux chips. Tu picoles et Maria n’en pouvait plus d’essuyer tes vomis. Elle ne savait plus quoi raconter quand ton chef appelait pour demander pourquoi tu n’étais pas au boulot. Elle a fini par être à court de mensonges, ne savait plus quoi dire à la caisse d’assurance maladie, à l’agence pour l’emploi, au propriétaire, à la banque, aux impôts et *tutti quanti*. Maria voulait une autre vie, mais tu lui barrais la route.”

Mais Vanja n’avait pas dit tout ça. Elle s’était contentée de sangloter en silence.

Elle cligne un peu les yeux. Mais ouverts ou fermés, aucune différence. Le noir le plus noir – et pourtant, même au fond d’une cave sans fenêtre, il ferait encore cinquante mille fois plus noir si le soleil s’éteignait.

Une putain d’obscurité totale, en d’autres mots. Comme maintenant.

Une noirceur à couper au couteau. Une noirceur qu'on pourrait manger.

Dans l'obscurité complète, tout le monde est égal, pense-t-elle. Personne n'est ni beau, ni laid. Ni grand ni petit. L'obscurité totale est juste, chacun est ce qu'il est.

Être aveugle doit être le nec plus ultra.

Une rumeur dit que Hunger s'est arraché les yeux avec une aiguille à tricoter. Il paraît qu'il y a des preuves photographiques. Et ce pour parvenir à une totale indifférence, laisser les idées seules devenir l'essentiel.

Dans l'obscurité, nous sommes tous égaux, se dit-elle, en espérant que son paquet n'arrive jamais.

Je veux vivre, car mon désir de mourir est si fort que je veux en jouir le plus longtemps possible.

HURTIG
Quartier Kronoberg

Le premier jour après les vacances est toujours difficile, mais Hurtig trouve plus dur que prévu de reprendre la routine. Ces journées sur Runmarö n'ont pas été autant qu'il l'espérait un baume pour son âme malade. Certes, il a respiré de l'air pur, a passé beaucoup de temps couché sur le dos, en bonne compagnie, puisque Isaak était là, mais un poids l'accable pourtant. Il a peur d'être en train de foncer dans ce fameux mur. De plonger dans cet état d'apathie qui est en passe de devenir une épidémie nationale.

Il songe à Jeannette Kihlberg, sa chef, actuellement en congé pour burn-out. Elle est absente depuis presque un an, et il craint qu'elle ne revienne jamais.

Quel est finalement le sens de notre travail ? pense-t-il. Les collègues en uniforme consacrent un pour cent de leur temps de travail aux patrouilles à pied sur le terrain, alors que la petite criminalité constitue quatre-vingts pour cent des plaintes déposées. Le burn-out est une réaction parfaitement normale.

Il pose le rapport sur la pile du courrier en partance. Dans quelques heures, il sera arrivé sur une pile analogue, sur un bureau analogue, chez le procureur.

La dernière enquête en date concernait des voies de fait particulièrement violentes qui n'aboutiraient probablement à aucune condamnation. Peut-être même pas à une mise en examen. La victime est l'épouse légitime de l'auteur du délit, et le fait que son mari soit une sorte de célébrité a donné à l'affaire un large écho médiatique. Surtout dans les journaux people, toujours à la recherche de scoops. Que ce soit vrai, faux, ou pure spéculation n'a aucune importante. *The show must go on*, et si on joue à ce jeu, il faut en accepter les règles, se dit-il au moment où sa porte s'ouvre et que son supérieur, le commissaire principal Dennis Billing, entre dans le bureau.

Il s'assoit en face de lui.

"D'après Åhlund, tu as fini ton rapport et tu es désœuvré, dit-il en posant une pile de papiers sur le bureau. Exact ?"

Hurtig hoche la tête. "Le rapport est là, répond-il. Désœuvré ?" Il regarde sa montre. "Oui, depuis environ dix secondes.

— Bien. Alors tu vas t'occuper de ça."

Billing lui montre la pile.

"De quoi s'agit-il ?

— D'une série de suicides.

— Des suicides ?" Hurtig fronce les sourcils et fait un geste d'impuissance. "Pourquoi moi ? Donne plutôt ça à Schwarz ou à Åhlund.

— Ils ont autre chose à faire. Schwarz s'occupe d'un type qui s'est fait renverser par un camion de livraison du côté de Hornstull, et Åhlund du meurtre crapuleux du train de Saltsjöbaden."

Voilà donc la répartition des tâches, pense Hurtig en répondant d'un hochement de tête.

Billing sort un sachet plastique de la poche de sa veste. "Je t'ai mis sur les suicides, parce que ça m'a l'air plus compliqué qu'un simple crime crapuleux." Il agite le sachet, qui contient une cassette audio.

"Qu'est-ce que c'est que ça ?

— Le dénominateur commun, et ce qui rend la chose stupéfiante.

— Raconte, demande Hurtig, piqué malgré tout par une certaine curiosité.

— Ça a commencé dans une petite communauté du Gästrikland, voilà bientôt un an. Un gamin de Kungsgården a été retrouvé mort dans la grange familiale. Il était monté sur une grande échelle, s'était passé un nœud coulant autour du cou, avait mis ses écouteurs et attaché la corde au plafond. Puis il avait attendu. D'après le rapport de la police locale, l'échelle, d'environ cinq mètres de haut, était attachée à la porte par une chaîne. Quand le père du gamin a rentré le tracteur, la porte s'est ouverte et l'échelle s'est renversée. Le gosse est tombé de deux, trois mètres. Il est mort sur le coup, la nuque brisée.

— C'est diabolique, lâche Hurtig. Et c'est cette cassette qu'il écoutait ?" Hurtig désigne le sachet plastique que tient Billing.

"Exact.

— On se demande pourquoi il avait sa musique sur cassette, et pas dans son téléphone ou un lecteur MP3 ?

— Mais ça ne s'arrête pas là." Le commissaire principal reprend son souffle. "Il y a eu plusieurs autres cas similaires. Des jeunes gens qui se suicident avec le même…" Il cherche ses mots. "… le même raffinement. Et tous sont morts en écoutant de la musique.

— Il y a d'autres cassettes ?

— Jusqu'ici, quatorze mais, qui sait, on en trouvera peut-être encore. Les autres sont en cours d'analyse, tu auras les résultats dans la journée. Celle-ci a déjà été vérifiée, tu trouveras l'expertise avec les autres rapports.

— D'accord", dit Hurtig.

Malgré sa curiosité, il n'est pas certain d'avoir envie de travailler sur ce dossier. Il songe à sa sœur, au travail d'Isaak avec les jeunes du Lys. Des jeunes personnes qui ne croient plus en la vie alors que pour elles celle-ci commence tout juste. Parfois elles survivent, parfois elles renoncent.

"Je vais lire tout ça. Si je trouve moi aussi qu'il y a quelque chose de louche, je continue, sinon tu mettras quelqu'un d'autre sur le coup."

Le commissaire principal hoche la tête. "Des nouvelles de Nénette Kihlberg ?

— Rien, à part qu'elle est toujours chez elle.

— C'est triste, bien triste." Billing soupire en se levant. Fais-moi signe quand tu auras fini." Il part sans refermer derrière lui.

Hurtig saisit le sachet plastique et examine la cassette. C'est une Maxell C-90 : il se rappelle avoir enregistré de la musique à la radio sur une cassette de ce genre. Sur une face on lit THE SMITHS et sur l'autre THE JESUS AND MARY CHAIN.

Par la ligne interne, il demande à un technicien du labo de lui trouver un lecteur de cassettes et de le lui apporter au plus vite.

Il attrape la pile de documents, la pose devant lui et commence à lire.

Le gamin de Kungsgården avait, à plusieurs reprises avant son suicide, fait l'objet d'une prise en charge pédo-psychiatrique pour des actes répétés d'automutilation. Hurtig se rend compte qu'il avait le préjugé de croire que les filles étaient les seules à s'entailler les bras, mais comprend en même temps qu'il va de soi que de jeunes garçons puissent avoir le même comportement.

L'audition des parents du gamin n'ajoute rien au tableau, sinon que ce suicide n'était pas complètement inattendu. Hurtig songe à nouveau à sa sœur. Là, c'était l'inverse. Elle avait beau avoir déjà fait deux tentatives de suicide, personne ne pensait qu'elle recommencerait. Elle montrait des signes de progrès. Elle était en train de sortir de la dépression.

Le rapport suivant concerne une fille du Värmland, qui s'est couchée devant le train. Elle aussi avait un casque sur la tête et écoutait de la musique quand elle a rencontré la mort, sous la forme d'un train de marchandises filant à grande allure vers l'usine d'armes Bofors de Karlskoga.

Même comportement autodestructeur et même impuissance des parents.

Le troisième rapport décrit comment deux frères jumeaux de quatorze ans se sont enfermés dans le garage de leurs parents, ont fait tourner au point mort le moteur de la voiture familiale et se sont gazés. Deux magnétophones, deux casques et deux cassettes. D'après le rapport, la musique d'une des bandes durait exactement une minute de moins que l'autre. Hurtig est forcé d'admettre, comme Billing, qu'il ne s'agit pas de simples suicides.

Le technicien apporte un magnétophone réformé, autrefois utilisé pour les interrogatoires, qu'il pose sur le bureau. Juste après son départ, on frappe à nouveau à la porte : c'est Åhlund.

"Comment ça va ? demande Hurtig.

— On piétine."

Hurtig se lève pour lui avancer un siège. "Assieds-toi et raconte-moi ce meurtre du train."

Åhlund soupire. "Douze coups de couteau dans la poitrine pour quelques billets de cent. Putain.

— Vous êtes certains qu'il s'agit d'un vol ?

— Oui, beaucoup de choses l'indiquent. La victime n'avait plus de portefeuille. La police locale pense que c'est une bande de jeunes, et que le meurtrier est déjà fiché. On va finir par trouver, même si on n'a pas grand-chose. Pas de témoins pour le moment, et le train n'a pas de caméras de surveillance.

— Et la victime ?

— Fabian Modin. Expert en capital-risque. Pas tout blanc, si j'ai bien compris."

La pauvreté crée l'envie et l'envie la violence, pense Hurtig. Mais il n'a pas la force de faire un commentaire. D'avoir un avis. "Tu es très occupé ?

— Pour le moment, c'est calme."

Hurtig lui résume sa nouvelle affaire et demande à Åhlund de vérifier s'il y a eu d'autres cas de suicides impliquant une cassette audio. "Si possible, vois aussi en Norvège, en Finlande et au Danemark. On ne sait jamais." Åhlund hoche la tête et Hurtig ajoute : "Au fait, Billing m'a dit que Schwartz s'occupait d'un truc du côté de Hornstull. C'est quoi ?

— Une camionnette de livraison qui a renversé un type juste avant le pont de Liljeholm. Peut-être par négligence, peut-être volontairement, mais c'est probablement juste un accident. Schwartz est en train de vérifier le gars qui a été écrasé. Étranger, sans papiers, des vêtements en loques, mais surtout salement amoché. Vu ses blessures à la tête, il a même peut-être été passé à tabac avant de se faire renverser."

Pas loin du centre d'animation où Isaak travaille, se dit Hurtig. Un ancien bâtiment industriel restructuré. Beaucoup des jeunes qui le fréquentent sont d'origine étrangère.

"Un peu comme le type qu'on avait trouvé écrasé à Salem il y a quatre ans, continue Åhlund. Colonne vertébrale brisée, comme celui-ci. À l'époque aussi on avait cru qu'il avait été tabassé."

Hurtig essaie de se souvenir. Un réfugié sans papiers originaire d'une ancienne république soviétique. Trouvé mort sur un parking, près du cimetière de Salem : l'affaire avait finalement été classée comme accident avec délit de fuite. Ils n'avaient trouvé qu'un prénom pour l'identifier. Dima, s'il se souvient bien.

Åhlund parti, Hurtig ferme la porte et met la cassette dans le magnétophone.

Voilà dix ans qu'il n'en a plus utilisé : il se rappelle les heures passées à écouter des enregistrements d'interrogatoires. À chercher une contradiction dans les déclarations d'un suspect. À guetter le silence inutile ou le changement de ton qui trahissent un mensonge ou une demi-vérité. Un travail ingrat qui n'a sans doute pas beaucoup changé aujourd'hui, mais que les techniques modernes ont rendu moins chronophage.

Il lance la lecture et, à son étonnement, il n'entend d'abord qu'un grondement. Plusieurs minutes, il attend qu'il se passe quelque chose, mais non. Rien que ce grondement sourd, blanc.

Il accélère la bande, monte le volume, mais toujours rien.

Les techniciens ont-ils pu l'effacer par erreur ? se demande-t-il quand, soudain, la pièce se remplit d'un hurlement abyssal.

MÉLANCOLIE NOIRE
Le studio

Après le concert à Uppsala, je passe la journée au studio.

Certains croient qu'il se trouve quelque part dans le Jämtland, mais c'est faux. D'autres disent la Dalécarlie, mais c'est également faux. Ce débat est vain : une terre en friche n'a pas de frontières.

C'est une petite pièce claustrophobique avec, le long d'un mur, une étagère de vieux magnétophones. On peut trouver aujourd'hui un vieux walkman pour quelques dizaines de couronnes, écouteurs compris le plus souvent.

Je pense au concert en entrant dans ma tanière, en fin d'après-midi.

Le public veut toujours me voir me faire des incisions, alors que, dans leur grande majorité, ils savent déjà ce que ça fait d'utiliser un cutter. C'est enfoncer une porte ouverte.

Je veux montrer la douleur aux non-initiés.

Il faut que ce soit vrai, et ça demande des années d'entraînement.

Les types avaient une réunion importante dans la gloriette. Je devais me faire silencieux comme une souris pour pouvoir être là quand on apportait les biscuits aux amandes et la limonade à la framboise. On entendait surtout la voix de Papa et j'étais fier que les autres types plus âgés l'écoutent.

J'étais seul dans le bureau, le tapis persan me servait de scène et le magnétophone posé par terre était un ampli Marshall. J'avais des écouteurs, et la musique qui retentissait dans ma tête n'avait jamais été entendue entre ces murs, puisqu'elle y était interdite. Tonnerre et lourde batterie avant que la guitare ne me fende le crâne et que tout s'accélère au point qu'on était aveuglé par la vitesse et qu'on perdait l'équilibre.

Railleuning blaude fromme euh leillecéreilletède squaille
Bliiiding its aurore, crieilleting maille stractcheure

Je faisais semblant de jouer de la guitare électrique à m'en faire saigner les doigts, tandis que le public en folie hurlait au pied de la scène.

Naoh aille châle reillene in blaude!

Je prends un Sony jaune sur l'étagère. Je l'ai choisi pour lui. David Litmanen à Blackeberg.

Je m'installe au bureau et j'allume l'ordinateur. Le ventilateur se met à ronronner doucement, je monte le volume des enceintes et crée un nouveau fichier que je baptise *Peau comme faite pour la plaie*.

C'est lui qui veut ça.

C'est lui qui décide de sa vie, et donc aussi de sa mort.

Les gens ne voient que la surface, et je pense que l'apparence est très importante pour l'image de soi et le développement personnel.

Quand j'étais petit, on me répétait que j'avais des doigts de pianiste, et je suis devenu musicien.

Comme on me trouvait pâle et fragile, je croyais que le soleil pouvait me faire du mal. On disait que mon corps était si frêle qu'il risquait de se briser au moindre contact.

Parfois, ces idées me reviennent. Alors je m'enferme plusieurs jours dans le noir. Sans même sortir du lit.

Il me faut moins de dix minutes pour programmer la batterie. Une boucle simple, grosse caisse, caisse claire, hi-hat. Tous les quatre temps, je marque le changement de mesure avec la cymbale. Rien de compliqué. Un rythme simple. La cymbale n'est en fait qu'un sample d'un couvercle de casserole jeté par terre, mais ça sonne juste : vide et creux.

Je branche la guitare sur la carte son. Je baisse la sixième corde en *ré*, puis j'appuie sur la touche d'enregistrement. J'entends déjà la chanson dans ma tête, elle fera une minute et deux secondes.

Des détails importants pour l'authenticité de la chose.

Trois accords obsédants. Pas de refrain. Pas de stick ni de break. Puis la basse, désaccordée comme la guitare. Je joue en rond, en rond, toujours les mêmes notes, encore et encore.

J'ai pris la liberté de voler des morceaux de mélodie à la berceuse de Brahms *Guten Abend, gute Nacht*, *Bonsoir, bonne nuit*. J'aurais aimé avoir la même oreille que Brahms. Enfant, il était déjà capable de tout jouer par cœur et, lors d'un concert sur un piano désaccordé, il avait transposé en *do* dièse la sonate en *do* mineur de Beethoven. J'admire Brahms, même si je ne l'avouerais à personne. Il savait varier un thème et avait magnifié la forme stricte de la sonate. Il l'avait disséquée, tranchée dans le vif pour que tous voient bien de quoi elle était faite.

Quand je suis enfin satisfait de la basse, ce qui demande plusieurs prises, je prends un xylophone jouet trouvé sur une brocante à Vårberg. Je pose l'instrument sur le bureau et je règle le micro pour qu'il capte l'ambiance : un peu de bruit de fond, un fauteuil de bureau qui grince ne font que rendre l'enregistrement plus vivant.

Je suis la note fondamentale une mesure sur deux, ce qui donne à l'ensemble une tonalité triste, puis je change pour la septième, c'est triste et beau. Au bout de trente secondes, j'ajoute la quinte, et ça commence à faire mal, à exprimer la douleur. Les trente dernières secondes, je suis la mesure, mais je joue uniquement à l'oreille. Ça devient faux et les sons se heurtent douloureusement.

Quand j'ai fini avec le xylophone, je noie le tout sous une grosse réverb métallique pour que ce soit sinistre à point. Ce n'est pas une musique pour faire plaisir, mais pour mourir.

Une minute et deux secondes pour un gamin de Blackeberg qui manque de confiance en lui.

J'approche le micro de mes lèvres, je me racle la gorge et me prépare à chanter son requiem.

Peau comme faite pour la plaie. Son propre texte, la dernière chose qu'il entendra avant que la douleur ne disparaisse enfin.

Le deuxième vers comme le premier, tantôt je hurle, tantôt je chuchote le message. Il doit passer clairement, et je veux le délivrer sur plusieurs tons.

La haine est la loi. La haine est soumise à la volonté. La haine est la volonté.

La mélancolie est la grâce et la joie d'être triste. La mélancolie est révolte et aliénation, et la mélancolie noire la profonde satisfaction de vouloir mourir. D'envoyer le monde au diable.

Le gamin prénommé David a compris tout ça.

Je pose la voix en une seule prise. C'est inhabituel, mais ça veut dire que le texte est bon, que j'y crois.

Je termine en copiant toutes les pistes sur le master, mais avec un décalage à peine audible. Ça suffit. Pas besoin de remasteriser le tout.

Les cassettes sont un stockage magnétique de la mort. Une communication sur la mort.

Et l'emballage est très important.

Pour la couverture, j'ai utilisé un stylo à encre noire. Un visage qui hurle, copié sept ou huit fois, formant un contraste violent et sale en noir et blanc.

Je glisse la cassette achevée dans une enveloppe que j'affranchis avec les timbres que David Litmanen de Blackeberg a joints à sa demande.

Je mets de côté l'enveloppe puis ouvre un autre fichier sonore.

J'ai terminé cette pièce la semaine dernière, et je la considère comme mon chef-d'œuvre.

La seule directive que j'ai reçue est que la musique dure douze minutes et vingt-sept secondes et parle de tuer celui qu'on aime.

HURTIG
Quartier Kronoberg

Le hurlement abyssal du début se transforme en vacarme assourdissant.

Un mur de guitares désaccordées et distordues et une batterie si exacte que Hurtig comprend qu'il s'agit d'une boîte à rythmes, et non d'un batteur en chair et en os. Personne ne peut être à ce point en rythme, même quelqu'un qui a aussi peu l'oreille musicale que moi le comprend, songe-t-il en écoutant avec une fascination croissante ce mélange de musique apocalyptique tonitruante et de poésie élégiaque.

J'avance à tâtons dans cet espace obscur, je sens le tranchant de la roche sous mes doigts.

Il se souvient quand dans sa chambre d'enfant à Kvikkjokk il rêvait d'ailleurs. D'un endroit où il y aurait autre chose que des terres sauvages et du froid, d'une existence qui ne soit pas cantonnée d'avance à la chasse, à la pêche et au scooter des neiges.

Je griffe jusqu'au sang mes mains tendues vers le ciel, vers les lambeaux froids des nuages.

Bientôt, la musique cesse aussi brusquement qu'elle a commencé, et il ne reste plus qu'un bruit blanc et le brouhaha du couloir hors de son bureau. D'après l'horloge digitale du magnétophone, la chanson dure neuf minutes et vingt-deux secondes, en comptant la friture du début.

Penser à son enfance dans le Norrland le ramène au présent. Il faut qu'il appelle Isaak pour savoir s'il est arrivé à Berlin. Comme d'habitude, Isaak a pris le train, car il a peur en avion. Après le changement à Copenhague, ils n'ont plus été en contact.

Isaak répond presque aussitôt, et lui raconte que la chambre qu'il a louée est plus belle que sur les photos.

"Mais je suis un peu stressé, là. Un rendez-vous avec un galeriste de chez Kunstwerke."

À peine ont-ils raccroché que son téléphone sonne : il reconnaît le numéro du labo.

"Bonjour, ici Emilia Svensson, c'est moi qui ai examiné les cassettes que nous a envoyées Billing."

Hurtig ne reconnaît pas la voix, et ce nom ne lui dit rien. Elle doit être nouvelle, mais il n'ose pas demander et la laisse continuer.

D'après Emilia Svensson, il y a trois sortes d'empreintes digitales.

"À part celles du mort, j'en ai trouvé deux autres que j'ai confrontées à notre fichier.

— Et… ?

— Eh bien, disons que notre système n'est pas totalement infaillible. Suite aux critiques de la Commission informatique et libertés, nous avons dû effacer près de cent mille personnes. Avant, on ne supprimait du fichier que les personnes décédées ou qui en faisaient expressément la demande, par exemple après avoir été acquittées. Nous disposons donc aujourd'hui de deux fois moins d'empreintes pour nos recherches. Dans l'ancien registre étaient même fichées des personnes ne s'étant rendues coupables d'aucun délit. Par exemple quelqu'un qui serait apparu sous plusieurs identités, ou une personne étrangère recensée sous différentes immatriculations.

— Merci pour cet exposé, rit Hurtig. Et donc, qu'avez-vous trouvé ?

— D'abord rien, mais en m'adressant à l'Office des migrations, j'ai trouvé une empreinte qui correspond.

— Et à qui appartient-elle ?

— À une certaine Aiman Chernikova. Réfugiée politique d'ex-URSS, domiciliée sur Folkungagatan."

AIMAN
Quartier Vägaren

Un artisan relieur du XIXe siècle se serait senti chez lui dans son atelier.

Une presse de plus de cent ans produisant plus de trois cents kilos de pression, un métier à relier en bois que le profane confond souvent avec un métier à tisser, des mains de papier marbré, divers plioirs en os et scalpels, des ciseaux, pinceaux, règles en acier et d'innombrables pièces de cuir de chèvre et de veau. En fait, l'atelier est bien trop petit, mais il fait l'affaire.

Au-dessus de l'établi, deux étagères avec des livres en cours de reliure, de tout, livres anciens ou de poche. Et aussi ses carnets de notes personnels, soixante-cinq livres, un projet qui lui prendra peut-être toute la vie.

Aiman Chernikova allume la lampe au-dessus de son établi et s'y assoit.

Devant elle, des échantillons de papier. Voilà quelques jours, elle a trouvé une petite boutique de la vieille ville qui soldait des papiers peints et des papiers marbrés des années 1960 et 1970.

À côté, un album avec des photos du Kazakhstan.

Elle l'ouvre et regarde la première photo. Un petit garçon maigre, torse nu, en short bleu. À l'arrière-plan, la mer d'Aral un jour d'été ensoleillé.

Les larmes lui montent aux yeux. Surtout du côté de son œil abîmé, rendu presque aveugle par le liquide.

Dima ramassait de la ferraille sur le fond asséché de la mer, devenu après cinquante ans d'irrigation intensive un désert de sel parsemé de bateaux échoués et de morceaux de fusées soviétiques.

Des déchets radioactifs tombés du cosmodrome situé à l'est.

Moy malenkiy maltchik, a écrit Maman à l'encre argentée dans le ciel bleu de la photographie.

Mon petit garçon.

La colle des petits coins en plastique qui maintiennent la photo en place a séché, il suffit de tirer un peu dessus pour qu'ils se détachent. Chaque fois, il y a une photo qui lâche et, dans le séjour, elle a quinze autres albums avec les mêmes coins mal collés. Ils ont besoin d'être restaurés, et peut-être qu'un des nouveaux papiers qu'elle a trouvés pourra servir.

Sur une autre photo, elle se voit avec Dima. Ils sont tous les deux derrière un étal sur un marché de Téhéran, où ils vendent ses nappes et maniques kazakhes brodées avec le motif du clan familial, rouge, noir et vert.

Puis Dima est mort, et sa famille a été complètement anéantie.

Son mobile sonne dans l'entrée. À contrecœur, elle laisse l'album photo pour aller répondre. Un certain Jens Hurtig, de la police de Stockholm, la convoque pour répondre à quelques questions. Il va envoyer une voiture la chercher.

SIMON
Quartier Vägaren

Simon est couché sur son lit. Non, il y est cloué. Un lourd écrou métallique lui traverse la poitrine. C'est un effort de tendre la main vers la cassette sur la table de nuit.

Simon est mort au moment même où elle a été enregistrée.

Il devra l'écouter bientôt. Écouter Hunger, puis en finir.

Les heures filent puis, enfin, le téléphone sonne.

C'est Øystein qui lui dit que tout est prêt pour la soirée : aussitôt Simon ressent des chatouillis au ventre. Il va bientôt se sentir euphorique, invincible, il va vomir et tout saloper.

Mais il se sentira bien.

Il se caresse le bras. La seule idée d'une seringue réveille la douleur de l'aiguille cassée qu'il a sous la peau, au creux du bras, depuis bientôt deux mois.

Il s'habille et descend sur Folkungagatan. Les manchettes des journaux s'affichent en noir et jaune au tabac du coin d'Östgötagatan.

AUCUNE PISTE DU MEURTRIER DU TRAIN DE SALTSJÖ.

IVO
Institut médicolégal

Le médecin légiste Ivo Andrić a encore l'image du corps lacéré de Fabian Modin dans la tête tandis qu'il roule la jeune femme jusqu'au milieu de la pièce. Il allume la lampe et sort les instruments nécessaires.

À part le ronron monotone de l'installation frigorifique, tout est silencieux. Avec ce nouveau corps, cela fait en tout trois tables d'autopsie en acier inoxydable.

Trois jeunes gens suicidés. Un garçon et deux filles, tous issus des banlieues sud de Stockholm, Farsta, Rågsved et cette nouvelle, de Salem.

Ivo Andrić trouve que cela ressemble à une épidémie, et c'est visiblement aussi l'avis de la police, puisqu'on lui demande de comparer les corps pour chercher des ressemblances.

Mais il ne pense pas en trouver. Le seul point commun entre ces trois jeunes rassemblés ici, c'est de s'être suicidés. Et d'être des récidivistes.

Il n'existe pas de statistiques fiables concernant les tentatives de suicide, mais on estime d'habitude qu'elles sont dix fois plus nombreuses que les suicides.

Il observe les bras de la nouvelle arrivée. De profondes cicatrices le long des veines, et non en travers, ce qui signifie qu'elle connaissait la méthode la plus efficace. Le garçon a une lésion à la nuque consécutive à une pendaison ratée, l'autre jeune fille le foie abîmé après des tentatives répétées d'empoisonnement à l'alcool et aux médicaments.

Leurs corps racontent ce que fut la vie.

Ivo Andrić sait par expérience que le suicide est contagieux. Pendant la guerre en Bosnie, il l'a vu de près. Dans des situations extrêmes, des familles entières se suicidaient. Il se demande ce qu'est une situation extrême : se sentir abandonné, seul au monde, privé de la capacité à y trouver rien de bon. Pas besoin de guerre pour ça.

Il commence par ce qu'il sait de la nouvelle fille. Maria Alvengren. Dix-sept ans. Long passé psychiatrique. Cette fois, elle a bu un cocktail de vodka et d'eau de Javel, après quoi elle a sauté de son balcon du cinquième étage et atterri le dos sur le cadre d'un vélo. Le corps humain n'est pas fait pour résister à ce genre de choc.

Il a une théorie sur ce qui l'a poussée à boire ce mélange. Elle tentait de produire du chloral, un somnifère autrefois utilisé dans les hôpitaux psychiatriques, mais abandonné en Suède depuis bientôt vingt ans. Le chlore réagit avec l'éthanol, lequel s'oxyde alors en acétaldéhyde. C'est peu dire que la quantité qu'en a ingurgitée la jeune fille est néfaste.

A-t-elle pris autre chose ? La jeune fille d'à côté avait avalé deux boîtes de Rohypnol avec une bouteille de vodka.

Cinq minutes plus tard, Ivo Andrić examine le ventre ouvert de la jeune fille.

Ce n'est pas vrai, se dit-il.

L'estomac est plein d'une bouillie grise.

Du papier.

Une grande quantité de papier dissous dans la vodka, l'eau de Javel et les sucs gastriques. Il y en a tant qu'il soupçonne la jeune femme d'avoir avalé un livre entier.

HURTIG
Quartier Kronoberg

"On dirait qu'elle a déjà été autopsiée", dit Ivo Andrić. Hurtig croit d'abord avoir mal entendu, car il y a de la friture sur la ligne.

Et puis le nom et l'adresse de la jeune fille l'ont mis mal à l'aise. Il faut qu'il vérifie immédiatement s'il y a un lien avec le centre d'animation du Lys. Une Maria Alvengren de Salem qui n'allait pas bien et qui s'est suicidée. Il espère que ce n'est pas la Maria avec laquelle a travaillé Isaak.

"Le ventre de Maria est rempli de papier", lui explique Ivo, avant de continuer, avec son exhaustivité habituelle : "Aux termes de la loi, tout ce qui a été sorti d'un corps lors d'une autopsie et qui n'a pas été conservé comme élément de preuve doit être remis en place, mais les textes ne précisent pas comment ; les organes disséqués sont souvent mélangés en vrac et se baladent à l'intérieur du corps. S'il reste un vide à boucher, on bourre avec du papier. Si on est soigneux, on peut le faire de façon plus respectueuse. Mais bien trop de mes collègues traînent des pieds, car ils n'y voient qu'une perte de temps. Ils appliquent la loi, sans faire le moindre zèle. Je n'apprécie pas leur attitude et leurs sempiternels bouchons de papier.

— Je ne te suis pas bien, dit Hurtig. Maria Alvengren a-t-elle été autopsiée, oui ou non ?

— J'ai dit qu'on *dirait* qu'elle a déjà été autopsiée. Elle a avalé une importante quantité de papier. Il y a des fragments de textes, je vais voir si on arrive à distinguer quelque chose. Mais ça prendra un peu de temps. Je reviens vers toi."

Après avoir raccroché, Hurtig se replonge dans les rapports bizarres sur ces suicides en série.

Le souvenir de sa sœur ne le quitte pas. Le vide dans son cœur était trop profond, et les ténèbres trop compactes. Le fil qui la rattachait à la vie était trop ténu. Hurtig ne peut s'empêcher de ressentir la frustration d'être une nouvelle fois confronté à des jeunes gens las de vivre. À ceux qui choisissent de renoncer. De dire non, merci.

Le premier pic du deuil passé, il avait été furieux contre elle, car il se sentait disqualifié par elle. Et le voilà à présent confronté à quatorze rapports concernant des jeunes gens qui ont fait la même chose.

Hurtig décroche à nouveau son téléphone. Deux minutes plus tard, il a la confirmation que la jeune femme morte est bien celle avec qui Isaak a parlé depuis Runmarö. Son mobile s'est brisé dans la chute du balcon, mais les techniciens du labo ont pu le rafistoler en partie.

Isaak est la dernière personne avec qui Maria Alvengren a parlé, et Hurtig ne sait pas comment le lui annoncer. Pas tout de suite, en tout cas.

Une voiture de patrouille est partie chercher Aiman Chernikova et devrait être de retour d'ici une demi-heure. Un peu plus peut-être, avec le début de l'heure de pointe.

Il introduit une cassette dans le magnétophone. Sur la pochette, il lit PECKA AND THE PECKERS et LOS BOHEMOS. Il a vérifié les noms de ces groupes : tous deux actifs à Gävle dans les années 1980, ce qui semble logique, d'après ce qu'il a lu au sujet d'Aiman Chernikova. Il a contacté l'Office des migrations qui lui a communiqué des copies de sa demande d'asile politique. Elle vivait alors à Gävle.

Le magnétophone crachote, puis on entend un piano seul. Quelques notes mélancoliques, comme un air folklorique. Une ligne mélodique qui se répète avec monotonie. Et à la fin la guitare distordue et la voix qui déclame en hurlant :

"Oh, de mes doigts j'arrache les ongles, mes mains douloureuses je meurtris contre la montagne, contre la forêt sombre, contre l'acier noir du ciel, contre cette terre froide !"

C'est la chanson qu'écoutait un garçon de quinze ans à Kalmar quand il s'est mis dans la baignoire et s'est coupé les veines des poignets avec une lame de rasoir empruntée à son père. Un carreleur, seul avec quatre enfants depuis que sa femme était morte du cancer. Le garçon était le plus jeune de la fratrie. Bonnes notes à l'école mais, d'après son professeur, il avait changé. Renfermé sur lui-même, aucun autre intérêt que la musique et le jeu vidéo *World of Warcraft*.

La voiture de patrouille annonce l'arrivée d'Aiman Chernikova.

Hurtig coupe son magnétophone et s'apprête à rencontrer la femme qui pourra peut-être expliquer pourquoi ces cassettes ont été trouvées chez chacun des quatorze jeunes suicidés.

L'angoisse, l'angoisse est mon héritage, la blessure à ma gorge, le cri de mon cœur dans ce monde.

La chanson dure dix minutes et vingt-cinq secondes.

10'25".

AIMAN
Quartier Kronoberg

"Aiman Chernikova ? Née en 1970 ?"

Elle hoche la tête. "Exact", confirme-t-elle en changeant de position sur son siège. Quelque chose chez ce policier la met mal à l'aise. La sensation n'est pas vraiment désagréable, plutôt étrange, et produit un fourmillement dans tout son corps. Dès son entrée dans la pièce, elle a eu une bouffée de chaleur en le saluant. Est-ce la nervosité ? Non, pourquoi ? Elle n'est accusée de rien et ne devrait pas se mettre dans un état pareil. Et pourtant son cœur s'emballe.

Il la regarde gentiment avant de commencer. "D'après nos informations, vous êtes née à Alma-Ata, au Kazakhstan. Vous avez déménagé à Téhéran à l'âge de trois ans et à Minsk à huit ? C'est bien ça ?" Il cale son grand corps au fond de son siège et passe la main dans ses cheveux blonds. Il a l'air fort.

"Oui, mais maintenant on dit Almaty."

Il semble ignorer son commentaire. "Vous avez habité chez un oncle, Michaïl Chernikov, poursuit-il en humectant son doigt pour tourner la page de son dossier. Pourquoi avoir quitté l'Iran pour l'Union soviétique ?"

Sa voix est douce et aimable, mais pourquoi toutes ces questions ?

"J'ai vécu presque sept ans chez Micha, à Minsk, où

je fréquentais un institut de gymnastique artistique. C'est pour ça que j'ai quitté Téhéran : pour pouvoir étudier."

La vérité n'est pas aussi simple. Ses parents sont morts en prison sous le dernier shah, Mohammad Reza Pahlavi, et le seul à pouvoir s'occuper d'elle était son oncle Micha.

Elle se demande si elle a été assez claire, et ajoute : "Et pour devenir une bonne communiste, naturellement."

C'est sûrement dans son dossier. En revanche, il n'y est probablement pas fait mention des milliers d'autres Iraniens qui ont demandé l'asile en Union soviétique en arguant de leur fidélité à la doctrine communiste, alors que c'était d'abord pour échapper au shah, puis à l'ayatollah. Beaucoup sont tombés de Charybde en Scylla. Mais pas Aiman. Elle s'en est plutôt bien sortie.

Aiman n'a jamais pu dire adieu à ses parents. Un télégramme est arrivé à Minsk, aussi formel et impersonnel qu'une dépêche d'agence de presse.

Son père et sa mère morts de dysenterie dans une prison d'État. Point final.

Le policier l'observe avec intérêt avant de se replonger dans ses papiers. "Oui, je vois que vous avez fait des études. Je vois aussi que vous étiez une gymnaste douée, passée à l'Ouest lors d'une compétition à Malmö. En... voyons voir... en 1984 ? Vous avez d'abord vécu à Gävle, avant de déménager à Stockholm en 1989 ?"

Pourquoi pose-t-il la question, s'il le sait déjà ?

Elle est étonnée qu'il n'ait pas fait la moindre allusion à son hijab, qu'il ne lui ait pas demandé de confirmer qu'elle était bien musulmane. D'habitude, ils y attachent une grande importance.

"Quelle est votre profession ?

— Je donne des cours de reliure et d'écriture créative au Lys, un centre d'animation pour les jeunes. Je travaille en plus à la bibliothèque municipale et parfois à la Bibliothèque royale."

Il semble soudain surpris. "Le Lys? Alors vous connaissez peut-être Isaak Swärd?"

Elle hoche la tête.

"C'est drôle, dit-il. Isaak est un de mes plus proches amis."

Il semble vouloir ajouter quelque chose au sujet de cette coïncidence, mais non.

"Bien, nous en avons fini avec les formalités. Passons à la raison de votre présence ici."

Jens Hurtig va prendre un petit carton sur une étagère près de la porte et le pose sur son bureau avant de se rasseoir. Il ouvre le carton et sort une cassette. "Vous reconnaissez ça?"

Elle reconnaît aussitôt la cassette. "Oui, c'est..." Elle réfléchit. Elle avait dix-sept ans, elle était en troisième année au lycée Vasa de Gävle et celui qui lui avait donné la cassette avait deux ans de moins. Il devait être amoureux d'elle, même si elle ne l'avait pas compris sur le coup. "... The Smiths et The Jesus and Mary Chain, dit-elle en se demandant ce qu'a pu devenir ce camarade. Mais comment est-elle arrivée là? Voilà bientôt un an, je suis allée chez Emmaüs, sur Götgatan, déposer quelques sacs de vêtements et de vieilles vidéos. Et plein de cassettes."

Il opine du chef. "Oui, je m'attendais à quelque chose de ce genre.

— Mais je ne comprends pas, où l'avez-vous trouvée?"

Il répond d'un air triste : "Cette cassette a été retrouvée dans une ferme de Kungsgården."

Elle remarque qu'il a du mal à en parler, et que sa voix se fait sourde quand il lui résume ce que sait la police.

Ses yeux lui disent qu'il n'a au fond pas envie de travailler sur ce genre d'affaire, et elle comprend pourquoi.

"C'est un peu ce qui s'est passé à la sortie des *Souffrances du Jeune Werther* de Goethe, commente-t-elle une fois l'exposé achevé. Après avoir lu le roman, beaucoup de jeunes gens se sont suicidés, en imitant le personnage principal."

Il semble pensif, mais ne réagit pas à sa remarque. C'est peut-être un peu tiré par les cheveux.

"Connaissez-vous une certaine Maria Alvengren ?" demande-t-il soudain. Elle sent son ventre se nouer. Elle hoche la tête et comprend que, dans la phrase suivante, il va lui annoncer que Maria n'est plus en vie. Mais elle ne veut pas savoir. Elle veut continuer d'imaginer Maria en train de jouer de la guitare au Lys, de boire du thé à la cafétéria avec Vanja avant d'aller fumer sur la terrasse.

En crapotant à la manière maladroite des adolescents.

Mais non. Quand Jens Hurtig lui a tout dit, il finit par quelques politesses :

Souhaite-t-elle qu'on la ramène chez elle ?

Non merci. Elle va travailler, et préfère prendre le métro pour Liljeholmen.

Veut-elle quelque chose à boire ? Un café ?

Peut-être est-ce par égard pour elle qu'il pose ces questions ? Pour lui faire penser à autre chose qu'à une jeune fille lassée de vivre ?

Ou bien est-ce lui qui en a besoin ?

Elle boirait volontiers quelque chose, mais pas du café, car elle est enceinte. Un verre d'eau serait parfait, si ça ne dérange pas.

"Vous êtes enceinte ?" Il l'embrasse rapidement du regard. "Ça ne se voit pas, ajoute-t-il en se levant. Attendez, je vous apporte ça."

Pourquoi lui avoir raconté ça ? se dit-elle. Personne n'est au courant, à part elle et un médecin à la maternité.

Quand il a quitté la pièce, elle regarde autour d'elle.

Au mur, une carte. Un collage d'images tirées de vieux magazines. *Félicitations, frangin !* lit-on dans une bulle. À côté, la photo d'une jeune femme. À part ça, le bureau est étonnamment impersonnel. Sans doute cet homme ne se laisse-t-il pas distraire de son travail quand il est ici.

Il revient un peu plus tard avec un verre et une petite carafe d'eau en lui adressant un petit sourire gêné. "Pardon de vous avoir fait attendre, je me suis perdu."

Elle prend le verre et il la sert. "Perdu ?

— Oui, vous avez peut-être remarqué qu'il y a un autre nom que le mien sur la porte."

Elle avait en effet vu la plaque : COMMISSAIRE JEANETTE KIHLBERG.

"Je suis allé à mon ancien bureau, explique-t-il. Voilà presque un an que j'ai été transféré ici, mais il m'arrive encore de me tromper. Surtout quand je suis un peu fatigué, comme maintenant." Il se rassoit. "Au fait, qu'est-il arrivé à votre œil ? Une ancienne blessure ?"

Elle opine du chef, sans rien dire.

HURTIG
Quartier Kronoberg

Elle a été brutalisée, pense Hurtig après son départ.

Il a déjà vu ce type de blessures aux yeux. Elles sont le plus souvent dues à des coups, dont l'auteur est probablement, comme d'habitude, un proche. Ses parents ou son oncle, qui d'ailleurs travaillait pour le KGB dans la république soviétique de Biélorussie. D'après son dossier, elle n'a jamais été mariée, mais elle est enceinte et a peut-être un petit ami.

La personne qu'il vient de rencontrer porte un lourd fardeau. Si son œil abîmé témoignait de violences subies, il en allait de même de son œil sain. Il sent ces choses-là, surtout après ce qu'il a dû vivre cinq ans auparavant. Il observe tous les jours le changement dans son miroir. Dans ses propres yeux.

L'affaire des enfants immigrés.

Quand on a assisté aux premières loges à ce genre de crimes, il n'est pas étonnant d'être perturbé. Pour oublier plus facilement, il a tenté de devenir différent, au moins un peu. Au beau milieu de l'enquête, il a rencontré Isaak dans ce bar, au cœur du quartier Söder, et ils sont devenus amis. Jens Hurtig, un bouseux du fin fond du Norrland, devenu ami non seulement d'un pédé, mais d'un pédé artiste. Un de ces types qui badigeonnent un peu de peinture sur une toile et parcourent le vaste monde.

Il avait besoin de faire de nouvelles expériences, et Isaak en était une. Et l'est encore aujourd'hui.

Quant à lui, il ne sait pas trop qui il est. Apprendre à se connaître soi-même est le projet de toute une vie.

Il ouvre son portefeuille et sort l'avis de passage de la poste.

Autant passer chercher le jeu sur le chemin de la maison. Peut-être pourra-t-il prendre encore un certain recul par rapport à son rôle d'adulte en jouant un peu. En transformant une ancienne expérience en nouvelle.

VANJA
Le Lys

Le centre d'animation du Lys est situé dans un ancien local industriel en briques rouges avec vue sur la baie de Liljeholm et le pont basculant qui relie le quartier à Södermalm. Assise sur la terrasse de la cafétéria, Vanja fume en regardant défiler les voitures et les bateaux. De temps à autre, le pont s'ouvre pour laisser passer un navire plus gros.

Aiman est en retard, mais ça ne fait rien. Au contraire, ça lui a laissé le temps de sécher ses larmes.

Maria n'est plus, et c'est comme ça. Vanja sait qu'elle a fini de pleurer.

Sois dure, se dit-elle. Sinon tu vas plonger.

Encaisse.

Elle aimerait avoir bu. Avoir moins de temps pour penser.

Elle n'a pas envie de retourner dans la cafétéria. C'est plein de soi-disant amis, impossible d'y être tranquille. Elle allume une nouvelle cigarette au bout de l'ancienne quand un des animateurs vient la voir, la serre dans ses bras puis s'assied en face d'elle.

"Je t'ai apporté une couverture", dit-il en lui tendant un des plaids que des filles de Bredäng fabriquent à l'atelier couture. Des filles paumées qui passent leurs soirées à tricoter pour avoir quelque chose à faire : Vanja trouve que ça ne fait qu'aggraver leur cas.

Le tricot n'est qu'une manière mécanique de repousser leurs problèmes, de fuir la réalité.

Maria ne faisait pas partie des tricoteuses. Elle avait choisi de canaliser ses sentiments autrement.

"Je n'aurai pas le courage d'aller à l'enterrement", déclare Vanja en se drapant dans la couverture. Je n'aurai pas le courage, pense-t-elle, parce que je suis trop nulle.

"Tu es sûre?" dit-il, avant de lui demander une cigarette. Ce n'est pas la première fois : à part des poivrots et des SDF, c'est le seul adulte qu'ait rencontré Vanja qui taxe des cigarettes à une fille de seize ans.

Elle lui tend le paquet. Comment a-t-elle pu en arriver là? songe-t-elle. Elle avait tout pour aller bien. Avant de décider d'aller mal.

Au début, elle avait fait semblant d'aller mal, pour se sentir intéressante, et elle avait atterri dans ce centre. Puis elle s'était mise à aller mal pour de bon, parce qu'elle avait honte de ce qu'elle était devenue.

C'est sans doute aussi à cause d'elle que Paul boit autant.

Tout est sa faute et voilà qu'elle se regarde le nombril.

Alors que c'est Maria qui est morte.

Aiman sort sur la terrasse. L'animateur se lève et Vanja voit que ses larmes ne se sont pas taries. Qu'il est encore capable de ressentir quelque chose. Il console Vanja d'un regard avant de s'excuser et de rejoindre les tricoteuses à la cafétéria.

"Comment ça va?" demande Aiman.

Vanja lui dit juste qu'elle a tout appris au téléphone par la mère de Maria, et qu'elle a vomi à peine après avoir raccroché. Puis qu'elle a passé une journée entière au lit avant de décider de venir ici.

"Tu as écrit?

— Non. Pas eu le courage.

— Tu te rappelles le texte que tu m'as montré la semaine dernière ?"

Vanja hoche la tête. Elle s'en souvient très bien, car elle s'était débattue pour trouver les bonnes formulations.

La seule chose qui me permet parfois de respirer est d'écrire. Quand j'écris je vais mieux, presque bien, mais dès que je repose la plume, cette sensation disparaît. Souvent je hais mes propres mots. Tout aussi souvent je les trouve banals, insignifiants. Mais parfois, parfois seulement, c'est comme si tout prenait sens. Je ressens alors de l'espoir, une sorte de satisfaction, comme si je commençais à me comprendre moi-même.

"Je ressens la même chose que toi", dit Aiman en se penchant au-dessus de la table. Elle frissonne, puis continue en baissant la voix, comme si elle confiait un secret à Vanja.

"Écrire, c'est comme vivre, et lire ce qu'un autre a écrit est comme vivre en soi-même la vie d'un autre."

Vanja sait qu'Aiman aide des jeunes gens déracinés en partageant avec eux sa propre vie. Son propre déracinement.

Elle se demande aussi si Aiman a compris le poème qu'elle lui a montré avant de l'envoyer à Hunger.

Être déchirée entre deux choix de vie
Sur un pont entre espoir et désespoir.
Entre le Lys et Knivsöder.

AIMAN
Le Lys

Elle va à la cafétéria se refaire du thé. Elle en boit le plus souvent trois ou quatre tasses, les soirs où elle travaille au Lys. Du thé vert, riche en antioxydants, qui doit aussi faire du bien au bébé dans son ventre. Revenue à l'atelier, elle se place derrière Vanja, sa tasse fumante à la main, et regarde le travail appliqué de la jeune femme.

Le Chemin de Damas et *Le Songe* de Strindberg en un volume. Une modeste édition de poche à la reliure bon marché : l'impression est un peu sale, la typographie serrée. Mais le livre est en bon état et Vanja aime l'illustration de la couverture, un portrait à l'encre de l'auteur, l'air grave, en demi-figure. La lumière tombe de la droite, donnant à l'un des yeux une expression triste, du même côté que l'œil abîmé d'Aiman, tandis que l'autre œil de Strindberg est dur et acéré.

"La dédicace est fantastique, s'exclame Vanja en tendant le livre à Aiman. Putain, que c'est pathétique."

Sur la page de garde, on lit : "Je t'aime." Pas de signature ni de destinataire, rien que cette déclaration d'amour, dont les quelques mots chatouillent l'imagination d'Aiman.

"Je n'apprécie pas spécialement *Damas*, dit Aiman. On a l'impression que toute la pièce n'est qu'un brouillon du *Songe*.

— Alors coupons *Damas*, décide Vanja en approchant un scalpel du livre. Pas seulement la page de garde, mais toute la pièce. Ma reliure ne contiendra que *Le Songe*."

Aiman apprécie de voir à l'œuvre la créativité originale de la jeune fille, qui semble intacte malgré la perte récente d'une de ses meilleures amies. "Voltaire a fait la même chose avec les romans de Rabelais", explique Aiman en lui racontant que l'écrivain y avait découpé les pages qu'il appréciait pour les relier et se faire ses propres versions de *Gargantua* et *Pantagruel*.

"Je trouve que la dédicace ridicule sera mieux à sa place au dos du livre, avec une reliure carmin, à la française."

Vanja dirige à nouveau la lame aiguisée du scalpel vers le livre. Elle le retourne ensuite en dénudant son poignet et, un instant, Aiman croit qu'elle va y porter la lame.

Mais Vanja passe la pointe du couteau sur le texte en quatrième de couverture.

Elle pouffe. "Je crois qu'on va garder toute la citation. Écoute ça : « Tout ce qui est impensable devient vraisemblable. Les personnages sont entraperçus, esquissés, les esquisses se confondent, une même personne se dissout en plusieurs qui, à leur tour, se fondent en une seule. Le temps et l'espace n'existent pas. Une minute dure des années, il n'y a pas de saisons, la neige recouvre un paysage d'été et les tilleuls jaunissent et verdoient. »

— C'est une description de la logique pêle-mêle du rêve", commente Aiman en se disant que ces mots résumeraient assez bien les souvenirs de sa propre vie.

Les steppes du Kazakhstan, le voyage vers Téhéran dans une voiture rouillée. Puis Minsk, un gymnase. Le refuge en Suède. Des jours noirs à Gävle, puis lumineux à Stockholm, avant de s'assombrir là aussi. Une fuite à Berlin. Un tourbillon de souvenirs. Dima est mort, et pourtant il vit.

Vanja pose le livre. “J’ai aussi autre chose qu’il faudrait relier.”

Elle sort de son sac un agenda usé, couvert d’un cuir synthétique brun, qu’elle pose sur la table. “C’est écrit par un vieux bonhomme qui note la météo et les camions qui passent, jour après jour.”

Aiman prend l’agenda. Le feuillette un peu et voit le nom et l’adresse du propriétaire notés tout en bas, au dos. “Quel genre de reliure veux-tu ?

— Luxueuse”, répond Vanja en détournant les yeux.

SIMON
Quartier Vägaren

Il se réveille comme un loup. Sans larmes, affamé, la langue sèche.

Il s'est déjà réveillé dans cet état, avec l'irritante sensation que l'heure est enfin venue, mais il a toujours été déçu. Ni lui ni les autres n'ont jamais eu assez d'énergie pour achever leur projet grandiose. C'était pour de bon, mais jamais vraiment grandiose.

Tout s'effondre.

Pas seulement moi, mais tout, se dit-il en tirant la couverture sur sa tête. Comment font-ils tous pour ne pas voir la souillure, la déchéance, et que la fin inévitable est toute proche ?

L'air sous la couverture devient vite étouffant, et il se persuade lui-même que c'est normal. Cette pourriture.

La vraie raison de son réveil, c'est qu'il a envie de vomir. Paralysé de se trouver au mauvais endroit, dans le mauvais monde.

L'appartement est silencieux, Simon suppose qu'Øystein et les autres sont partis. Pendant la soirée, ils ont rencontré trois types, des métalleux de Falun. Ils se reverront probablement, peut-être à un concert. La scène destructive est plus grande que jamais, car le besoin de dissolution est plus grand que jamais.

Le monde est incompréhensible et une lame de rasoir rend au moins les choses un peu plus tangibles.

Il attrape son cahier. *Je suis ce que je fais, tout le reste n'est que vent et gaspillage d'énergie*, écrit-il en prenant la lame de rasoir qui traîne par terre à côté du lit. *Je ne suis vivant qu'à travers mes actes*. Il appuie la lame tranchante sur l'intérieur de son bras droit et la fait lentement descendre vers le poignet. La peau s'écarte et de la profonde incision ne sort d'abord rien. Les bords de la plaie sont blancs. Il est comme un flagellant du Moyen Âge essayant de lutter contre la peste noire. Puis vient le sang.

La première fois qu'il s'est coupé, c'était comme le premier fix. Tout par la suite n'en est plus qu'une pâle copie, mais reste malgré tout un souvenir de la première fois.

Avec l'héroïne, ça a été le coup de foudre immédiat. Elle l'a séduit et est devenue sa camarade de jeu. Désormais, c'est un monstre qui le dévore de l'intérieur.

Il va aux toilettes chercher une bande de gaze qu'il serre fort autour de son bras avant d'aller s'asseoir dans le canapé du séjour. La plénitude l'envahit, mais il sait que la sensation est fugace. Putain de bordel de merde.

Quand toutes les portes sont closes et qu'on n'a aucune clé, alors on a le droit d'abandonner. À quoi bon proposer à l'adversaire de jouer la revanche, si la disposition de l'échiquier indique clairement que la partie est perdue d'avance ?

Le silence compact du séjour est renforcé par la sirène d'une ambulance qui passe sur Folkungagatan. Elle s'arrête puis continue vers Götgatan. Le bruit se répercute entre les murs avant de disparaître par l'entrée, puis la coursive, laissant derrière lui la trace d'une présence soudaine et d'une aussi soudaine disparition.

Le silence n'est pas l'absence de bruit, pense-t-il. Plutôt son manque. Ce n'est qu'en ressentant le manque de bruit que l'on fait l'expérience du silence. Avant cela, le silence n'est qu'un aspect de l'existence. On peut faire l'expérience d'un silence assourdissant dans un stade de foot, au milieu d'une tribune de supporters qui hurlent, de la même façon qu'on peut percevoir comme pleine de bruits la pente dénudée d'une montagne au milieu de nulle part.

Simon se souvient des longues marches en forêt autour de Vitvattnet dans le Jämtland. Le plus souvent seul, mais parfois en compagnie d'Øystein. La plupart du temps en silence, et s'ils se parlaient, c'était tout bas. Presque en chuchotant.

Les questions qu'il se posait enfant sont toujours les mêmes.

L'arbre qui s'abat dans la forêt fait-il du bruit si personne n'est là pour l'entendre ?

Vit-on quand on n'est pas regardé ? Ou n'est-ce qu'à travers la confirmation d'être vu que l'on vit ?

De même qu'une légende ne peut naître dans une existence privée d'écho, un héros a besoin d'un miroir. Un miroir est un témoin et un héros n'est pas héros sans spectateur.

Simon passait ses étés à Vitvattnet. C'est là qu'il a fait la connaissance d'Øystein, dont les parents avaient aussi une maison là-bas. Ensemble, ils se perdaient dans leurs rêves. Ils partiraient à la conquête du monde et, s'ils échouaient, tueraient un maximum de gens. Et ils auraient pu le faire. Le père d'Øystein possédait deux carabines de chasse et un vieux révolver de la Seconde Guerre mondiale.

Ils auraient pu se rendre au village n'importe quand et tuer tous ceux qu'ils voulaient. Le râtelier des armes n'était même pas fermé à clé.

Il entend le hurlement d'une autre ambulance. Quand les sirènes s'estompent dehors et restituent le vide qu'elles ont dérobé, le séjour retrouve son ambiance glauque habituelle.

La descente approche et il va se briser.

Ses entrailles vont exploser et ses muscles se rétracter, comme si son corps était un chiffon qu'on essore.

Il va à la cuisine se faire du café. Toujours perché dans une agréable insignifiance, il s'assoit et allume une cigarette, tandis que la cafetière commence à crachoter.

Le chat noir de la voisine est couché sur la rambarde de la coursive. Il se demande ce que ça ferait de tuer un animal.

Il pense à sa voisine. Elle a l'habitude d'aller lire sur un plaid, dans la cour intérieure. Il le fait lui aussi parfois, mais sur un banc près de l'aire de jeux. Elle est très belle, semble venir du Moyen-Orient, alors qu'elle porte un nom à consonance russe.

Il écrase son mégot, se verse une tasse de café, et attend que le malaise survienne.

Le mythe du professeur devenu chauffeur de taxi ou qui fait des ménages est bien réel : sa voisine est peut-être une chirurgienne forcée de travailler comme aide-soignante pour gagner sa vie.

À ce moment, le chat saute de la rambarde et il entend la porte de sa voisine s'ouvrir. Le malaise arrive alors, beaucoup plus tôt que prévu.

Il n'atteint pas les toilettes à temps. Il vomit sur le sol de l'entrée, sur les murs, soulève à la volée le couvercle de la cuvette, et son ventre se retourne.

HURTIG
Sibérie

Il a le colis sous le bras, et l'ouvre à peine débarrassé de son manteau. C'est le Telstar de 1977. Il le pose, allume machinalement la télé, mais ne branche pas le jeu. Il n'en a ni l'envie ni la force et puis il s'intéresse davantage à l'Atari, plus ancien et plus cher.

Il préfère appeler pour prendre des nouvelles d'Isaak. Savoir si tout va bien. Leur conversation de l'après-midi a été interrompue si précipitamment.

"J'ai commencé quelques toiles, dit Isaak, d'un ton découragé. Me voilà devant trois tableaux inachevés, et je me rends compte que ma peinture est ringarde. Bien trop statique."

Hurtig tente de lui remonter le moral et lui rappelle son exposition à l'East Side Gallery. Un des derniers vestiges du Mur de Berlin. La plus longue galerie du monde, plus d'un kilomètre et demi au bord de la Spree. Hurtig ne se souvient plus de la peinture d'Isaak, mais du processus de sa destruction : une première personne lui a arraché de gros morceaux de béton, puis une autre l'a vandalisée à la bombe.

"Ce tableau a fini dans des sacs de gravats, rit sèchement Isaak, quand cette partie du mur a été rasée pour faire place à un nouveau stade. Dispersé dans Berlin sous forme de remblais. Mais tu as raison. Ça, c'était intéressant. Pas la peinture en elle-même."

Hurtig sait qu'il devrait lui parler du suicide de la jeune fille, mais il comprend qu'Isaak a d'autres soucis et semble assez déprimé, aussi décide-t-il d'attendre.

Ils raccrochent, Hurtig monte le son de la télé et bientôt la présentatrice du journal vient lui tenir compagnie. Après les nouvelles du jour suivent la météo et le sport.

Il ouvre une bière et s'installe dans le canapé. On rapporte qu'il a plu toute la journée dans la région de Stockholm. Il regarde par la fenêtre. Il ne pleut pas. Dehors, des feuilles d'automne toutes sèches bruissent dans le vent.

Le sport commence alors qu'il a fini sa bière. Il trouve apaisants les interviews creuses et les interminables résultats des matchs. Ça parle, sans qu'il soit la peine d'écouter.

Il aimerait s'intéresser à la musique. Il pourrait alors écouter plutôt Bach ou Mozart.

Mais il n'a jamais rien compris à la musique, et ne croit pas que ce soit juste par manque d'oreille. Il ne sait pas bien, mais soupçonne qu'il faut pour ça une sorte d'abandon qui n'est pas sans ressembler à de la religiosité, et il a beaucoup de mal à se laisser aller de cette façon. À l'adolescence, il a fait quelques tentatives gauches. Il a pris ce qu'il avait sous la main, des disques de Dire Straits et Status Quo, trouvés chez un camarade. Un fiasco.

Hurtig se lève du canapé, va à la cuisine chercher une nouvelle bière. Ce sera la dernière. Cette nuit, il a besoin de dormir. Ces maudits suicides le fatiguent et l'empêchent de se concentrer, car il ne les comprend pas.

Quand il regagne le séjour, la télé diffuse une émission de société sur le thème du recrutement, où un expert affirme que la moitié de la capacité des entreprises suédoises n'est pas exploitée parce que les bonnes personnes ne sont pas aux bons postes.

C'est drôle, songe-t-il. Je ne suis probablement pas le plus qualifié pour cette enquête. Musique et suicide. Pas franchement là où je brille.

Il change de chaîne. Un documentaire animalier sur la faune de l'archipel de Svalbard, qui convient mieux à son état d'esprit, mais il se met à penser à sa sœur. C'est cuit pour ce soir : le sommeil, ça risque d'être coton.

À peine plus d'une heure plus tard, il se rend compte que la bière aussi, c'est coton. Il en est à sa quatrième. À côté de lui, sur le canapé, un carton qu'il est allé dénicher au fond du placard.

Un carton de souvenirs. Lettres, cartes postales et photos, quelques vieux annuaires scolaires et un album de strips du Fantôme découpés dans les colonnes du *Norra Västerbottens Tidning*.

Il y a aussi le rapport des services sociaux sur le suicide de sa sœur, un document d'une poignée de pages qui constate qu'il n'a pas été possible dans ce dossier de déterminer les causes précises de l'échec des services psychiatriques du Norrbotten.

Il le lit, et se sent aussi désemparé qu'à l'époque devant cette langue de bois :

Eu égard à l'estimation de la situation par les services concernés et aux mesures prises telles qu'elles lui ont été présentées, la direction des Affaires sociales, après examen, relève les points suivants : il ressort du dossier médical que l'estimation des risques suicidaires manque parfois et que, quand elle a été effectuée, il n'est pas toujours possible de savoir sur quels éléments se fonde cette estimation. La patiente avait déjà fait deux tentatives de suicide.

En clair, eux-mêmes ne comprennent pas. Comment y arriverait-il, lui ?

Il replace le rapport dans l'enveloppe officielle brune et la met de côté. En fait, ce n'est pas ça qu'il cherchait dans le carton.

Ah voilà. Tout au fond.

Après avoir passé la journée à travailler avec des cassettes, pas étonnant qu'il ait pensé à celle-ci. Elle est dans un étui plastique rayé. Sur l'étiquette, on lit : LINA PLEURE.

Qu'est-ce qui me prend ? se dit-il en sortant la cassette de son étui, bien conscient qu'il a tort de l'écouter.

Sa sœur ne devait pas avoir plus de six mois quand elle avait, involontairement, servi d'accessoire pour une pièce scolaire au collège.

Il ne se rappelle plus le sujet de la pièce, juste les cris dans le landau, sur scène : le magnétophone était caché sous une couverture de poupée. Lina pleurait dans l'auditorium à moitié vide de l'école de Kvikkjokk, comme elle va bientôt le faire dans un appartement désolé de la Sibérie.

SIMON
Quartier Vägaren

“Ça ne va pas, ça.” Øystein le regarde avec mépris. “C’est fini, ces redescentes foireuses ! Arrange-toi pour avoir toujours un truc sous la main. Au moins jusqu’à notre retour de Scanie.”

Fait chier, ce voyage en Scanie. Trop chier. Et puis il lui faut quelque chose pour oublier son mal de dents. Ses mâchoires sont serrées comme un étau, et il va bien falloir qu’il utilise le contact de son père au sein des services dentaires.

Il n’arrive décidément pas à comprendre comment fait Øystein. Il se shoote parfois, mais pas tant que ça. Et il n’est jamais mal, alors que ça devrait être impossible.

Une explication pourrait être qu’il consomme en cachette du Suboxone, qu’il se procure Dieu sait comment. Dans la rue, ou grâce à un médecin indélicat. Aujourd’hui, il est presque impossible de trouver une place dans un foyer de désintoxication : Simon sait qu’Øystein et lui sont considérés comme des rebuts par les services médicaux. Dès lors, un médecin qui deale du Suboxone est un bon médecin.

Un shoot plus tard, son énergie circule à nouveau.

Øystein disparaît et Simon reste seul. Parfois, il se demande si Øystein existe vraiment. Il se réduit à un canal, un lien entre Simon et l’héroïne.

Il va dans la chambre ouvrir le tiroir de la table de nuit.

La cassette est toujours là. Hunger l'attend. Il attend que le jour arrive.

MÉLANCOLIE NOIRE
Le studio

Je suis un solitaire. Je ne considère même pas mon âme comme une amie, car nous ne sommes que deux cadavres qui partagent la même tombe.

L'héroïne renforce la mélancolie. La légitime. Je sais qu'elle est dysharmonie, mais le chaos est une condition de l'ordre.

Mélancolie est le terme grec pour bile noire, l'élément central de la théorie des humeurs.

L'équilibre doit régner entre le corps et l'âme. L'harmonie entre le cœur, le cerveau, la bile jaune du foie et la bile noire de la rate.

Mélancolie noire est une tautologie. Bile noire noire. Je vais mourir.

Je vais bientôt mourir.

Mes seuls amis sont ceux qui m'écoutent et mon plus cher désir est qu'ils meurent eux aussi. Comme David Litmanen à Blackeberg. Et la fille de Morgongåva qui a son anniversaire le 3 novembre. C'est demain, ce qui veut dire qu'elle est la suivante sur la liste.

Je me sens enthousiaste en m'installant devant l'ordinateur. Le backtrack du concert est à peine commencé. Il doit durer une heure dix, plus un set supplémentaire de dix minutes. Je sais que je n'aurai pas la force de faire plus, et c'est même peut-être déjà trop. Tout dépend si je me sors du dernier morceau avant le break. Douze minutes d'essoreuse, et c'est là d'habitude que je perds les pédales. Le morceau parle de Maman.

Tout a commencé un beau jour d'été, quand Maman m'a pris dans ses bras pour descendre au chemin de fer.

J'avais cinq ans et elle m'a dit que je lui ressemblais, que j'étais au fond la même personne qu'elle et que ce que nous allions à présent faire ensemble était une action sacrée.

Dieu lui avait dit de le faire, ce qui était plausible puisque Dieu nous disait toujours tout ce qu'il fallait faire. Comme ne pas regarder la télé ou ne jamais rester plus de cinq minutes sous la douche, car il faut être propre, pas se prélasser sous l'eau chaude.

Par la suite, le Vieux avait expliqué que c'était le Diable qui était venu la trouver sous un déguisement.

Quelles foutaises. Maman était vivante. J'étais vivant. Nous n'avons jamais été aussi vivants ensemble : tout ce que je fais aujourd'hui, c'est pour revenir à cet instant, près de la voie ferrée, avec Maman.

La vie est la mort. La mort est la vie. Pourquoi personne ne comprend ça ?

Et le sentiment d'être à la fois mort et vivant n'est jamais aussi fort que lorsqu'on le partage avec quelqu'un. La vie et la mort sont les deux côtés de la médaille. Pile et face. Nuit et jour.

Nous l'avons fait ensemble, elle et moi.

Tout devient bien plus facile à deux.

Quand on est unis.

J'étais blotti dans les bras de Maman. Le vent soufflait légèrement dans ses cheveux, j'entendais les grincements du train qui approchait. Je sentais son parfum. L'odeur de rouille et de métal qui signifiait la mort et la chaleur du soleil et des bras de Maman. Les vibrations dans les rails, le tatactatoum dans le sol et le tressautement des traverses.

Enfin la sirène du train et une vanesse qui s'envole à tire-d'aile.

J'avais cinq ans et je ne voulais pas mourir.

Il ne me faut pas plus de deux heures pour que le backtrack ressemble au moins à une grille utilisable, mais après je suis épuisé.

Et la soirée ne fait que commencer.

AIMAN
Quartier Vägaren

Elle ne fait pas sa prière cinq fois par jour, car elle ne prie pas pour prier.

Ce soir, elle prie pour Dima, et sa prière est une affaire privée entre elle et Dieu.

C'est sa liberté, comme son choix de porter le voile.

En Union soviétique, où la sécularisation était inscrite dans la loi et où la pratique publique d'une religion faisait courir un risque mortel, porter le hijab était un acte de rébellion et ce voile représente encore pour elle, trente ans plus tard, sa liberté.

Aiman dort d'un sommeil inquiet cette nuit et, vers trois heures, elle ouvre l'œil.

Elle n'arrive pas à se rendormir, allume sa lampe de chevet et attrape le carton sous le lit. Elle sait que Vanja en cache un semblable au même endroit.

Deux semaines avant sa mort, voilà bientôt six ans, Micha lui a envoyé ce carton qui, en plus de sept voiles de couleurs différentes, contenait des souvenirs de ses années à Minsk. Tout ce qu'elle avait dû laisser derrière elle en passant à l'Ouest. Ses anciens chaussons de gymnastique et les tenues rouges de l'équipe nationale, avec la faucille et le marteau, et ses médailles obtenues à Moscou, Rostov et Saint-Pétersbourg. Des souvenirs de l'héroïne de sa jeunesse, la gymnaste Olga Valentinova Korbut : photos dédicacées, timbres, articles de journaux et une cassette vidéo des Jeux olympiques de Munich en 1972, où l'Hirondelle de Minsk avait remporté trois médailles d'or.

Elle remet le couvercle, repousse le carton sous le lit, éteint et songe à sa vie en exil.

Malgré sa vie solitaire à Minsk et, avant cela, les tribulations de son enfance, la fuite d'Alma-Ata et les années difficiles à Téhéran, elle ne trouve pas de raison de se plaindre. Ça aurait pu être pire, bien pire. Pourtant elle ressent un manque, sans savoir exactement de quoi. De racines ? D'un point fixe ?

Le fait de savoir que tout aurait pu être différent ?

Non que la vie ait été dure avec elle. C'est plutôt comme si la vie l'avait oubliée. Laissée tranquille. Elle a connu un triple exil et, quand elle considère sa vie d'un œil extérieur, elle a l'impression d'être restée à regarder dans un coin. À écouter, observer, mais sans participer.

Le rêve de devenir la nouvelle Hirondelle de Minsk est mort au moment même où elle a posé le pied sur le sol suédois, mais elle n'en éprouve aucune amertume. Elle pourrait énumérer toute une série de circonstances qui l'ont conduite à renoncer à la vie, mais elle n'en fait rien.

Le sac à dos de l'expérience n'est pas trop chargé pour elle, car il n'a jamais contenu que du lait en poudre et des aliments lyophilisés. Pratiques en voyage.

Ce triple exil a développé chez elle une bonne oreille pour les langues.

Aiman parle couramment cinq langues, peut se faire comprendre dans trois autres et se débrouille pour en déchiffrer dix autres encore. La première lecture qui l'a marquée, c'est *Crime et Châtiment*, qu'elle aimerait que chacun puisse lire en russe.

À moitié revenue dans le monde du rêve, elle entend frapper contre le mur.

SIMON
Quartier Vägaren

Le shoot lui donne l'impression d'être observé, comme si les murs avaient des yeux. Mais si l'héroïne est un dieu, alors c'est Satan et c'est Satan qui veille sur lui.

Simon tape doucement sur le mur. Puis plus fort. Son bureau est ébranlé. Puis le silence et le calme reviennent.

Sa foi ne lui a pas donné une vie libérée de la douleur, mais une vie où la foi englobe la douleur et se nourrit d'elle.

Il sait que la plus grande douleur de Jésus était l'absence de Dieu. Pendu là, cloué à sa croix, il criait son désespoir. *Eli, eli, lema sabachtani?* Comme il a dû se sentir trahi.

Et cette trahison a pendant des millénaires été prêchée comme une preuve de l'existence de Dieu.

Lui, il ne doutera jamais de l'existence de Satan.

Il est présent dans chaque réveil qui sonne, avant qu'on ait dormi tout son soûl, pour qu'on se lève et qu'on aille remplir son devoir social, dans toutes les averses pisseuses qui arrivent du nord-ouest, dans l'irritation qui démange les pupilles des parents les plus aimants.

Le christianisme est sans doute l'invention la plus intelligente de Satan. Persuader le monde que le salut est aussi monothéiste que le péché est polygame, ce doit être la trouvaille la plus infernale qu'on puisse imaginer.

Tu te sens mal ? Reconnais et avoue tes péchés. Avoue tes péchés et tu obtiendras le pardon de Dieu.

Tu te sens toujours mal ? Avoue un peu plus.

Le christianisme est comme l'anorexie.

Un système de chantage dégradant dont la culpabilité est la pierre angulaire.

Il est paumé et s'est perdu lui-même. Et se complaît dans cette incertitude.

Le doute le rend meilleur observateur du monde qui l'entoure. Mais c'est difficile, car la raison s'efforce sans cesse de trouver comment sortir des ténèbres. Mais il ne veut pas, et l'héroïne l'aide à y rester.

À encaisser.

Saint Augustin a écrit que l'homme, à l'origine, était un menteur.

Il disait aussi que l'espoir avait deux filles. Le courage et la colère.

Le courage pour que ce qui doit arriver devienne réalité.

La colère pour que ce qui ne doit pas arriver n'arrive pas.

MÉLANCOLIE NOIRE
Strängnäs

La nuit est tombée sur le petit étang. Une douce obscurité bleutée plane au-dessus, une rafale fait bruisser les feuilles sèches sur l'étroite bande du rivage où est agenouillé Ingo, à quelques mètres de moi seulement. Dans ma poche, j'ai l'éprouvette prévue pour son sang.

Il aurait dû être le premier, mais le hasard du destin en a fait le deuxième. Ce n'est pas parfaitement réussi.

Ingo marmonne, comme endormi, et son dos puissant est soulevé par une respiration violente. De temps en temps, il se rince le visage dans l'eau sombre de l'étang.

Je ne vais pas le pleurer. Pas après cette nuit.

À cause de la créature qui me dévore de l'intérieur, j'ai un mal de crâne chronique, mais je me suis habitué à cette douleur lancinante. Elle me rappelle que je suis mortel.

Les types dans le séjour et nous par terre dans le bureau. Moi et mon petit frère sur le tapis persan, chacun un livre sur les genoux.

Des voix graves bavassaient de l'autre côté de la porte, Papa, Fabian Modin et Ingmar Gustafson, qui se demandaient que faire de Maman qui était désormais à l'hôpital, et ce que nous allions devenir, nous les enfants.

*J'étais à la moitié d'*À la recherche du temps perdu*, et j'avais l'impression que le livre avait à peine commencé alors que c'était le quatrième volume. Il n'y avait qu'un vieux schnoque pour être rasoir et égocentrique au point de se servir d'un gâteau pour se raviver la mémoire. Alors qu'il suffit de se passer la main sur les fesses pour sentir combien ça fait mal.*

Mon petit frère avait quatre ans, bientôt cinq. "On vole ?" a-t-il demandé, et j'ai compris qu'il voulait jouer.

Notre jeu habituel.

Ingo plonge ses mains dans l'eau et s'asperge à nouveau le visage.

Ses gestes sont évidents, même si son cerveau est perdu. Il fonctionne encore pour les fondamentaux, l'habitude, les réflexes. En pilote automatique.

Je sais comment marche sa tête.

Ingo lève les yeux, regarde l'étang et semble se détendre. Assis devant moi il respire lentement, profondément.

L'étang est noir, absolument immobile, comme la tête d'Ingo et les arbres dressés vers le ciel nocturne. Un fouillis de troncs nus et de branches qui semble ne former qu'un seul grand buisson.

Et aussi un croissant de lune là-bas, derrière une traînée de brume.

Que des images, aucune pensée.

C'est comme ça, je ne pense à rien d'important. L'instant est aussi plat et unidimensionnel que le miroir de l'étang, et dans ma tête, que dalle. Rien d'autre que des images banales qu'on peut habiller de mots.

Des images de mon petit frère sur le tapis persan, agenouillé devant moi comme Ingo sur le rivage couvert de feuilles.

J'ai passé mes bras autour de lui et senti le parfum doux et sucré de ses cheveux duveteux. "On vole!" ai-je dit, et le tapis a décollé.

Le plancher de sapin brun est devenu le désert de Terre sainte. D'Édom, au sud, nous avons survolé la Judée et la ville d'Hébron. Puis continué vers le nord, le long des côtes de la mer Morte, et je lui ai expliqué qu'elle s'appelait ainsi parce qu'elle était si salée que rien ne pouvait y vivre. Bientôt, nous apercevons le mont des Oliviers et Jérusalem à l'horizon. "Raconte encore, me demandait-il, raconte l'histoire de Lilith…"

Les chrétiens disent que Lilith n'existe pas, mais mon petit frère et moi savons que si.

Je l'ai serré plus fort et lui ai expliqué que Lilith était celle qui le hantait la nuit. Elle est la première femme d'Adam, le démon de la nuit. "C'est sa faute si tu cries la nuit. Ce n'est pas ta faute, Papa peut dire ce qu'il veut."

Puis je lui ai assuré que ça changerait quand Maman aurait accouché.

"La terreur nocturne te quittera pour se reporter sur le plus jeune enfant."

On le fait ensemble, lui et moi.

Tout est plus facile quand on est deux. Quand on s'épaule.

Je sors le pistolet du sac et j'ôte la sécurité.

Puis j'appuie le canon sur le côté gauche de sa tête, juste au-dessus de l'oreille.

IVO
Institut médicolégal

Le cadavre d'un homme décédé selon le rapport de police dans un accident de circulation au pont de Liljeholm a été rétrogradé sur la liste d'attente de l'institut médicolégal en raison de l'afflux de corps de ces derniers jours.

Classés par niveaux de priorité. Ivo Andrić découvre le corps.

Il constate rapidement que l'homme s'est brisé à peu près tous les os qu'on peut se briser et que ses lésions internes sont si importantes qu'on peut d'emblée exclure que tout ça soit dû à une simple collision avec une camionnette.

En moins de vingt minutes, Ivo identifie au moins trois causes de décès possibles.

Froid, étouffement ou extrême violence.

Une rareté, se dit-il. En tout cas sur un pont en pleine ville.

De fait, ces trois causes de décès sont fréquentes chez les alpinistes. Sévères engelures, manque d'oxygène, grandes chutes.

Ou, comme chez cet homme, les trois à la fois.

VANJA
Knivsöder

Vanja est réveillée par la voix de Holger Sandström, dans la cuisine.

La porte de sa chambre est entrouverte et, à son corps défendant, elle surprend la conversation.

"Je suis choqué", dit Holger.

Puis la voix de Paul : "Je ne savais pas que tu connaissais Fabian Modin."

Vanja entend marcher sur la pointe des pieds dans la cuisine, ce doit être Edith, le robinet se met à couler, il devient plus difficile d'entendre ce qui se dit. Holger a l'air de ne pas apprécier le contenu d'un article de Paul, dont Vanja comprend qu'il parle du meurtre crapuleux du train de Saltsjöbaden.

Elle en a assez entendu. Elle allume sa lampe de chevet et sort son journal. Relit ce qu'elle a écrit la veille, après avoir vu Aiman.

La dernière fois que je me suis sentie bien, c'était l'été de mes douze ans. Il y a quatre ans ! Pourquoi ça allait à l'époque et plus maintenant ? La seule réponse qui me vient est que cet été-là, j'ai compris que j'allais bientôt être adulte. Sauf que rien ne s'est passé comme je l'avais imaginé.

Le souvenir de mon treizième anniversaire a complètement disparu.

Elle a honte en se lisant, mais ne peut s'empêcher de continuer. Peu importe si c'est mauvais. Il suffit de jeter cette merde. Arracher les pages et les brûler.

Je ne suis qu'une sale gamine gâtée. J'avais tout ce que je voulais. Plein de copains que j'ai fait fuir en me comportant comme une ordure. Et un mec dont j'étais vraiment amoureuse, mais que j'ai aussi fait fuir en voulant jouer les filles profondes et compliquées. Je croyais qu'il allait me trouver mystérieuse si j'étais bizarre et déprimée, mais il a juste eu peur de moi. J'essayais tout le temps d'être une autre, car je détestais celle que j'étais vraiment. Molle, conne, trouillarde. Désormais, c'est le chaos total parce que je ne suis plus rien. Je ne sais plus qui je suis et je me déteste encore plus.

Elle est dérangée par du bruit dans l'entrée. Des cintres entrechoqués, puis la porte qui se referme. Holger est parti, Edith et Paul parlent à la cuisine, mais elle ne s'intéresse pas à ce qu'ils disent.

Le pire que j'ai fait est de me vendre pour aller encore plus mal.

Quand un type dans une fête m'a demandé si je voulais le sucer pour un billet de cent, j'ai dit oui. Parce que je voulais faire quelque chose qui me fasse me sentir encore plus mal.

Ma vie de pute a culminé le même soir, quand je suis rentrée et que j'ai demandé à Paul s'il voulait que je le suce. Il est resté muet. J'ai d'abord cru qu'il réfléchissait à ma proposition, puis j'ai vu qu'il pleurait.

Il n'a rien dit. Lui d'habitude toujours si curieux, il ne disait rien !

Depuis, j'ai cessé de faire la pute. Been there, done that.

"Ce ne serait pas l'heure de se lever ?"

Son ventre se noue et elle referme violemment le journal. "Putain, tu m'as fait peur !"

Paul est dans l'embrasure de la porte, elle sent la chaleur envahir son visage.

"Frapper, tu sais faire ?
— Je voudrais te parler de quelque chose.
— Quoi ?
— Habille-toi et viens à la cuisine."
Elle enfile sa robe de chambre sur sa chemise de nuit et les rejoint. Edith est sur le départ, elle embrasse rapidement Vanja et lâche une banalité avant de s'en aller.

"Assieds-toi", dit Paul. Vanja le trouve obséquieux, mais elle se mord les lèvres pour ne pas lâcher un commentaire blessant. Elle ne veut pas le provoquer pour le moment. Il n'a jamais raconté à personne ce qu'elle lui avait proposé ce soir-là. En tout cas pas à Edith.

Elle s'assoit à table et se sert une assiette de fromage blanc.

"Je voudrais te confier quelque chose, commence Paul en se penchant au-dessus de la table. Je suis dans les starting-blocks avec une nouvelle série d'articles..." Il marque une pause.

"Sur les meurtres dans les trains de banlieue ?"

Il la regarde, interloqué. "Non, non... Il ne s'agit pas de meurtres, mais de suicides."

Vanja se fige, mais ne dit rien. Elle pense à Maria.

"Voilà, reprend-il : quand la police mène une enquête préliminaire qui ne débouche pas sur des poursuites, le dossier finit dans des archives qui ne sont pas publiques et qu'on surnomme le « marigot ». Grâce à un contact à l'hôtel de police, j'y ai eu accès. Depuis un an, la fréquence des rapports sur des suicides est alarmante. Je ne pense pas seulement à Maria... Il y en a d'autres, beaucoup d'autres, et la plupart sont jeunes.

— Où veux-tu en venir ?"

Il réfléchit un instant avant de continuer. "Dans les rédactions des journaux, à travers le pays, il y a un équivalent du marigot. Des archives des infos qui, pour une raison ou pour une autre, n'ont pas été publiées. On y trouve là aussi quantité de rapports sur des suicides. On parle d'une vague de suicides, mais personne n'a jamais rien écrit à ce sujet, parce que c'est tabou et qu'on a peur d'en inspirer de nouveaux. Mais je ne suis pas pour le silence. Je crois à la vérité éclairée. Qu'une série d'articles bien torchés peut ouvrir les yeux aux gens. Et c'est là que tu interviens."

Vanja ne sait pas quoi répondre.

"Je veux t'interviewer. Pas maintenant, je n'ai pas encore rassemblé assez de matière, mais le moment venu. Et je voudrais que tu réfléchisses au message que tu aimerais faire passer, ce qui est le plus important."

Le sang de Vanja se gèle.

Putain, qu'est-ce qu'il raconte ?

"Je veux avoir un point de vue qui approche au plus près de la vérité, conclut-il. Au fond, tu n'es pas si différente de Maria, tu as les mêmes centres d'intérêt et tu la connaissais bien."

Elle réfrène l'envie de lui envoyer son assiette de fromage blanc à la figure. *Au fond, tu n'es pas si différente de Maria ?*

Pauvre taré, égocentrique, alcoolo, complètement à côté de la plaque.

Elle le foudroie du regard. "Va mourir ! dit-elle les lèvres serrées. Va mourir, gros con !"

VA MOURIR
Morgongåva

Six heures et demie. Sa mère dort profondément et devrait en temps normal dormir encore tard dans la matinée. Mais aujourd'hui, elle va être réveillée par les sirènes de police. Ou par quelqu'un qui tambourinera à la porte. Un voisin terrorisé.

Carita passe sur la pointe des pieds sur la moquette devant la porte de sa mère, sans y jeter un œil. Elle ne veut pas la voir maintenant. Elle risquerait de changer d'avis. De reculer en voyant le visage paisible et la rondeur calme de Maman. D'une maman qui ne se plaint jamais, qui se dévoue toujours.

Elle va aux toilettes. Le visage qui la fixe dans le miroir est pâle, avec de longs cheveux noirs. Les boutons, c'est pas cool, dit Justin Bieber dans la pub. Mais Proactiv ne sert à rien. Cette foutue crème ne fait que faire gonfler son visage et la rendre encore plus moche.

C'est Hunger qui l'a aidée à comprendre ce qu'elle devait faire, même si c'est elle toute seule qui a décidé des détails.

Carita sort le marqueur à pointe large qui sent fort l'alcool.

Elle commence avec le front, puis le nez, la bouche, le menton, le cou et les joues, avant d'écarter ses cheveux et de finir par les oreilles. Ça pique un peu, un fourmillement comme l'acupuncture. Une chaleur agréable. L'acné a disparu.

Il est sept heures moins le quart. Elle s'habille. Le teeshirt noir du concert de Hunger à Uppsala. Et le jean avec les taches de sang qu'elle a depuis bientôt deux ans et n'a jamais lavé. Si sa mère savait tout ce qu'elle a fait. Mais à présent, elle ne le saura jamais.

Carita regagne sa chambre sur la pointe des pieds. Tout ce dont elle a besoin est dans le sac militaire. La bobine de corde à piano, la plus grosse qu'elle ait trouvée, deux millimètres d'épaisseur. Deux solides ceintures cloutées et le magnétophone, un walkman Sony jaune pétard des années 1980, avec la cassette qu'elle va bientôt écouter.

Un chuintement analogique si vivant qu'on pourrait presque le toucher.

Elle sort dans le noir. Il est sept heures moins cinq.

Le froid vif du matin électrise la brûlure de son visage, la pelouse est couverte d'une couche de givre gris acier. Ça craque sous ses pieds nus comme si elle marchait sur du verre cassé.

Elle traverse la route. La voiture du voisin est garée à sa place habituelle, devant la porte du garage, hors de vue de la maison. Jonny, qui habite là avec ses parents, fait partie de ceux qui l'appellent *Face de vomi*.

Elle s'était laissée pousser la frange pour cacher son visage, mais il avait compris qu'elle faisait ça par honte de sa mauvaise peau.

Comment avait-il réussi à piger ça, ce crétin ?

Elle accroche la corde à piano au crochet de remorquage de la voiture professionnelle du père de Jonny puis redescend vers la route en dévidant la bobine. Elle jette un coup d'œil vers la fenêtre de la cuisine. C'est allumé : ils sont en train de se réveiller.

Ils vont bientôt partir. Bientôt prendre la voiture.

Putain ce que je les hais.

Le réverbère est à moitié caché par le bosquet, près du carrefour.

La corde à piano fait juste la bonne longueur.

Deux minutes plus tard, elle est assise par terre, adossée au réverbère froid, et l'herbe givrée du fossé la glace à travers son jean. Les ceintures cloutées passent autour du réverbère, sur sa poitrine et son cou, où elle a aussi fait trois tours avec la corde à piano.

Elle regarde l'heure : sept heures quatre, elle sort le walkman jaune et les écouteurs rembourrés. La musique doit effacer tous les autres sons.

La cassette commence à tourner et elle regarde à travers le plexiglas : METAL MEAN MACHINE, soigneusement écrit à l'encre bleue.

Hunger est à présent à l'intérieur de sa tête et elle sait exactement ce qu'elle va entendre pendant les onze minutes et trois secondes que dure la piste. Car Hunger crée des pistes, pas des chansons.

On n'entend d'abord qu'un chuintement en bruit de fond, puis un grésillement électrique, suivi de quelques secondes où il lui semble deviner des craquements et une respiration. Elle ferme les yeux et imagine Hunger.

On dit qu'il habite quelque part à la campagne, en Scanie, et qu'il ne sort jamais pendant la journée. Elle a beau être allée à plusieurs de ses concerts, elle ne sait pas à quoi il ressemble, mais elle se l'imagine tel qu'il est sur scène. Blanc, presque diaphane, le haut du corps nu, du sang coulant de sa tête et le long de ses bras. On dit qu'il est aveugle.

Hunger lui a donné onze minutes et trois secondes. Une piste rien que pour elle.

11'3".

Bientôt, le père de Jonny aura refermé la porte d'entrée et se dirigera vers sa voiture. Dans dix minutes, il reculera dans l'entrée du garage. Puis roulera vingt mètres avant de s'arrêter au carrefour. À cause de la haie, la visibilité est mauvaise, et il doit prendre son temps avant de s'engager sur la route principale. Une minute encore aura passé.

Elle frissonne quand la basse distordue se met en branle, d'abord lentement, presque au rythme des battements de son cœur, puis de plus en plus vite. Une batterie et un raclement métallique, comme une chaîne sur la pierre.

Les mots sont les siens. C'est d'une beauté indescriptible de les entendre ainsi.

Et enfin le son qui est la marque de fabrique de Hunger. On dirait des guitares, mais elle ne pense pas que ce soit ça. Elle ne sait pas, et ce n'est sans doute pas fait pour qu'on sache.

C'est bientôt partout et ça crie en elle. Comme un flot de plaintes désespérées, toute l'angoisse du monde en un seul horrible et merveilleux hurlement qui absorbe toute son angoisse et en rit. En lui rappelant que les sentiments humains ne valent absolument rien.

Bon anniversaire, Carita, songe-t-elle en voyant le père de Jonny ouvrir la portière de sa voiture.

HURTIG
Quartier Kronoberg

Les parties les plus anciennes de l'hôtel de police de Stockholm ont un siècle, rare exemple suédois du style impérial utilisé partout dans le monde pour manifester dans l'architecture l'autorité de la loi. Cette autorité est pour l'heure représentée par les inspecteurs Schwarz et Åhlund, qui parlent avec un collègue devant l'entrée principale.

Schwarz se fend d'un large sourire en apercevant Hurtig. "Affaire réglée", annonce-t-il.

Hurtig s'arrête sur les marches : "Comment ça ?

— L'accident du pont de Liljeholm.

— Ah oui ? Qu'est-ce qui s'est passé ?

— C'est déjà arrivé. Entre autres deux fois à New York. En 2000 et 2007.

— Que quelqu'un se fasse renverser ?"

Åhlund, plus fin que Schwarz, voit bien que Hurtig n'est pas d'humeur à plaisanter. Mais Schwarz continue : "Non, putain. Qu'un passager clandestin tombe d'un avion. Dire qu'il a fait tout ce chemin depuis l'Afrique pour atterrir sur le pont de Liljeholm. D'habitude, on en saute.

— C'est du pont de Västerbron qu'on saute", corrige Åhlund.

Hurtig les suit à l'intérieur et Schwarz explique que le pont de Liljeholm se trouve sous le couloir aérien de l'aéroport de Bromma. L'homme s'était vraisemblablement caché dans le train d'atterrissage et, quand il est sorti, en a été éjecté.

"Il était déjà mort, dit Schwarz. D'après ce que j'ai compris, le logement du train d'atterrissage d'un avion de ligne ne reste vivable qu'une heure environ après le départ, après quoi ça se dégrade. S'il n'est pas mort de froid, ce sera à cause du manque d'oxygène."

Åhlund précise que le mort était un homosexuel nigérian qui avait déjà, deux ans auparavant, demandé l'asile en Suède, mais avait vu sa demande rejetée, l'Office des migrations considérant que l'homosexualité n'était pas un motif valable.

"Étant donné que l'homosexualité est punie de la peine de mort au Nigeria, conclut Hurtig, on a le choix entre le célibat ou la fuite."

Dans une partie du monde, l'homosexualité est illégale et il est tout à fait normal d'exécuter les pédés. Ailleurs, il en va autrement. Dans son pays, cet homme était comme Lucifer : c'est un ange déchu qui est tombé sur le pont de Liljeholm.

"Bon, comme ça, je sais au moins que tu es disponible, si j'ai besoin de toi, constate sèchement Hurtig avant de se tourner vers Åhlund. Et ce meurtre dans le train de Saltsjöbaden ?

— Toujours rien de nouveau. Mais aujourd'hui je vais compiler le dossier pour vérifier qu'on n'a rien laissé passer."

Au moment où ils se séparent et où Hurtig regagne son bureau, une enveloppe bulle arrive à la réception de l'hôtel de police. Vingt minutes plus tard, il est conduit à réviser l'enquête sur la mort de Fabian Modin.

IVO
Institut médicolégal

Carita Hallgren de Morgongåva est livrée à Ivo Andrić en deux morceaux. Sa tête a été séparée de son corps par une corde de piano de deux millimètres d'épaisseur et une Mercedes de deux cents chevaux.

Ses vêtements et ses effets personnels, un tee-shirt, un jean, deux ceintures cloutées et enfin un walkman avec sa cassette, ont été envoyés au labo, pour atterrir ultérieurement sur le bureau de Jens Hurtig.

Ivo Andrić a presque achevé le rapport de l'autopsie de la veille sur la fille de Salem. Malgré le cocktail de vodka et d'eau de Javel qu'elle a absorbé avant de se jeter dans le vide, il est parvenu à extraire plusieurs fragments de texte manuscrit de la bouillie de papier retrouvée dans son estomac. Tout laisse penser qu'il s'agit d'un journal intime, ou quelque chose de ce genre. Mais passons à Morgongåva.

L'autopsie est plus simple, cette fois. Rien dans l'estomac, à part un peu de fromage blanc et de muesli. Il prélève quelques échantillons de sang et de tissus. Ils seront coulés dans de la paraffine et archivés dans une biobanque pour une durée de plus de vingt ans.

Comme c'est triste, songe-t-il. Ces échantillons seront bien plus âgés que cette fille.

Personne ne devrait mourir si jeune. Ça ne peut pas être la volonté de Dieu.

Il remonte la fermeture éclair du plus petit des sacs, celui de la tête. *"Jebiga!"* jure-t-il tout bas quand le visage badigeonné de noir le regarde fixement. Les yeux sont grands ouverts et voilés d'une fine couche de sang.

Après s'être lavé les mains, il regagne son bureau. Sur sa table de travail, une dizaine de photographies de restes de papier. Stylo bille rouge sur feuilles lignées.

HURTIG
Quartier Kronoberg

L'enveloppe sur le bureau de Hurtig contient le portefeuille de la victime, Fabian Modin, et il semble qu'il n'y manque rien. Permis de conduire, carte de crédit, deux billets de cent et une poignée de pièces. Il ne s'agit donc pas d'un vol ordinaire.

"Qu'est-ce que tu en penses ? demande Åhlund.

— Pas d'expéditeur. Le cachet de la poste de Stockholm-Årsta. Il peut s'agir de quelqu'un qui a trouvé le portefeuille et qui, pour une raison ou pour une autre, veut rester anonyme. Il ou elle sait peut-être que Fabian Modin est mort, et ne veut pas y être mêlé.

— Ou bien c'est le meurtrier. Peut-être a-t-il eu des remords après…

— Quelqu'un qui donne douze coups de couteau ne souffre pas de problèmes de conscience. On dirait plutôt qu'on veut jouer avec nous. Je vais regarder tout ça de plus près et toi, pendant ce temps, tu pourrais essayer de trouver un peu plus précisément où le pli a été posté."

Åhlund prend son dossier puis le laisse travailler.

Il y a des témoignages qui font état d'une bande de jeunes turbulents présents dans la rame, une liste de personnes ayant acheté leur ticket par SMS et les références de toutes les cartes d'abonnement présentées aux bornes de contrôle. Tous ont été mis hors de cause après audition.

Rien, pense Hurtig. Pas de témoins.

Rien non plus du côté des rares caméras de surveillance présentes sur la ligne et, malgré la grande quantité de sang répandu, le labo n'a pas trouvé ne serait-ce qu'une empreinte de chaussure.

Fabian Modin et son ou ses assassins étaient seuls dans le wagon et, d'après des témoins, la bande de jeunes est descendue à l'avant-dernière station, mais personne n'est capable de dire si c'est pour rentrer chez eux ou changer de wagon. Ils ne peuvent donc pas être mis hors de cause.

Personne n'a pu les identifier et la police locale recherche actuellement cinq jeunes hommes, dont quatre d'origine immigrée.

Il lit un des témoignages : *Un nègre, trois Arabes et un type avec une tête à s'appeler Anders.*

Personne ne sait quoi que ce soit, et l'enveloppe sans expéditeur vient compléter cette liste négative.

Autant d'impasses.

Mais Åhlund a le champ libre, tant que Billing ne s'en mêle pas.

Un coup rapide contre le cadre de la porte. "La lettre peut avoir été postée n'importe où à Stockholm, dit Åhlund. Ou même sur Gotland.

— Gotland ?

— Oui, la fille que j'ai eue à la poste m'a expliqué que le courrier est transporté à Stockholm pour y être trié puis retourné. Si un habitant de Visby veut envoyer une carte de Noël à son voisin, elle doit parcourir presque cinq cents kilomètres."

Externalisation et démantèlement, songe Hurtig.

"J'envoie l'enveloppe au labo, annonce Åhlund avant de partir. Après, il n'y aura plus grand-chose d'autre à faire qu'attendre."

Hurtig apprécie le style laconique d'Åhlund. Non qu'il ait quoi que ce soit à reprocher à Jeanette Kihlberg, mais son désir de toujours tout savoir sur tout le stressait parfois.

De son côté, Hurtig doit réfléchir à Salem, Kungsgården, Trelleborg, Robertsfors, Oslo, Imatra en Carélie finlandaise et toute une série de banlieues de Stockholm.

Et depuis peu Morgongåva, petite localité d'Uppland.

Une chose que Hurtig trouve pour le moins intrigante, c'est qu'aucun des proches de ces jeunes gens ne sait qui a produit la musique qu'ils écoutaient en se donnant la mort, ni comment ils s'étaient procuré ces cassettes.

Ce n'est pas simplement une question d'ignorance, ce serait trop simple. Il semblerait plutôt qu'il s'agisse d'un mouvement clandestin dont le principe est justement d'agir dans l'ombre.

Il vient de parler avec Ivo Andrić : il aura les effets personnels de Carita Hallgren au plus tard à trois heures de l'après-midi, probablement un peu avant. Et il avait du nouveau sur la fille de Salem.

Il regarde les photos jointes au rapport du légiste. Douze photos de fragments de papier récupérés dans son estomac. Il lit :

Aujourd'hui j'ai écouté… Puis illisible et : … *je lui ai envoyé le texte par lettre ordinaire… Christian le Tyran, je crois…* Puis encore quelque chose d'illisible, dissous, pâli.

Christian le Tyran ? se dit Hurtig.

Comme l'a suggéré Ivo, il peut tout à fait s'agir d'un journal intime, et Hurtig se demande ce qu'Isaak pourrait lui apprendre de plus sur la jeune femme. Peut-être sait-il quelque chose sur la musique qu'elle écoutait.

Il fallait que dès aujourd'hui il mette Isaak au courant de sa mort.

Parmi les autres fragments identifiés par Ivo Andrić, on peut encore lire :

... le concert d'hier... je t'aime, Papa, mais... m'appelle pute... espère... rapport d'esclavage et Maman ne va pas... un navire perdu... VIXI*... m'a fait comprendre que je dois mourir... javel qu'on peut acheter... Va mourir...*

Ça fournit malgré tout un contexte. Et quelques éléments intéressants. Elle a été en contact avec quelqu'un, et quelqu'un, peut-être la même personne, l'a convaincue de se suicider.

Enfin il se demande ce que VIXI signifie.

Il a le sentiment que c'est peut-être important, mais il met de côté le rapport pour le moment. Il est grand temps de contacter Emmaüs, sur Götgatan.

Il pose sa question à la responsable du magasin, qui lui dit que les cassettes ne se vendent plus très bien, mais que, de temps en temps, des gens en achètent.

“Et des walkmans ?

— On en a rarement, mais ça arrive, répond la femme.

— Quel genre de clients s'intéressent à ces produits ?

— Surtout des personnes âgées, bien sûr...” La femme réfléchit un moment avant d'ajouter : “Ou des hommes dans la force de l'âge. Des nostalgiques qui se souviennent de la rencontre d'un crayon et d'une cassette audio.”

Hurtig se sent visé. Les cassettes de jeu du Commodore 64 s'emmêlaient parfois, et il utilisait un crayon pour les rembobiner. “Pas d'habitués ?

— Je ne crois pas. Ce sont surtout des clients de passage.”

Après avoir raccroché, il appelle Schwarz et lui demande d'essayer de savoir où ce type de musique se produit en live à Stockholm.

Il veut voir l'agonie de ses propres yeux.

Les effets personnels de Carita Hallgren arrivent dès l'heure du déjeuner. Seule la cassette est encore au labo. Il ouvre le carton qui contient les autres objets sous scellés plastique. Un walkman Sony jaune, deux ceintures cloutées et un jean noir.

Quand il sort le plastique contenant le tee-shirt de la jeune fille, sa première réaction est l'étonnement, même s'il retombe presque aussitôt.

Sur le devant du tee-shirt, on lit, écrit au Tipp-Ex : VIXI.

SIMON
Sabbatsberg

Sabbatsberg est un quartier de Vasastan baptisé d'après l'aubergiste Valentin Sabbath, propriétaire du terrain au XVIIIe siècle. On y trouve aujourd'hui l'hôpital de Sabbatsberg et l'Institut Eastman, qui dispense des soins dentaires aux enfants.

Parmi les plus de trois mille héroïnomanes de Stockholm, ceux qui connaissent les affres de l'hésitation entre arrêter ou ne pas arrêter savent peut-être aussi que le temps record pour être admis au centre de soins des toxicomanes de Sabbatsberg, en ressortir puis replonger est d'une heure et demie.

Ce service est désormais démantelé, mais Simon y est déjà venu. Aujourd'hui, ce n'est pas pour se faire désintoxiquer qu'il est là, même si sa visite a un rapport avec sa consommation d'héroïne.

La blanche donne soif et envie de sucre, ce qui abîme les dents. Un dentiste qui connaît son père a promis de lui prescrire des analgésiques.

L'entrée de l'Institut Eastman est un vaste escalier qui mène à une porte monumentale derrière laquelle il sait que se dresse une sculpture intitulée *Bonheur maternel*. Elle lui donne la nausée : il détourne la tête en entrant dans le hall. Tout est si pompeux. Le bonheur maternel n'est fait que d'égoïsme et de duplicité.

“Je peux vous aider ?”

La vieille infirmière le regarde avec méfiance.

“Olof Thörngren. Il faut que je le voie. Mes dents de lait ont repoussé, on doit les arracher. Ça me démange.”

L’infirmière n’apprécie pas son humour. “Vous devez voir Olof Thörngren ?” Elle secoue la tête d’un air désapprobateur, mais décroche pourtant son téléphone.

Vingt minutes plus tard, il a dans la poche deux boîtes du plus puissant analgésique qu’on puisse se faire délivrer en pharmacie.

En partant, il jette un œil aux bâtiments de l’hôpital. Il n’y reviendra jamais, en aucun cas.

Si ses problèmes de dents empirent, il les arrachera lui-même. Il l’a déjà fait. Deux dents de côté, qui ont nécessité une paire de tenailles et une bouteille de vodka. L’héroïne, elle, n’est plus un problème. Pas quand il se sent si bien.

Ou si mal.

La bile noire est dysharmonie.

HURTIG
Quartier Kronoberg

Hurtig se dit d'abord que VIXI est le nom d'un groupe, celui qu'on entend sur les cassettes. Le mot est apparu au moins sur un tee-shirt et dans le journal intime de personnes qui se sont suicidées en écoutant de la musique.

Il commence par une simple recherche sur Google.

La première occurrence est un dictionnaire : *vixi* est le latin pour "j'ai vécu". Cela semble logique dans le contexte.

Il va ensuite chercher sur des sites de téléchargement musical. D'abord légaux, puis illégaux, en vain. Si VIXI est le nom d'un groupe, ou d'une chanson, ce n'est pas exactement un tube.

Mais à quoi s'attendait-il ? Personne parmi les proches des suicidés n'a pu expliquer ce qu'était cette musique. Bien sûr, on leur a indiqué des groupes de dead metal ou de black metal, mais aucun appelé VIXI.

Rien dans les collections de disques des victimes, ni dans les ordinateurs qu'on a pu fouiller. Rien que de vieilles cassettes audio usées ayant appartenu à Aiman Chernikova.

Il prévient Åhlund, qu'il charge de continuer avec Schwarz les recherches sur VIXI.

Åhlund marmonne que c'est une impasse, mais Hurtig pense le contraire. S'ils comprennent ce que désigne ce mot, ils sauront peut-être ce qu'ils cherchent.

Il faut refaire la tournée des proches. Car il n'est pas exclu que quelqu'un sache. La mère de Carita Hallgren, en particulier, cette fille qui portait le tee-shirt.

On verra. Mais d'abord Isaak. La dernière fois qu'ils se sont parlé, il avait l'air si déprimé, mais il faut quand même lui apprendre le suicide de Maria Alvengren.

AIMAN
Lotus Bleu

Il en va des rêves comme des coïncidences. Ils se ressemblent au point d'abolir la frontière entre la logique et le hasard. La logique du rêve est qu'il est par nature illogique et schématique, et ses images peuvent sembler arbitrairement arrangées. Quant aux coïncidences, elles n'ont le plus souvent rien de logique en apparence, mais celui qui les perçoit est souvent envahi par le sentiment qu'elles signifient quelque chose. D'autres les balayent d'un revers de la main comme des broutilles.

Elle a l'œil pour les coïncidences et elle songe à celles qu'elle a observées pendant la journée quand, juste avant cinq heures, elle entre au Lotus Bleu, sur Katarina Bangata.

Elle commande la soupe du jour avant de s'asseoir à une table libre.

Les quatre heures passées à la bibliothèque ont donné lieu à deux coïncidences : la première alors qu'elle remettait en rayon un chariot de livres rendus.

Elle venait de décider de dîner dehors, au Lotus Bleu, lorsque soudain elle s'est retrouvée avec l'album de Tintin du même nom entre les mains. Elle l'a un peu feuilleté, a parcouru la préface : cet album marque un grand tournant dans l'art d'Hergé qui, pour la première fois, réfléchit à sa façon de représenter les cultures étrangères. Et ce, grâce à son amitié récente avec un jeune Chinois qui lui avait fait comprendre qu'en Chine les gens ne mangeaient pas de nids d'hirondelle ni ne jetaient les nouveau-nés dans les fleuves, représentations assez courantes dans l'Europe des années 1930.

Cela lui a fait penser à Isaak qui, quatre ans plus tôt, alors qu'ils venaient de se rencontrer, avait des notions très vagues sur les Kazakhs, l'ex-URSS et les musulmans. Une fois, il lui avait demandé s'il était vrai qu'on était considéré comme attardé mental si on souriait sans raison apparente pendant une promenade dans Minsk.

Elle n'en avait pas cru ses oreilles quand Isaak lui avait dit que ça sortait du guide *Lonely Planet*, et pas cru ses yeux en le vérifiant elle-même.

La seconde coïncidence de la journée a eu lieu pendant la pause café. Elle lisait un article sur le meurtre du train de Saltsjöbaden et il était signé Paul Hjorth. Le père de Vanja.

Ses réflexions sont interrompues par la sonnerie du téléphone et elle a la surprise de constater que c'est Isaak, à qui elle pensait à l'instant même. Ils ne se sont pas parlé depuis longtemps.

Isaak lui dit qu'il vient de parler avec Jens Hurtig, qui lui a appris la mort de Maria. Et lui a raconté sa rencontre avec Aiman à l'hôtel de police.

"Je crois que Jens te plairait. Il t'a fait quelle impression ?"

Elle réfléchit. "Ce n'était pas dans un cadre privé, mais il avait l'air sympathique."

Quand elle lui explique que ses vieilles cassettes audio ont atterri au milieu d'une enquête de police, Isaak lui demande comment va Vanja.

"Elle est très triste, mais je crois que ça va. Nous nous sommes vues pour bosser sur quelques reliures. Travailler lui change les idées.

— À propos de livres, j'en ai trouvé deux que j'aimerais te donner à restaurer. Je sais combien tu es douée."

Le ton de sa voix est sombre, elle devine que quelque chose d'autre lui pèse.

"Quels livres ?" Elle sursaute en entendant qu'il s'agit de deux romans de Lewis Carroll. Encore une coïncidence. Ils comptaient parmi ses livres d'enfants favoris, elle n'y avait pas pensé depuis des années.

Isaak soupire. Elle l'entend soupirer puis inspirer profondément.

"Le centre de soins m'a appelé, dit-il. Ils m'ont annoncé qu'Ingo était mort."

La serveuse lui apporte sa soupe, mais elle est incapable de rendre son sourire à la jeune femme.

"Il s'est tiré une balle, continue Isaak. Près de l'étang, derrière le centre. Visiblement, il a réussi à se sauver pendant la nuit."

Son sang se glace. Elle entend Isaak pleurer.

"Je suis vraiment désolée, chuchote-t-elle.

— Je suis tellement triste de ne pas avoir eu le temps d'aller le voir. Si j'y étais allé… Même chose avec Maria. Deux suicides, en si peu de temps.

— Ne dis pas ça, le console-t-elle. Ça ne sert à rien.

— Non, je sais…" Sa voix se raffermit. "Ingo est enterré vendredi, et j'apprécierais si tu voulais venir."

Elle retrouve un peu de chaleur. "Vendredi ?

— Oui. Ingo était de Scanie, il a un caveau de famille près d'une église, sur la presqu'île de Bjäre. À ma connaissance, il n'avait plus de parents en vie, mais le pasteur là-bas a tout organisé. Il y a un petit hôtel pas trop loin de l'église. Edith et Paul seront là, Vanja aussi peut-être. Et je vais demander à Jens s'il veut m'accompagner."

Isaak a bien sûr déjà décidé que j'irais, pense-t-elle en même temps qu'elle sent que le garçon s'est réveillé dans son ventre. Ça tire et ça bouillonne là-dedans.

Aiman marche seule dans l'allée d'arbres nus et noirs, en pensant à Ingo.

Un artiste, comme Isaak. Plus ou moins retombé en enfance après son hémorragie. La religion était toujours présente dans son art, et son travail était soutenu par un groupe de chrétiens.

En tournant dans Nytorgsgatan, elle a décidé de prendre un congé pour se libérer de sa journée de six heures dans la réserve de la Bibliothèque royale. Elle va réserver un vol pour Ängelholm dès ce soir.

Et elle mettra un voile blanc pour l'enterrement. Celui qu'elle aurait choisi si elle avait pu assister à l'enterrement de son frère.

Malenkiï durnoï Djima, se dit-elle. Petit idiot de Dima.

SIMON
Quartier Vägaren

Les jours et les nuits se confondent, et il commence à ne plus savoir quel est le jour de la semaine. Mais il se souvient avoir fait les fenêtres. Un travail répugnant en novembre.

Il va à la cuisine ouvrir une boîte de Coca. Les nouveaux analgésiques le soulagent. Ses douleurs dentaires ont disparu, il n'y a plus qu'à continuer comme d'habitude.

Ses dents peuvent pourrir si ça leur chante. Il pourra toujours demander à quelqu'un de les lui arracher pour les remplacer par des prothèses. Øystein s'en ferait sûrement un plaisir.

Il ne sera pas comme son père, qui geignait pour des riens, alors que lui, il endurait les pires douleurs sans se plaindre.

Un père incapable de supporter la douleur ne peut pas comprendre celle des autres. Physique ou psychique.

Il s'assoit dans le canapé et se prépare un nouveau fix. Cette fois, il lui faut presque dix minutes pour trouver une veine dans le bras. Ça prend de plus en plus de temps : un instant, il envisage de se l'injecter dans le cou.

Puis c'est comme plonger dans un trou, son trou à lui, où rien ne peut plus l'atteindre.

Il voit Hunger devant lui.

Les feux de la rampe sont orientés vers une haute silhouette aux longs cheveux noirs, corps nu asexué si blanc qu'il éblouit le spectateur.

Simon ressent autant de peur que d'admiration.

HURTIG
Quartier Kronoberg

Jens Hurtig fait des heures supplémentaires, comme d'habitude. Il a pris le pli sous les ordres de Jeanette Kihlberg, championne hors catégorie. Il entend quelqu'un se débattre avec la photocopieuse, dans le couloir. Probablement Åhlund. Il aime lui aussi les heures sup, même s'il semble un peu fatigué aujourd'hui. Schwarz, lui, s'éclipse à la première occasion.

La conversation téléphonique avec Isaak a été plus pénible qu'il ne le pensait, et il avait du mal à poser des questions purement policières. Isaak savait que Maria écrivait, écoutait de la musique, comme tant d'autres jeunes du Lys, mais il n'avait aucun élément nouveau à apporter. Bien sûr, il l'avait déjà vue avec des écouteurs et un walkman, mais il ne savait rien de cette musique, à part que ça avait l'air un peu bizarre. Étrange à ses oreilles.

Il songe à Aiman Chernikova. Elle le fascine comme ça ne lui est pas arrivé depuis longtemps. Depuis la mort de sa sœur, avec ce genre de sentiments, c'est couci-couça : faute de mieux, il se qualifierait d'asexuel.

Ses pensées suivent leur cours, d'Aiman Chernikova *via* ses cassettes à Carita Hallgren, à Morgongåva et enfin à la mère de la jeune fille, qui n'avait pas la moindre idée de ce qui était écrit sur le tee-shirt de sa fille, et encore moins de ce que cela pouvait signifier.

Une mère détruite psychologiquement, en pleine confusion mentale.

Une épidémie, songe Hurtig en feuilletant la documentation que Schwarz lui a imprimée sur les épidémies de suicides et leur expression culturelle.

Le premier exemple est littéraire. Aiman Chernikova lui en a parlé.

En 1774, le roman de Goethe *Les Souffrances du jeune Werther* a déclenché une vague de suicides parmi les jeunes gens qui s'identifiaient avec son héros malheureux.

En référence à cette œuvre, certains chercheurs parlent d'effet Werther pour caractériser ce genre d'épidémie de suicides.

S'agissant du lien entre musique et suicide de masse, un exemple se détache particulièrement.

La ballade *Gloomy Sunday*, surtout connue dans l'interprétation de Billie Holiday, mais composée par un compositeur hongrois poursuivi par le malheur qui a fini par se suicider dans les années 1960. On parle d'une vingtaine de suicides liés à cette chanson, restée sur la liste noire de la radio anglaise jusqu'en 2002.

Mais Hurtig n'y voit que rumeurs. Aucune preuve de l'existence d'un réel effet Werther.

Il existe des cas où des vagues inhabituelles de suicides sont rapportées dans une zone géographique et une période données, sans qu'il soit possible d'avancer une explication liée à des facteurs extérieurs, comme la guerre, la pauvreté ou le fanatisme religieux. Aucune théorie satisfaisante ne permet pourtant de dire pourquoi.

Culte et religion, se dit-il. Ou idolâtrie.

Schwarz frappe à la porte. Il tient un papier qu'il pose sur son bureau.

“Tu es encore là ? s'étonne Hurtig.

— Oui, tu m'as demandé de chercher les concerts de metal en ville. J'ai trouvé celui-ci. C'est demain."

Hurtig regarde le document : un tract noir et blanc représentant un pied de bouc. Trois groupes vont jouer dans un local appelé La Troisième Voie. Jeudi, à partir de vingt-deux heures.

"La Troisième Voie ? Ça me dit quelque chose.

— Le tronçon du métro resté inachevé. Un tunnel sous Södermalm.

— Un concert officiel ?

— Sur la page web du club, on dit que la ville de Stockholm a ouvert une partie du tunnel pour des événements ponctuels. Une façon d'aller à la pêche aux voix chez les jeunes. Tu n'as plus qu'à payer ton entrée et aller voir ça." Schwarz marque une pause et reprend en ricanant : "Pas de drogue ni de limite d'âge, on devrait te laisser entrer."

Hurtig lui adresse un sourire las, le remercie et regarde le tract de plus près. Les trois groupes sont tenus secrets, mais l'organisateur assure qu'il s'agit de grands noms.

Il décide d'y aller et retourne à sa documentation.

Il est en train de lire un article sur le suicide de Kurt Cobain, supposé avoir incité d'autres personnes à suivre la même voie, quand son mobile vibre dans sa poche.

C'est Isaak. Il répond.

"Je suis dans le train, je serai rentré à Stockholm tard ce soir", entend-il à l'autre bout du fil.

Hurtig ne comprend pas. "Ce soir ?

— Oui. Ingo est mort. Il s'est tiré une balle, ce con."

MÉLANCOLIE NOIRE
Le studio

Tout ce qui m'intéresse, c'est le backtrack. Il faut quelque chose de neuf, et j'ai enfin trouvé. Des cris d'enfants. De bébés qui se plaignent d'avoir été mis au monde.

La piste s'appellera *F53.1* et sera dédiée à ma mère.

Nous étions allés voir Maman à l'hôpital psychiatrique de Beckomberga, avec des raisins et du chocolat que Fabian Modin avait achetés au kiosque de l'entrée.

Depuis que Maman était malade, Fabian s'était presque installé chez nous. Ingmar Gustafson lui aussi. Nous devions désormais l'appeler oncle Ingo.

Parfois, le major Ljung nous gardait, quand personne d'autre n'avait le temps, et les types se relayaient pour nous traîner en excursion dans la forêt de Grimsta.

Mais Maman rentrerait bientôt, et tout redeviendrait comme avant.

Je sais que je serais devenu une tout autre personne si elle n'avait pas fait ce qu'elle a fait.

Dans le système de classification ICD-10, la psychose post-partum, ou dépression profonde consécutive à un accouchement, porte le code F53.1.

Et c'est en raison de cette psychose qu'elle m'a emmené à la voie ferrée. En tout cas, c'est ce qu'affirme la psychiatrie, et j'y crois davantage qu'à la version du Vieux.

J'ai écouté l'explication de Maman devant l'assemblée. Ses yeux étaient rougis de larmes.

"L'enfant est un élu de Dieu. Son vrai père est Jésus, et tout ce que je fais advient selon la volonté de Dieu."

J'étais à côté d'elle. Je ne souriais pas, mais je crois que mes yeux rayonnaient.

J'étais ravi.

Ravi que tout vire à la catastrophe pour notre famille.

Au bout de quelques heures, le backtrack est terminé, et je me sens vidé.

Je songe à Maria Alvengren de Salem, à Carita Hellgren de Morgongåva et aux autres.

Je les envie presque.

On parle rarement de suicide dans les journaux. Cette fois-ci non plus. Rien sur la fille qui avait des problèmes de peau. Mais je sais qu'elle l'a fait.

Quatre-vingts pour cent de la presse est de droite, même si la plupart des journalistes sont de gauche. Ceux qui sont de droite se proclament experts et décident. Ils savent qu'il n'est pas sain pour une société de se faire écho des cas de suicides. Ce qu'on a fait dans la petite ville minière de Bridgend au pays de Galles. La presse a gonflé quelques suicides d'adolescents, et comme le désir de mourir est contagieux, soixante-dix-neuf jeunes gens ont fini par se suicider dans les environs du comté.

Le soir, nous jouions sur le tapis persan.

J'étais un roi maure, et nous volions d'Espagne vers la péninsule Arabique. À l'arrivée, je disais avoir quelque chose à montrer et je sortais un paquet.

La reliure du livre était verte, avec des motifs orientaux, et notre souffle se faisait plus intense quand le titre en lettres d'or brillait sous nos yeux.

LE SAINT CORAN.

VANJA
Knivsöder

Vanja n'a plus reparlé à Paul depuis qu'elle l'a rembarré d'un "Va mourir, gros con!", mais il en a visiblement parlé à Edith, car c'est elle qui vient lui présenter ses excuses.

"Paul est parfois un peu maladroit. Mais cette idée d'articles lui tient tellement à cœur."

Vanja ne quitte pas la télé des yeux. Une compétition de patinage artistique dans un pays de l'est de l'Europe. Elle est contente que Paul ne soit pas à la maison. Edith est plus coulante. Et le rôle de victime donne à Vanja un avantage dans la négociation. "Il comprend peut-être ce que ça fait, maintenant que c'est un de *vos* potes qui s'est fait sauter le caisson."

Edith change de position sur le canapé et allume un autre cigarillo. "Tu as décidé, pour l'enterrement? Toi aussi, tu connaissais Ingo."

Négocier, pense Vanja.

Hunger est en concert au club Christian le Tyran, à Ängelholm, le jour de l'enterrement et avec un peu de chance, ce sera une bonne semaine : d'abord La Troisième Voie demain, puis Christian le Tyran le lendemain.

"Ce n'est pas parce qu'il donnait quelques cours au Lys que je le connaissais plus que ça, dit-elle. Mais je viens avec vous à une condition. Que je puisse aller voir un vieux copain dans les environs."

À la télé, un couple de patineurs tout sourire attend la note des juges.

Edith mord à l'hameçon. “Bien sûr… C'est toujours bien de rester en contact avec ses vieux amis.”

Carton plein. Les patineurs russes s'embrassent sous les hourras.

Edith ne demande même pas qui est ce copain. Elle préfère changer de sujet.

“Dis… Ça a été dur pour toi ces derniers temps. Maria, tout ça…”

Tout ça ? s'irrite Vanja. Mais elle laisse Edith continuer.

“J'ai quelque chose pour toi, que j'ai trouvé dans des papiers, l'autre jour. J'avais complètement oublié.”

Edith éteint son cigarillo et va dans sa chambre. Elle revient avec une photo qu'elle pose sur la table.

Alors seulement, Vanja quitte l'écran des yeux. “Qui c'est ? demande-t-elle en jetant un coup d'œil à la photo.

— C'est toi”, répond Edith.

Vanja regarde fixement la photo. Elle n'y croit pas. Elle pose alors à nouveau sa sempiternelle question, toujours restée sans réponse :

“Tu sais quelque chose de mes vrais parents ?”

Vanja sait qu'elle blesse Edith chaque fois qu'elle exprime qu'elle ne la considère pas comme un vrai parent.

“Non… rien, à part ce que le bureau d'adoption nous a fait comprendre à demi-mot que ta vraie mère souffrait de graves problèmes psychiques.”

Vanja déglutit. “Ça, tu n'en avais jamais parlé.

— Non, mais maintenant tu sais.”

Elle regarde la photo.

On dirait une bibliothèque. Des rayonnages en bois sombre, couverts de livres.

Par terre, une petite fille assise sur un tapis persan.

AIMAN
Quartier Vägaren

Elle enfile son blouson et descend dans la cour intérieure pour chercher Béhémoth. Il fait froid, et elle s'étonne de ne pas le voir accourir quand elle l'appelle.

Elle traverse la cour en diagonale vers l'aire de jeux, près de la grande fresque murale. Elle essaie une autre intonation, celle qu'elle utilise quand elle lui donne à manger, sans davantage de résultat. Elle fait encore un tour de la cour avant d'abandonner et de rentrer.

Dans la cage d'escalier, elle rencontre son voisin qui rase les murs, ses longs cheveux noirs pendant sur son visage. Elle voit qu'il se retourne sur elle avant de disparaître dehors.

Cinq minutes plus tard, elle est installée dans son atelier. Elle va consacrer quelques heures à ses carnets.

Elle commence par tremper une page abîmée dans une petite bassine remplie d'eau. Tandis qu'elle ajoute quelques gouttes de vinaigre ordinaire, elle se dit qu'au fond, ce qu'elle fait en restaurant des livres, c'est effacer leur histoire. Elle ôte les taches d'herbe, de terre, de vin, de café, bref tout ce qui trahit la vie du livre et de son propriétaire. Grains de sable dans les livres de poche, numéros de téléphone et autres pense-bêtes griffonnés à la hâte sur la page de garde ou réflexions personnelles sur le contenu du livre notées à l'intérieur de la couverture.

Une odeur de naphtaline témoigne d'un long séjour au grenier, un parfum féminin peut signifier des nuits passées dans le tiroir d'une table de nuit.

Tout ça, elle veille à l'effacer.

Vers onze heures, Isaak l'appelle pour lui dire qu'il est de retour en ville. Il est passé au Lys poser *Alice au pays des merveilles* sur le bureau d'Aiman.

Elle fait une pause et redescend dans la cour. Elle est déserte, sous une pluie glacée, et c'est à nouveau en vain qu'elle appelle Béhémoth.

HURTIG
Quartier Kronoberg

Les Suédois ont surnommé le roi Christian II du Danemark Christian le Tyran après le Bain de sang de Stockholm. Entre le 8 et le 10 novembre 1520, Christian a fait exécuter quatre-vingts personnes sur la Grand-Place, devant le château de Stockholm. Évêques, maires, conseillers, nobles, serviteurs, dont plusieurs enfants, décapités à l'épée ou pendus. Le roi s'était en outre rendu coupable de profanation de sépulture en faisant exhumer le corps de Sten Sture le Jeune pour le brûler avec les victimes du massacre.

Presque exactement cinq cents ans après, un nouveau bain de sang est annoncé, encore une fois en provenance du Danemark. Une dépression de pluie rouge arrive du nord du Jutland, atteint la côte ouest de la Suède pendant la nuit et Stockholm au matin.

La pluie de sang est considérée, depuis la nuit des temps, comme présage de mort. Elle peut avoir plusieurs causes. Parfois, le vent emporte des pupes et, quand l'insecte en sort, une goutte de liquide rouge est libérée et tombe au sol. Une explication plus prosaïque et courante est le transport par une dépression de particules de sable venues du désert, comme aujourd'hui, et plus précisément d'Afrique du Nord-Ouest.

Les premières gouttes de sang frappent la fenêtre du

bureau de Jens Hurtig à dix heures du matin. Peut-être un présage de l'enterrement où Isaak vient de le convaincre de l'accompagner, en Scanie. Comme ami et soutien moral.

Presque six cents kilomètres dans la Volga d'Isaak, Hurtig aura les dernières nouvelles de Berlin, et bien davantage. Il n'a jamais rencontré Ingo, et Isaak devra lui fournir toutes les informations sur son parcours, pour qu'il comprenne qui il était. Il a l'impression que tous les habitants de ce pays finiront un jour ou l'autre par se suicider, et que les raisons de le faire sont inépuisables.

On peut empêcher les assassins de tuer, mais comment diable arrêter un suicidaire ?

John Ingmar Gustafson avait été interné dans un centre de soins. Souffrant de troubles physiques et psychiques, il s'était tiré une balle.

Hurtig sait qu'avec deux millions d'unités enregistrées, la Suède a l'une des plus fortes concentrations d'armes à feu au monde. Et si Ingo n'avait pu s'en procurer une, il se serait pendu.

Hurtig espère avoir le temps de passer voir Isaak ce soir, avant le concert à La Troisième Voie.

Rien de nouveau du côté des cassettes, mais Emilia Svensson lui a promis un rapport complet après le week-end. Ses collègues norvégiens et finlandais ne sont pas aussi rapides, et Hurtig doute qu'ils soient aussi consciencieux. Le mieux serait de pouvoir se coordonner ici, à Stockholm, qui semble malgré tout l'épicentre de la vague de suicides.

Il sort dans le couloir se chercher une tasse de café et croise Åhlund, un porte-documents sous le bras, les yeux cernés.

“Un café ? Tu as l'air d'en avoir besoin.”

Åhlund opine du chef et ils vont ensemble à la machine. Tandis que les gobelets plastique descendent bruyamment, Hurtig demande ce que le labo a trouvé sur l'enveloppe qui contenait le portefeuille de Fabian Modin.

La machine à café se met à ronronner.

"Ils n'ont pas encore fini", dit Åhlund en rentrant dans son bureau avec son porte-documents et son café. Hurtig, lui, reste presque une demi-heure dans le coin cuisine.

Il songe aux cassettes, à l'enveloppe bulle, et se demande si c'est un hasard que tout ce sur quoi ils travaillent en ce moment semble être une affaire de communication.

Mais peut-être qu'en fin de compte il ne s'agit toujours que de ça.

La communication.

AIMAN
Quartier Vägaren

Elle vide le bain de vinaigre et laisse les pages du carnet sécher à plat sur l'évier. La fenêtre de la cuisine porte encore les éclaboussures de la pluie rouge du Sahara.

Dans l'après-midi, elle est allée au Lys chercher les livres d'Isaak. Ils sont sur son établi et lui font oublier que Béhémoth n'a toujours pas réapparu.

Comme ils sont beaux, pense-t-elle en passant les doigts sur leurs reliures.

Alice au pays des merveilles et sa suite *De l'autre côté du miroir*, avec illustration en couleurs et le jeu de cartes qui va avec. Isaak lui a fait dire qu'elle était libre de faire ce qu'elle voulait avec ces livres.

Son travail va commencer par une restauration soigneuse. Les deux volumes sont un peu abîmés, surtout le *Pays des merveilles*, qui porte beaucoup de taches d'humidité très laides. Elle songe à coudre un miroir dans les nouvelles reliures.

Elle imagine le produit fini, une boîte en velours violet. Sur les parois internes, des miroirs, et l'espace pour loger les deux volumes eux aussi couverts de velours et de miroirs. Elle espère parvenir à créer un effet miroir contre miroir et faire apparaître, quand on ouvre la boîte, un long tunnel contenant une infinité de livres. Ce serait tout à fait dans l'esprit du texte de Lewis Carroll sur cette fillette qui tombe dans un terrier de lapin et vit les aventures les plus fantastiques.

Mais d'abord la restauration. Faire disparaître les taches d'humidité et réparer les pages déchirées est un travail monotone qui exige de la patience. Il lui plaît : les heures s'étirent agréablement. Dix minutes durent comme une demi-heure : ce travail prolonge la vie.

Elle commence par feuilleter les livres et se souvient aussitôt pourquoi elle les aimait tant, petite. Ses parents ne les avaient pas compris : pour elle, c'était comme porter un secret, savoir quelque chose que les adultes ne saisissaient pas.

Elle savait que ce n'était pas fait pour qu'ils comprennent.

Elle tombe bientôt dans un état méditatif. À environ vingt centimètres de la page du livre, c'est là que sa vue est la meilleure. Elle ne sent presque plus son œil abîmé.

Il lui est même utile. Elle peut fixer un point précis du papier plus facilement qu'avec son œil sain. Et il a d'autres avantages. Comme elle ne se fie pas à sa vision en relief, elle doit s'en remettre au toucher. Il n'est pas toujours possible de voir les faiblesses d'un papier, par exemple les déchirures cachées ou les défauts d'impression, qu'on repère rapidement en les effleurant du bout de ses doigts.

Sa lésion lui a fait réaliser que la sensibilité des mains est essentielle.

Sans Dima, elle aurait deux yeux sains.

Elle souffre d'une forme de *midriasis*, dilatation de la pupille, qui fait que son œil semble d'une autre couleur. À la lumière électrique il paraît vert. Au soleil, bleu, et, à la lueur d'une bougie, il prend des reflets mordorés. Mais c'est une illusion : l'iris de son œil abîmé est brun comme celui de son œil sain, c'est la pupille dilatée qui biaise la lumière.

Son œil aurait sa place dans les aventures d'Alice. Sa pupille est un miroir, un prisme qui régente la lumière et les couleurs selon des règles propres. Même les médecins ne comprennent pas complètement le phénomène.

Elle est la seule à connaître les sensations et le fonctionnement de cet œil. Il est fait pour les livres. Pour les lire et travailler avec.

Elle continue à feuilleter et s'arrête bientôt devant une illustration représentant le Roi rouge endormi.

Dans le livre, Alice apprend qu'elle n'est qu'un élément du rêve du Roi rouge. Alice n'existe pas, et prend peur en l'apprenant.

Petite, Aiman n'arrivait pas à se départir de l'idée qu'elle était peut-être le fruit de l'imagination de quelqu'un d'autre et, bientôt, elle avait aussi envisagé que ce soit plutôt l'inverse.

Que tous les autres hommes soient son invention.

Dima, Maman et Papa à Téhéran, le shah et l'ayatollah, Brejnev, tout le KGB, les enfants de son immeuble et ceux de l'immeuble d'à côté. Elle avait tout inventé.

Elle sait que cette idée n'a rien de raisonnable, mais elle reste vertigineuse.

Cela impliquerait qu'elle aurait aussi inventé Dieu.

HURTIG
Sibérie

Isaak ne va pas très bien. Hurtig sait qu'il connaît Ingo depuis longtemps et qu'ils se voyaient souvent jusqu'à son attaque cérébrale.

Ils viennent de finir de dîner dans la cuisine, chez Hurtig, qui a encore quelques heures devant lui avant le début du spectacle à La Troisième Voie. Des heures sup qui compenseront le congé qu'il prend demain.

“À la fin, Ingo ne me reconnaissait plus, commence Isaak. Je ne comprends pas comment il a pu se suicider : il était incapable de manger seul.”

Hurtig range la table. “Il avait peut-être des instants de lucidité.

— Lucidité ? Plutôt le contraire, non ? La lucidité est de vouloir vivre. C'est la logique de l'évolution.”

Ce n'est pas si simple, pense Hurtig en commençant à faire couler de l'eau dans l'évier.

“J'ai lu un article cette nuit, continue Isaak. Des recherches récentes sur le suicide montrent qu'il peut être causé par un parasite dans le cerveau. Une personne sur cinq en est porteuse, et la contamination vient des chats. Chez certains, il provoque la dépression et, à la longue, le suicide. Ingo avait trois chats.

— Mais Ingo a eu une attaque…

— Attaque ou non, il peut avoir été porteur de ce parasite."

Hurtig connaît ça. On veut des causes, des raisons solides. "Tu cherches une explication rationnelle. Peut-être n'a-t-il tout simplement plus supporté son état. Se suicider peut aussi faire partie de la logique de l'évolution. Si on se sent un fardeau pour les autres, si on n'arrive pas à s'assumer soi-même. C'est mieux pour le troupeau, en somme."

Isaak soupire. "Tu as peut-être raison…" Il se lève et s'approche de l'évier. "Laisse ça, je m'en occupe. Va t'occuper de tes bagages, je fais la vaisselle."

Hurtig va dans sa chambre jeter des sous-vêtements de rechange dans son sac. Autant tout préparer maintenant, si la nuit est longue. Au pire, il dormira dans la voiture en descendant en Scanie. "Au fait, c'était comment, Berlin ? Tu n'en as pas beaucoup parlé.

— J'ai bien vendu."

Hurtig referme la fermeture éclair de son sac et regagne la cuisine. "Et tu as vendu quoi ?

— Plein de choses. Mais on aura le temps de parler de Berlin demain en voiture." Isaak vide l'évier et s'essuie les mains. "J'ai acheté de quoi boire pour demain soir. On va se rincer le cerveau. Noyer dans l'alcool les parasites suicidaires."

Hurtig regarde Isaak : il lutte pour avoir l'air OK. Mais son sourire est forcé et il a l'air déchiré, comme s'il n'avait pas dormi depuis plusieurs nuits.

Isaak s'enduit les mains avec de la crème hydratante tandis que Jens s'assied. "Je comprends que tu penses aussi à Maria, mais cesse de te faire des reproches. Elle a décidé de se tuer. Qu'est-ce que tu aurais pu faire ?

— J'aurais dû aller la voir."

Hurtig comprend quelle épreuve traverse Isaak. Il est

passé par là, par les mêmes sentiments de culpabilité, le même ressassement de ce détestable petit mot : *si*.

“Il n’y a pas de *si*. Ce qui est arrivé est arrivé, et toutes les pensées qui commencent par *si* sont des impasses.”

Isaak tire une chaise et se rassoit.

“Je sais, dit-il au bout d’un moment. Je peux fumer ?”

Hurtig hoche la tête. “Bien sûr. Mais je croyais que tu avais arrêté.” Il devine un patch de nicotine sous la manche d’Isaak.

“Difficile d’arrêter ce qui fait du mal quand ça va mal.”

La fumée de cigarette enveloppe la table et l’odeur fait penser Hurtig à Jeanette Kihlberg, qui elle aussi fumait de temps en temps une cigarette dans son bureau. Quand ça allait mal.

“Il y a un autre mot que *si*, poursuit Isaak. C’est *pourquoi ?* Ça pourrait être un soulagement de vraiment comprendre. De se mettre dans sa peau.”

Hurtig se rappelle les pages de journal intime avalées par Maria Alvengren. Il comprend que c’est exactement ce qu’elle voulait empêcher.

Qu’on se mette dans sa peau.

AIMAN
Quartier Vägaren

La longue-vue d'Aiman est de fabrication entièrement biélorusse, spécialement construite à partir d'une lunette de visée de fusil de quatre-vingt-huit millimètres de focale. C'est aussi la distance de sécurité recommandée pour éviter au tireur de recevoir la lunette dans l'œil à cause du recul.

Un journaliste a dit un jour que la Biélorussie était à quatre-vingt-huit millimètres de l'Europe, allusion à la différence d'écartement des voies ferrées entre l'Est et l'Ouest.

Une broutille qui oblige le voyageur à des heures d'attente à la frontière, quand il faut changer les essieux. Une différence minime qui prend des proportions insensées.

C'est drôle. La différence d'écartement des voies ferrées entre l'Europe occidentale et la Biélorussie est intégrée à cette longue-vue construite par son oncle Micha, major du KGB à la retraite. Aiman trouve que la métaphore fait mouche. Quatre-vingt-huit millimètres. Si près, et pourtant si loin.

La nuit est tombée. Elle a installé la longue-vue dans la cuisine, store baissé, pour n'être pas visible de dehors. En revanche, elle a une vue plongeante sur une bonne partie de la cour intérieure.

Entre les lames, on voit l'aire de jeux et la fresque murale éclairée : un paysage de collines toujours vertes sous un ciel bleu.

Presque aussitôt, elle l'aperçoit. Sur un des bancs, à la lueur d'un réverbère, son voisin défie le froid en lisant un livre. Il porte de petits écouteurs dont les câbles plongent dans la poche de son blouson.

Elle zoome et tourne la molette de mise au point. L'image est bientôt parfaitement nette.

Son regard est intense, parfois inquiet. Elle compte les plaies sur son visage. Neuf, dont deux qui saignent encore. Il se gratte la joue et tourne une page. Elle abaisse la lunette de quelques centimètres et, à travers des branchages flous, elle voit qu'il s'agit d'une reliure ancienne en cuir bleu. Le titre est en creux, doré à la feuille. Il est à moitié caché par ses doigts fins et écorchés, mais elle arrive pourtant à le lire.

Diary of a Drug Fiend, d'Aleister Crowley.

Elle ne l'a pas lu, mais sait qu'il y est question d'héroïne et que l'auteur est un occultiste.

Elle regarde plus en détail sa main gauche, celle qui tient le livre. Les plaies de ses doigts ressemblent à de la peinture qui s'effrite. Entre eux, c'est bleu comme un ciel sans nuages. On dirait une clôture blanche. Sa mémoire la transporte dans un fauteuil en rotin, dans le jardin de la maison, à Téhéran. Devant elle, la haute clôture blanche et, derrière, le ciel.

Elle a sept ans et vient de terminer son premier livre en anglais, *Breakfast at Tiffany's*, pas très difficile à lire, mais très mystérieux pour une enfant de sept ans.

“*I'll never get used to anything*, récite-t-elle à haute voix pour exercer sa prononciation avec une des répliques de Holly Golightly. *Anybody that does, they might as well be dead.*”

Un ami proche de la famille avait disparu cette année-là, et Aiman avait beaucoup pensé à la mort.

Quand son souvenir s'estompe, son voisin n'est plus sur le banc.

Elle balaie la cour de sa longue-vue, mais il a disparu. Soudain, il surgit sur la coursive. Il passe rapidement devant sa fenêtre et, un instant plus tard, on frappe à sa porte. Elle pousse la longue-vue le long du mur et va ouvrir.

Il essaie de lui sourire, en vain. Ses yeux papillonnent, il évite de croiser son regard. Elle sent que quelque chose cloche et elle aurait préféré ne pas être seule.

"Qu'est-ce que vous voulez ? demande-t-elle en résistant au réflexe de lui refermer la porte au nez et de s'enfermer à double tour.

— Je crois que vous devriez descendre dans la cour, répond-il en frissonnant. Votre chat est en bas."

Elle va chercher une lampe de poche et des vêtements de pluie et trouve un fin poncho qu'elle lui tend. "Mettez ça, dit-elle. Pardon, je ne connais pas votre nom ?

— Simon

— Moi c'est Aiman."

Il hoche la tête et elle ferme sa porte.

"Je crois qu'il est blessé, dit Simon dans l'escalier.

— Blessé ?

— Oui, vous verrez… Il faisait sombre, je n'ai pas bien vu, mais il m'a semblé qu'il boitait. Il s'est sauvé dans les buissons, derrière la cage à singes."

Aiman ouvre la porte de la cour, allume sa lampe et se dirige vers l'aire de jeux. Elle balaie la pelouse avec le cône lumineux.

Ils s'arrêtent près des buissons et elle s'accroupit. "ksss-ss", fait-elle d'une voix claire et douce.

Soudain, on entend un crachement et un bruit de branches et de feuilles sèches.

“Ksss-ss, répète-t-elle. Tu dois avoir faim, mon pauvre.”

Il sort alors en sautillant sur trois pattes.

Elle ne voit d’abord pas ce qui lui est arrivé mais, quand il s’approche d’elle la tête baissée, elle comprend pourquoi il boite et pose sa lampe de poche pour pouvoir l’aider.

La patte avant droite s’est coincée sous son collier. Béhémoth crache à nouveau, les oreilles aplaties sur la tête.

À la place de l’œil droit, il n’y a plus qu’un trou de sang caillé et de poils noirs poisseux.

SIMON
Quartier Vägaren

Il boit à grandes gorgées, sans retenue. Il peut se soûler autant qu'il veut ce soir, de toute façon c'est Øystein qui conduira pour descendre à Ängelholm.

Simon est sur le canapé du séjour avec un cubi de rouge et un goût de goudron dans la bouche. Le manque commence à se faire sentir. Frissons et sueurs, en même temps, comme un bloc de glace qui brûlerait de l'intérieur. Il va bientôt falloir qu'il sorte encore, Øystein n'aime pas faire le garçon de courses. C'est Simon l'esclave, qui doit montrer à son maître qu'il mérite chaque milligramme de son traitement palliatif.

D'abord retrouver Øystein, puis un fix avant de filer à La Troisième Voie.

L'héroïne combinée à l'alcool met le cerveau à rude épreuve. Il perd complètement la notion du temps ou de l'espace. Mais Simon est habitué à retrouver ce type d'ivresse.

Il a vu Øystein, puis a bu un quart de vodka avant d'aller faire les vitres sous la pluie battante.

Puis il a écouté Hunger en lisant Aleister Crowley dans la cour. La philosophie de la Volonté Vraie. Être un fleuve qui s'écoule vers la mer. Ne jamais résister à la nature.

VANJA
Slussen

Une sanisette des environs de Slussen en a vu davantage que les WC de la boîte de nuit chic Sturecompagniet. Les toilettes publiques sont le refuge des abîmés de la vie, et Vanja aime leur saleté et leurs odeurs.

Elle ferme la porte et commence à se déshabiller. Son reflet est embrumé derrière les taches et les éclats du miroir. Elle est ivre. Presque une demi-bouteille plastique de potion magique maison : dans le placard à liqueurs de Paul, elle a prélevé quelques centilitres au plus dans chaque bouteille et, cette fois, ça a un goût d'essence et de jus de raisin, peut-être parce qu'elle a complété la mixture avec du vin rouge tiré au bib, belle invention quand on veut boire en douce sans que ça se voie.

Elle a menti sur l'endroit où elle allait ce soir, comme elle a menti au sujet de son copain d'Ängelhom pour pouvoir se barrer demain. Ils la croient dans une salle de répétitions, en train de travailler sur un projet musical avec des copains du Lys.

Elle devrait arrêter de boire. Edith et Paul pourraient malgré tout décider de la mettre à la porte pour de bon. Comme l'ont fait ses vrais parents.

Edith et Paul ne comprennent pas. La seule qui comprend, au moins un peu, c'est Aiman.

Vanja songe à ce qu'elle a écrit dans la soirée. Trois pages sur Hunger. Elle se souvient à la lettre de quelques-unes de ses phrases.

J'éteins dans mon horrible chambre. Je mets mes écouteurs et rentre dans la bulle. Dedans, il n'y a que Hunger. Tous mes sentiments se déversent dans la bulle. Ils sont amplifiés, mille fois plus forts. Hunger est un trou pour respirer.

Elle sort sa trousse de maquillage. Ce qui apparaît à présent dans le miroir, Edith et Paul ne doivent jamais le voir. Son moi véritable.

D'abord le fond de teint blanc sur le visage, le cou et les bras. Puis le noir à lèvres et le kajal qu'elle étale autour des yeux. Elle enfile des bas et une minijupe noire. Puis la veste de cuir moulante qu'elle a achetée avec son propre argent.

Avant d'entrer complètement dans le rôle, elle sort son portefeuille de son sac et cherche la photo. Elle l'a collée sur un carton et glissée dans l'une des poches, pour qu'elle ne s'abîme pas. Elle se regarde, sans encore arriver à croire que c'est bien elle.

La fillette sur le tapis persan a l'air presque joyeuse.

Elle range la photo dans son portefeuille et sort une lame de rasoir d'une autre poche.

Pose l'acier froid et tranchant sous sa langue et referme la bouche.

HURTIG
La Troisième Voie

La première chose qui frappe Hurtig en pénétrant dans le club obscur situé sous le métro Slussen, c'est une repoussante odeur de viande pourrie. Comme si on avait déchargé dans le local des kilos de déchets d'abattoir en putréfaction : en voyant un cadavre de cochon empalé sur un pieu, il comprend que c'est le cas. La puanteur aigre lui pique les yeux et, une seconde, il se demande s'il va réussir à rester. Mais la perspective d'obtenir des réponses à ses questions le fait se blinder, ravaler son haut-le-cœur et continuer vers l'intérieur de la cavité.

Les parois rocheuses grossièrement taillées et couvertes de tags suintent d'un mélange de condensation et d'angoisse. Quelques lumignons diffusent une lueur vacillante dans le local par ailleurs plongé dans le noir et, plus loin dans le tunnel, il aperçoit un pentagramme en feu.

De grosses enceintes déversent très fort une musique qui n'est pas sans ressembler à celle des cassettes, et il ne comprend pas comment on peut espérer se parler raisonnablement dans ce fracas assourdissant.

Il songe à l'interview qu'il a lue d'une femme souffrant d'amusie : pour elle, la musique n'était qu'"un bruit de casseroles jetées à terre" : il y avait du vrai dans cette description.

Le club est rempli de jeunes adultes, mais il voit aussi quelques hommes de son âge. Barbus, tatoués, piercés, avec des pantalons déchirés, des blousons de cuir et des rangers. Ils sont tous presque identiques et Hurtig sait qu'il détonne, avec son jean et son blouson Weekday.

Ses soupçons se confirment quand un jeune homme s'approche et se penche vers lui. "Salaud de flic !" siffle-t-il. Hurtig recule. L'homme lui fait un doigt d'honneur avant de tourner les talons et de s'en aller. Pour la première fois depuis longtemps, Hurtig se sent menacé.

Ne pas savoir de quoi ces gens sont capables l'effraie. Il sait qu'ils n'ont pas peur de s'automutiler, mais cela s'arrête-t-il là ?

Peut-être a-t-il sous-estimé le risque en venant seul ?

Il a choisi de se présenter sous son apparence ordinaire, non seulement parce qu'il savait qu'il serait immédiatement percé à jour s'il essayait de se grimer, mais aussi parce que cela servait son plan.

Son personnage est bâti sur un mensonge audacieux. L'idée est que, plus le mensonge est gros, plus il est probable que les gens marchent.

Schwarz s'était trompé en disant que ce serait une soirée sans drogue. Hurtig se fraie un passage jusqu'au bar très probablement clandestin. Une bière l'aide à supporter la puanteur et la musique.

La serveuse, une femme d'une trentaine d'années, s'est fait tatouer sur le visage des runes et d'autres motifs dont Hurtig n'identifie pas l'origine.

Il commande. Elle lui jette un regard méfiant avant de lui servir une canette de bière tiède.

Il continue d'avancer dans la foule, à la recherche de quelqu'un qui puisse le mettre sur la piste des cassettes. Mais les gens ont l'air trop menaçants ou trop absorbés dans leurs conversations.

Quinze minutes plus tard, il a fini sa bière et inspecté tout le local sans trouver de victime à interviewer.

La musique cesse et on entend du larsen au fond du local.

Il retourne au bar et, au moment où il commande une autre bière à la femme tatouée, il sent une lourde main se poser sur son épaule.

"Putain, t'es qui, toi ?"

L'homme qui le dévisage a son âge, bien une demi-tête de moins, mais est extrêmement large d'épaules, avec un cou comme une cuisse de coureur.

"Je ne veux pas d'embrouilles", dit Hurtig en cherchant dans sa poche intérieure la carte de visite qu'il a fait faire à Schwartz.

L'homme ne regarde même pas la carte, la porte à sa bouche et y crache un gros mollard noir de chique. Puis il plie la carte et la jette par terre avant de tourner le dos à Hurtig.

La musique retentit de plus belle dans les enceintes : il quitte le bar et s'enfonce plus avant dans le local.

Une porte imposante percée dans le rocher conduit à une pièce séparée. Il s'approche pour y glisser un œil. Il aperçoit des box grillagés numérotés. Tout au fond, une table où trois jeunes hommes sont attablés devant un nombre considérable de canettes de bière.

Il entre et passe devant les box. Dans le premier, une fille avec les bras en sang, dans un autre un homme qui saigne de la tête.

Hurtig éprouve une curieuse sensation. Colère mêlée d'effroi et d'impuissance.

Ici, la musique est assourdie. Il essaie de prendre l'air détendu et demande aux types s'il peut s'asseoir. Hurtig leur tend à chacun sa carte de visite et leur explique qui il est et ce qu'il cherche. Un directeur de label discographique en quête de musique particulièrement brutale, avec des textes en suédois.

Les types ne sont pas aussi agressifs qu'ils en ont l'air. Un quart d'heure plus tard, il a une liste d'une dizaine de noms de groupes, la plupart assez connus dans le milieu. Il les a rencontrés sur les différents sites visités pendant la semaine. Deux seulement sortent du lot. L'un doit être une plaisanterie : *Gustaf Fröding*, comme le poète romantique, mais l'autre lui est inconnu.

Il retourne au bar et commande une troisième bière.

Adossé au comptoir, il avise une fille blonde de dix-sept ou dix-huit ans. Elle a l'air perdue, pas aussi sûre d'elle et à l'aise que les autres visiteurs du club.

Il prend sa bière et s'approche d'elle.

Elle semble sur ses gardes lorsqu'il se présente en criant comme patron d'une maison de disques mais, quand la musique change de caractère et que l'enfer tonitruant cède le pas à une sombre ballade, il baisse la voix et précise : "Notre compagnie cherche quelque chose de différent. Neuf, frais."

La fille ricane. Hurtig se sent comme une caricature de directeur de maison de disques, ce qu'il est. Un total étranger. Propre sur lui dans un monde de bière, de sang et de douleur.

Elle lève les yeux au ciel. Hurtig ne sait pas comment continuer. Il sirote sa bière et écoute la musique. Le nouveau morceau n'est accompagné qu'au piano, et la voix haut perchée rappelle l'opéra.

"Qu'est-ce que tu cherches ?" demande-t-elle en le prenant par le bras.

Il la regarde dans les yeux et reconnaît ce chagrin. Il l'a déjà vu.

Dans les yeux de sa sœur. Et parfois dans ceux d'Isaak.

"Eh bien, quelque chose d'authentique. Qui prend

aux tripes, sans qu'on ait besoin de mise en scène et de cadavres de cochons." Il balaie le local d'un geste avant de continuer. "Je veux de la pure. De la musique qui donne envie de se tuer."

Il regrette aussitôt d'avoir été aussi direct, mais la fille ouvre son blouson de cuir sur le devant de son tee-shirt, qui représente en noir et blanc une créature androgyne tenant un pistolet appuyé sur sa tête.

"Hunger", dit-elle.

VANJA
La Troisième Voie

Elle sort la lame de rasoir de sa bouche. C'était une précaution inutile. Parfois on se fait refouler à la porte si on a sur soi des objets contondants, mais cette fois, il n'y avait aucun contrôle.

Paie, entre et fais ce que tu veux. Encaisse.

Les enceintes diffusent une chanson qu'elle aime, *Gloomy Sunday*, avec Diamanda Galás à la voix et au piano, un des rares disques qu'elle ait le droit de passer fort à la maison. Paul dit que c'est la reprise d'un classique.

Il arrive parfois que leurs univers se rencontrent.

Mais Vanja ne veut pas penser à Edith et Paul. Pour l'heure, ils n'ont pas leur place dans sa tête. Ce soir, elle va se concentrer sur elle-même.

Elle se fraie un passage jusqu'au bar et, bientôt, elle a une bière à la main.

Elle regarde autour d'elle. Aucun visage connu, à part une fille avec un tee-shirt Hunger de l'autre côté du bar. Vanja a oublié son nom, mais elle la voit parfois au Lys. Le mec à qui elle vient de parler a l'air d'un travailleur social, ou alors il est flic, et elle s'étonne qu'il ait osé s'aventurer ici.

Elle ferme les yeux. Elle est excitée à la pensée de ce qu'elle va faire. C'est différent de le faire en public, devant les autres et avec les autres. Quand elle est seule, la douleur n'est que la sienne, elle ne se voit pas. Elle est secrète, honteuse. Petite, médiocre. Ici, elle est forte, puissante. Comme si toutes les personnes ici présentes formaient un même corps, partageaient les mêmes veines, le même système nerveux. Un être unique qui souffre.

Vanja ne connaît personne. Mais elle les connaît tous. Dans les ténèbres, tout le monde est égal.

Maria aurait dû être avec elle.

Le maquillage blanc commence déjà à couler et à se mélanger avec le kajal noir, mais elle n'est pas encore prête. Pas assez sale.

Elle ne va plus boire davantage après cette bière.

Se couper complètement bourrée n'a aucune valeur. Et puis ça fait couler trop de sang.

Elle va écouter le premier groupe. Quand ils auront fini, elle ira au bout du tunnel.

Elle s'entaillera la poitrine. Au niveau du cœur.

HURTIG
La Troisième Voie

Hunger, se dit-il. C'est le dernier nom sur la liste qu'il a dans sa poche.

"*That's the real stuff*", ajoute la fille en jouant les dures, ce que Hurtig trouve très attendrissant. Il pourrait être son père.

"Si tu cherches quelque chose de vraiment authentique, explique-t-elle, c'est Hunger qu'il te faut.

— Et Hunger, c'est qui ?

— Personne ne sait, mais on raconte que c'est un mec solitaire qui vit dans une petite maison perdue dans les bois, quelque part en Dalécarlie ou en Hälsingland.

— Il ressemble à quoi ?

— Il est censé être très grand. Presque deux mètres, cheveux noirs. Mais il y en a qui disent qu'il est petit, et d'autres que c'est une fille.

— Donc personne ne sait vraiment ?

— Non. C'est sans doute fait exprès. J'ai aussi entendu dire qu'il avait trouvé ses instruments aux puces, quelque part en Hongrie. Il paraît qu'il a traîné ses basques là-bas, dans des bleds paumés. Mais d'autres fois, c'est la Roumanie ou la Transylvanie. Il lui a fallu plus de six mois pour trouver le bon son."

C'est peut-être exact d'un point de vue purement

métaphorique, pense Hurtig. Mais les mythes restent matériels, rien de plus. Faciles à vérifier.

Il la remercie pour son aide et regagne le bar.

Hunger, se dit-il au moment où le public éclate de joie et que les projecteurs de la scène l'éblouissent.

Il passe l'heure suivante comme en état de choc, étourdi. Il ne boit pas davantage, car il doit se lever tôt pour partir en Scanie. Dans le local, le volume sonore est presque intolérable, il est de plus en plus difficile d'entrer en contact avec les gens. Il s'est habitué à la puanteur des cadavres d'animaux. De temps à autre, il aperçoit la jeune fille au bord de la scène, dans la marée humaine, la main droite tendue. Index et petit doigt dressés, le signe satanique classique.

Pendant le concert, il remarque plusieurs autres personnes avec des tee-shirts Hunger.

Le même dessin. La silhouette asexuée avec le pistolet contre la tête. Une mode pour une classe moyenne qui n'aime pas la vie.

Le comportement de ceux qui l'entourent commence à le mettre mal à l'aise. Bien sûr, il voit leur douleur et leur mélancolie, mais aussi une horde d'enfants gâtés qui encensent la mort.

La musique s'arrête et le chanteur du groupe, qui se fait appeler Djefvul, insulte le public, qui répond par des huées mêlées d'autant d'acclamations.

Après Djefvul vient l'Œil d'Horus puis le clou de la soirée, le groupe Viol.

Ceux qui sont venus là dans l'espoir d'approcher Hunger en sont donc pour leurs frais.

Quelques mètres devant lui, dans la foule, un garçon maigre regarde fébrilement autour de lui. Petites pupilles et regard fixe. Hurtig comprend aussitôt qu'il a pris quelque chose, et pas que de l'alcool. Un héroïnomane.

Il fait un signe à quelqu'un. Hurtig voit à qui.

La fille à qui il a parlé un peu plus tôt s'approche de lui avec un sourire timide. Il l'entoure de son bras, lui souffle quelque chose. Hurtig a le temps de le voir glisser un petit sachet dans sa poche arrière. Ils se séparent et il entre dans les toilettes.

Bordel, se dit Hurtig en jouant des coudes.

Putain de salaud de merde.

Il essaie de voir où est passée la fille, mais elle a disparu.

Il s'en occupera plus tard. C'est ce mec qu'il doit trouver.

Le cœur battant, il pousse la porte des toilettes. Une pissotière débordante le long d'un mur, trois box à droite, la porte du milieu fermée, les deux autres ouvertes : ils sont seuls.

Il se poste devant la porte. Attend qu'elle se rouvre.

À l'intérieur, il entend un gémissement, suivi d'un long soupir. Le bruit d'une ceinture qu'on défait puis qu'on renfile dans les passants d'un pantalon. Une paire de rangers apparaît sous la porte. Hurtig regarde fixement le verrou.

Lorsque le rouge passe au vert, il se jette contre la porte.

Elle heurte le jeune homme avec une telle force qu'il vole en arrière et, quand Hurtig ouvre la porte, il le trouve plié en deux au-dessus de la cuvette. Le visage du type est pâle sous ses cheveux noirs et sa main serre fort une seringue. Il porte le même tee-shirt que la fille à qui il vient de vendre un sachet d'héroïne.

Hunger.

Hurtig sait qu'il devrait se calmer.

Mais impossible.

L'espace d'une seconde, il a le temps de penser à la jeune fille timide qui porte sur la poitrine le même dessin que cette ordure shootée. Le dessin d'un suicidaire qui se fait appeler Hunger. Les images défilent en lui.

Un garçon qui se pend dans une grange.

Une fille qui boit un cocktail mortel et se jette du balcon.

Un morceau de journal intime avec écrit : *Va mourir.*

Une autre fille qui s'est fait décapiter par un câble attaché au crochet d'une voiture.

Il entend sa sœur lui dire qu'elle l'aime et la voit pendue au bout d'une corde dans sa chambre d'étudiante, à Umeå.

Enfin, il se voit lui-même attraper par le col ce foutu drogué et le frapper violemment au visage. Encore. Et encore.

Une fois calmé, il se rend compte qu'il s'est mordu la joue.

L'homme le regarde sans comprendre ce qu'il lui arrive.

Putain, qu'est-ce que j'ai fait ? se dit Hurtig.

Il comprend vite sa boulette. Une faute professionnelle carabinée. Violences sans sommations. Il crache un peu de sang. Sa plaie dans la bouche lui fait mal.

"Reste par terre, ordonne Hurtig. Je suis flic, j'ai vu ce que tu as donné à cette fille. Reste tranquille, les mains écartées."

Le jeune homme ne bouge pas d'un iota tandis que Hurtig le fouille au corps. En plus de la seringue, il a un sachet de poudre blanche dans la poche de son jean.

Hurtig l'aide à se redresser en position assise, puis tire la porte du box.

Quelqu'un entre, va à la pissotière sans se soucier qu'elle déborde. Le type ne dit pas un mot. Trente secondes plus tard, la chasse de la pissotière se met à couler et la porte des toilettes se referme.

Hurtig tape de l'index le tee-shirt du type. "Je suis prêt à oublier que tu deales de l'héroïne à une mineure et que tu as encore tout ça sur toi après t'être fait ton fix." Hurtig lève le sachet sous son nez. "Je cherche un certain Hunger. Où est-ce que je peux le trouver ?"

Le visage du type est affaissé, couvert de petites plaies. Imberbe comme un enfant, et en même temps vieilli.

"Je ne sais pas", lui répond-on. La voix est fluette.

"Comment tu t'appelles ?

— T'as qu'à m'embarquer au poste si tu veux le savoir. Comme ça je pourrai leur raconter ce que tu viens de me faire et, vu le peu que tu as trouvé sur moi, on me relâchera sur-le-champ.

— Tu dealais.

— Qui dit ça ?

— Je t'ai vu.

— Qui l'a vu ?"

Hurtig inspire à fond et attrape les cheveux noirs. L'adrénaline coule à flots dans ses veines. Quelque part en lui, il entend la voix de sa sœur. Elle le supplie d'arrêter.

Bordel, pense-t-il. Putain de bordel de merde.

"Tu veux mourir, hein ? Comme tous ces autres putains d'idiots, crie-t-il. Tu veux mourir ?" Hurtig le frappe légèrement sur la joue. "Tu veux mourir ?" Deux autres claques. Plus fort. "Je peux te démolir la tronche, si tu veux.

— Il y a une boîte postale où on peut écrire…"

Hurtig lâche un peu prise. "Une boîte postale ?

— Oui, du côté de Hornstull."

Le type lui donne une adresse, qu'il mémorise. Il décide de demander à Åhlund d'organiser immédiatement la mise sous surveillance de l'agence postale.

Il ment probablement, se dit Hurtig en regardant le jeune homme dans les yeux. Ils papillonnent, d'un côté, de l'autre, et il se lèche le pourtour des lèvres. Son haleine sent l'urine.

Hurtig est dégoûté. Pas seulement par la puanteur qui l'entoure depuis qu'il est ici, mais aussi par lui-même. Il a honte et veut juste s'en aller.

Il se lève et sort. L'autre groupe a commencé à jouer, mais il s'en fiche. Il se dirige vers la sortie. Passe devant le bar. Les lumignons se sont éteints, le tunnel est plus sombre.

Dans un coin, une fille pleure, assise par terre. Son visage est une bouillie grisâtre de maquillage fondu. Elle se coupe au-dessus de la poitrine tandis que les larmes lui coulent sur le visage. Rien dans ses gestes n'indique qu'elle est particulièrement ivre, ou qu'elle agit sous le coup de la colère.

La seringue et le sachet toujours à la main, il s'arrête devant elle.

Ses larmes sont une douleur muette, et sa détermination est presque chirurgicale. Elle tient une lame de rasoir entre le pouce et l'index. L'entaille est profonde au-dessus de ses seins maigres et pâles : Hurtig hésite à l'arrêter. Ou à appeler les secours.

Mais en regardant autour de lui dans le tunnel, il voit qu'elle n'est pas la seule, que ce n'est pas un comportement isolé.

Dans une putain d'obscurité totale, c'est un jour comme un autre. Un jour sans espoir. Un quotidien où la douleur est le seul point fixe de l'existence, et donne l'illusion de vivre. Il ne peut pas leur enlever ça.

Assis le long des parois rocheuses, des rangées de jeunes gens qui se coupent de la même façon en pleurant en silence.

Tous ensemble.

Tous seuls.

AIMAN
Quartier Vägaren

Le vétérinaire de garde de la clinique de Bagarmossen est un homme de grande taille. Il pose de rapides questions sur ce qui est arrivé à Béhémoth tout en gonflant une petite civière en plastique. Elle semble un jouet entre ses mains énormes.

Il fait une piqûre à Béhémoth et pose doucement le petit corps du chat sur la civière. “Le risque de mourir de septicémie augmente de huit pour cent par heure le premier jour, dit-il. Mais à présent il est sous antibiotiques.”

Elle se sent prête à pleurer quand Motte lève l'œil vers elle.

Le vétérinaire lui explique qu'un œil arraché n'est pas rare dans les combats entre chats. “Il s'est déjà formé une petite croûte. Alors je vais nettoyer le pus et ça va bien cicatriser. En dehors du fait qu'il a perdu un œil, Béhémoth est en bonne santé. Ça va aller pour lui. Il a juste besoin de se reposer au calme.” Il caresse doucement le dos du chat avec un sourire consolateur. “Le pauvre était déjà allé chez le vétérinaire récemment.

— Mais non… Qu'est-ce qui vous fait dire ça ?”

Il écarte les poils, juste sous une oreille de Béhémoth, et met à nu un point rouge sur la peau pâle. “Ça ressemble à une piqûre de seringue”.

Le vétérinaire parti, Aiman réalise qu'elle a complètement oublié l'enterrement du lendemain.

Parfois, elle vit un peu en vase clos. Dans un tout petit monde.

Le lendemain, ils prennent le petit-déjeuner ensemble.

Elle sert des croquettes à Motte, qui mange avec le même entrain joyeux que d'habitude, mais elle a l'impression de ne pas avoir le même chat.

Quand elle le pose sur ses genoux, il en redescend presque aussitôt : elle rechigne à le laisser seul, même si c'est pour à peine plus d'une journée.

Elle boucle son sac et, en dernier, coiffe son voile blanc.

Avant de partir, elle veut remercier Simon pour son aide : elle a été un peu sèche avec lui la veille. Elle met son manteau, ferme sa porte et va sonner à côté.

Comme personne n'ouvre, elle sort un papier et un stylo-bille de son sac.

Merci ! C'était gentil de m'aider à retrouver Béhémoth.
Cordialement, de votre voisine Aiman.

Elle plie le papier, le glisse dans la boîte aux lettres et descend les escaliers.

Le malaise ne survient qu'une fois dans la rue, tandis qu'elle attend le taxi.

Elle songe aux plaies sur le visage et les mains de Simon.

SIMON
Ängelholm

Ils se sont garés près d'un centre commercial. Øystein ronfle à l'avant, Simon s'est blotti sur le siège arrière. Dehors tremble une enseigne néon dont il n'arrive pas à détacher ses yeux. Impossible de dormir.

Ses pensées sont à la fois claires et confuses. Elles lui arrivent toutes en même temps et elles ont beau être des souvenirs déstructurés, elles forment le contexte d'une vie. Un fruit mangé par les vers.

Père, mère, sœur, et puis lui. La grande sœur de Simon toujours en périphérie. Dehors.

Ils formaient une secte de quatre personnes, mais le considéraient comme un renégat. Père était Dieu, mère la Vierge.

Les fenêtres de la villa étaient toujours voilées de rideaux sombres et, après coup, Simon a compris que le christianisme de ses parents avait pour modèle les frères de Plymouth. Vision conservatrice de la famille, renfermement sectaire et négation du monde. L'autorité évidente de l'homme, la soumission tout aussi évidente de la femme et des enfants. Ils étaient comme les travailleurs dans le *Metropolis* de Fritz Lang, des morts vivants.

Ils ne sortaient que pour aller dans leur maison de Vitvattnet. Là-bas, c'était isolé, moins enfermé. Dieu était présent dans la nature, dans chaque arbre, chaque pierre et dans la claire nuit d'été. On était plus libre là-bas.

Øystein ronfle et ça sent mauvais à l'avant. Son corps est une usine à bruits désagréables et à mauvaises odeurs. De temps en temps, il rote entre deux ronflements.

Que ses parents l'aient laissé fréquenter Øystein est incompréhensible. La seule explication est que sa famille faisait partie de la communauté évangélique. Sa mère était de Storfosna, une île perdue à l'embouchure du Trondheimsfjorden. Il semble que sur ces îles, comme dans tant d'endroits du Bohuslän et de la côte du Norrland, les gens vivent selon leur propre interprétation du christianisme.

C'est Øystein qui lui a fait découvrir le hash, puis le speed, les cachets et *tutti quanti*. Barbituriques, coupe-faim et même vermifuges. L'héroïne est venue en dernier et c'est là seulement que Simon s'est senti chez lui. Plus rien d'autre ne comptait. Il avait seize ans et avait rompu avec ses parents, jeté dehors comme le renégat qu'il est encore.

Simon se souvient du matin de printemps pluvieux où il a fini par décider de déserter. C'était sa dernière année au collège, il attendait le bus, de plus en plus à l'étroit dans son costume obligatoire. Le garçon chrétien qui avait l'air d'un petit vieux et allait tous les mardis jouer de l'orgue chez un vieux maître de chapelle qui sentait le sexe mal lavé.

Comme d'habitude, ses camarades ont ricané quand, tout à un coup, son cartable s'est ouvert et répandu par terre. Tout le monde a éclaté de rire lorsque, pris de panique, il a ramassé ses affaires. Entre autres la revue porno que lui avait donnée Øystein. Une des plus crues.

La honte était répugnante et, à cet instant, il a compris qu'il ne pouvait plus prétendre être autrement que ce qu'il était vraiment.

Les ténèbres devaient remonter à la surface.

Il allait pisser sur leurs autels.

PHASE II : RÉACTION

"When you're looking through the eyes of hate."

VA MOURIR
Blackeberg

David a dix-sept ans et en a déjà assez de vivre. Rien de ce qu'il a vu, ressenti ou vécu jusqu'ici ne l'a rendu curieux de l'avenir.

Il a fini, n'en veut plus. Il est arrivé à la conclusion que, tout compte fait, la vie était une affaire à perte et qu'il était en banqueroute. Autant se mettre en faillite.

Banqueroute vient de *banca rotta*, table brisée. Faillite de *fallito*, tombé à terre.

David Litmanen, la souris grise que tout le monde laisse tomber.

Le garçon qui n'a jamais besoin qu'on l'aide à faire ses devoirs et qui, malgré ses bonnes notes, ne rêve que de devenir instituteur en maternelle. Pendant que les autres veulent réussir grâce à leur blog, faire carrière *via La Nouvelle Star*, devenir footballeurs professionnels ou juste célèbres tout court, lui, il veut travailler avec des enfants. Comme rêve, ça craint.

C'est peut-être pour cela qu'il a commencé à manquer l'école.

Il n'est que midi, mais la place centrale de Blackeberg semble déjà plongée dans le crépuscule, comme si une couverture grise était suspendue au-dessus. Le magasin de vêtements masculins Ralers est éteint : il se demande s'ils ont fermé. Ce serait dommage. Il existe depuis aussi longtemps qu'il se souvienne.

Il a décidé que tout allait finir, mais pas encore comment.

Je manque tellement d'imagination, se dit-il. D'inspiration. De créativité. Je suis tellement carré.

Mais en fait, non.

Je suis lâche.

Comme un lapin. Effrayé, pitoyable.

Depuis qu'il a reçu la cassette, il la porte toujours sur lui. Le morceau est court, car il voulait que ça corresponde à la date de son anniversaire.

Peau comme faite pour la plaie.

Une minute et deux secondes. 2 janvier. 01/02. Il voulait attendre cette date, mais il n'en peut plus.

Il coiffe ses écouteurs, lance la cassette et part le long de Holbergsvägen.

Quand il oblique vers Islandstorget, le morceau est fini et il doit rembobiner. Son ventre gargouille, il entre dans la station-service près du métro. Il slalome entre les voitures et les pompes à essence.

Il va acheter une saucisse. Un chorizo avec de la moutarde et, cette fois, il ajoutera du ketchup et de l'oignon frit. Et un Dr Pepper. De toute façon, les calories mourront avec lui.

Sa précédente tentative de se soûler et de prendre des antidépresseurs pour oser se tuer a échoué. Il faut davantage que du courage. Il faut un but. Une vision.

Elle lui arrive sous la forme d'un autre garçon portant des écouteurs.

Il passe à la caisse. Les mêmes longs cheveux platine, la même posture affaissée, avec léger surpoids et vêtements noirs. Lui aussi absentéiste sans rêve.

En entendant que ce garçon fait la même commande

que celle qu'il comptait faire, dans les moindres détails, et paie en plus avec la même carte bancaire que lui, David se dit que le monde n'est qu'une vaste répétition.

C'est une vision destructrice : il vit une existence simple, prévue comme un bulletin météo. Tous les hommes sont des clones, et tout ce qu'ils font a déjà été ou sera fait.

Soudain, il se sent fort.

David Litmanen est destiné à mieux que ce monde-là.

À présent, il sait ce qu'il va faire. Tandis que l'autre garçon rentre chez ses parents regarder la télé, il va, lui, de son propre chef, rompre radicalement avec le bulletin prévisible.

Il mange lentement, jusqu'à la moindre miette, et vide la boîte de soda.

Quand le caissier se retourne pour nettoyer la machine à café, il en profite pour lancer la cassette. Elle crépite dans ses oreilles avant de commencer.

Comme du feu, songe-t-il en se dirigeant vers les pompes à essence.

Il introduit sa carte bancaire dans le lecteur et choisit du super 95, moins cher que le 98.

Il va vider son compte, et chaque goutte d'essence sera précieuse.

Pour finir, il sort son briquet, saisit la pompe et la lève au-dessus de sa tête.

Quand l'essence lui coule sur les cheveux et le visage, son goût, et l'odeur du liquide jaune, lui rappelle les vacances en voiture de son enfance avec Papa et Maman.

Peau comme faite pour la plaie.

AIMAN
Église de Grevie

Ils grelottent par petits groupes vêtus de noir, blottis les uns contre les autres sur l'étroite allée de gravier devant l'église. Le hijab blanc a déjà attiré des regards méfiants, et Aiman se sent comme la brebis galeuse dans cet austère troupeau.

Elle regarde au-delà de la grille de fer ouverte dans le muret. Deux personnes sortent du brouillard et entrent dans le cimetière. Isaak, suivi de Jens Hurtig.

Le visage d'Isaak se fend d'un large sourire quand il l'aperçoit, et il la serre longtemps dans ses bras. "On se voit trop rarement", dit-il, et elle opine du chef.

Le policier se passe la main sur le menton, la salue de la tête en la reconnaissant, et son cœur bat plus fort. Comme lorsqu'elle l'a rencontré à l'hôtel de police. Une sensation étrange, indéfinie, qui lui serre le ventre. De l'attirance ? se demande-t-elle. Non, impossible.

Ils se serrent la main et elle a la curieuse impression que tout se tient. Qu'une raison supérieure l'a conduite à cet enterrement. Mais c'est une impression fugace, qui s'évanouit quand Isaak se tourne vers elle avec une expression amusée.

"J'ignore si le commun des mortels considère que ton hijab a sa place dans une église mais, pour moi, tu passerais facilement pour une nonne." Il baisse la voix et continue, d'un ton plus sérieux : "C'est triste que nous autres soi-disant chrétiens sachions si peu au sujet des autres religions. Comme par exemple que Jésus est aussi considéré comme un prophète par les musulmans."

Isaak se tourne vers Jens Hurtig et lui pose la main sur l'épaule, au moins dix centimètres au-dessus de la sienne. "Peu de chrétiens le savent. Tu le savais ?

— Je suis athée, répond Jens Hurtig. Je sais que dalle de tout ça."

Arrive alors Vanja, en compagnie d'Edith et Paul.

Edith la salue de la tête en silence et Paul lui fait un rapide sourire, tandis qu'Isaak s'approche de Vanja et lui caresse la joue en lui disant quelque chose.

Aiman remarque l'air hagard de Vanja. "Salut, ma petite. Que je suis contente que tu aies pu venir."

Vanja est peut-être impressionnée par la gravité du moment, mais, en la voyant grimacer quand elle la serre contre elle, Aiman comprend qu'en plus elle a mal.

HURTIG
Église de Grevie

“Que dalle ?” Isaak semble amusé. “Tu ne te désintéresses quand même pas à ce point de la religion ?”

Hurtig ne sait pas par où commencer. “C’est juste qu’on entend différents sons de cloche selon la personne à qui l’on s’adresse, tente-t-il. Tout le monde a l’air assis sur sa vérité.”

Isaak lève les yeux au ciel. “Parce qu’un athée n’est pas, lui aussi, certain de sa vérité ?”

Hurtig n’a pas de bonne réponse. Chez lui, ce n’est finalement qu’une vieille habitude que prétendre qu’il est athée. Depuis son enfance, il a entendu parler de tout le merdier que la religion a créé dans les villages du Norrland. Il a été élevé dans l’athéisme.

Aiman le regarde et il se demande ce qu’elle pense. Ses yeux sont mystérieux, et pas seulement à cause de leur lésion.

Tandis qu’Isaak s’absorbe dans une conversation avec Edith et Paul, Aiman et Hurtig en entament une de leur côté. Elle voudrait en savoir plus sur les cassettes et pose tant de questions que Hurtig doit se mordre la langue pour ne pas en dire trop.

Cette conversation le conduit à songer à la boîte postale et à la surveillance organisée par Åhlund. Il s’excuse, se met un peu à l’écart et sort son mobile.

À son grand étonnement, Åhlund l'informe que cette agence est déjà sous surveillance.

"Plusieurs boîtes postales sont liées à des bandes de motards, et la criminelle a documenté toutes les allées et venues des deux derniers mois. J'ai devant moi un sacré tas de photos de tous ceux qui y sont venus.

— Bien. Demande à Schwarz de vérifier tous les titulaires des boîtes. Même si la plupart des noms sont faux, on ne sait jamais. Et puis le type qui m'a filé le tuyau mentait peut-être."

Il raccroche et coupe la sonnerie de son mobile avant de le ranger dans sa poche.

Alors seulement, il voit qu'une nouvelle personne s'est jointe au groupe qui entoure Isaak.

Holger Sandström a beau être un capitaliste, il fait partie du cercle d'amis du marxiste convaincu qu'est Isaak. Ce dernier lui a dit un jour que le métier de Holger était assez vague. Qu'il était responsable d'expertises sur les tendances du marché financier, une sorte d'analyste des analystes boursiers.

Hurtig trouve que Holger Sandström dégage une aura désagréable.

ISAAK
Église de Grevie

La cloche de l'église est muette, comme si l'air humide étouffait le son et le rendait sourd et lourd. Sur les bancs, une trentaine de personnes en deuil. Quelques vieux amis, un voisin, mais les places réservées à la famille sont tristement vides.

Un grand tableau d'autel représente Jésus et les douze apôtres sur une hauteur. L'artiste s'est inspiré du sermon sur la montagne, mais on n'est clairement pas en Galilée, plutôt dans une baie du nord-ouest de la Scanie. Ce paysage pourrait être à seulement quelques kilomètres d'ici.

Jésus est donc avec nous ici et maintenant, pense-t-il.

La cérémonie commence. La voix monotone du pasteur se perd dans l'acoustique résonnante.

"Nous Te remercions, Dieu, pour la vie que Tu nous donnes, et aujourd'hui nous Te remercions pour John Ingmar Gustafson, pour ce qu'il a donné et reçu. À présent, nous cherchons Ton aide dans notre douleur..."

Un enterrement est une performance, songe-t-il.

Une œuvre d'art exécutée en live, devant un public lui-même convié à participer.

Son art lui aussi présente ces caractéristiques : inviter les spectateurs et les associer à la création. Chacun participe. Chacun est à égalité avec l'artiste. L'artiste, c'est tout un chacun.

Quand ils ressortent sur l'allée de gravier devant l'église, le brouillard est épais. C'est un beau cimetière, avec des pelouses soignées et des tombes gris et noir en rangs serrés.

Il prend Aiman sous son bras. "Tu peux venir avec Jens et moi." Il fait un geste vers sa voiture.

"Alors comme ça, tu roules encore en Volga ? Tu continues à jouer au communiste pur et dur ?" dit-elle.

À l'époque soviétique, la marque était réservée aux membres haut placés du Parti, et Aiman avait l'habitude de le taquiner à ce sujet. Elle lui a manqué. Et Berlin aussi. Pas la ville d'aujourd'hui, mais celle qu'ils ont connue à l'époque, quand ils y étaient ensemble. Plus innocente.

Il s'engage sur la nationale. Les champs gris qui bordent la route semblent infinis, comme si le sol s'était dissous dans l'air humide.

Un panneau indique bientôt leur hôtel sur la gauche. Ils passent devant quelques bosquets de feuillus encore teintés de jaune et de rouge.

L'automne lui manque déjà, alors qu'il n'est pas encore fini, ici, dans le Sud. Deux jours à en profiter, avant de rentrer à Stockholm où la saison est indécise, sans automne ni hiver.

Juste un entre-deux gris, froid et mort.

Il songe à la mort et à l'art comme processus de décomposition, tandis qu'ils s'avancent sur l'entrée en gravier qui conduit à la ferme.

Chaque homme est-il une œuvre d'art qui continue à exister après la mort ?

Que devient le souvenir d'un homme après sa mort ? Est-il embelli ? Probablement. En tout cas après quelques années. On veut se rappeler les bons côtés. Ce qui a signifié quelque chose.

Un corps de logis en face et, sur la gauche, une écurie qui abrite l'hôtel proprement dit. Les deux bâtiments sont à colombages, avec des façades crépies de blanc. La grosse BMW argentée de Holger est déjà garée à côté de l'écurie.

Aiman est silencieuse à l'arrière. Il aperçoit son visage dans le rétroviseur en se garant. Elle porte rapidement la main à sa joue, et il comprend qu'elle pleure.

"Quel genre d'homme était Ingo, en fin de compte ?" interroge Jens.

Isaak réfléchit un instant avant de répondre. "Il était proche de la terre, en dépit de ses convictions spirituelles et de son passé religieux. Pas un grand philosophe, mais un artiste intéressant : il était toujours incapable d'expliquer ses tableaux. Ils étaient beaux, tout simplement. Mais la dernière année, il ne pouvait plus peindre.

— Est-ce que c'est pour ça qu'il s'est suicidé, d'après toi ?" demande Aiman.

Isaak ouvre sa portière. "Ça, nous ne le saurons jamais, répond-il en lui tendant un mouchoir en papier. Mais c'est sans doute quand il a compris que son cerveau ne fonctionnait plus comme il le voulait qu'il s'est tué."

La vérité est parfois bien triste, se dit-il.

VANJA
Presqu'île de Bjäre

De la fenêtre de sa chambre d'hôtel, Vanja les voit descendre de la vieille voiture russe.

D'abord Aiman, qui pleure. Puis Isaak, qui lui tend un mouchoir avec un sourire crispé. Elle le trouve contrefait. Tellement dans l'apparence et la vanité.

"C'est ton taxi qui arrive ? crie Edith depuis la salle de bains.

— Non."

Enfin le flic, et Vanja se demande si Aiman et lui sont ensemble. Les regards qu'ils échangent ne trompent pas.

Pourvu qu'il ne la reconnaisse pas. Il l'a croisée dans le tunnel de La Troisième Voie, elle l'a tout de suite identifié, elle se souvient qu'il a parlé à une nana.

Mais il n'a sans doute rien vu sous le maquillage. Pas vu la pauvre fille pathétique qui se cachait derrière.

Paul pose une main sur son épaule. "Tu es sûre de ne pas vouloir rester ?

— Oui", répond-elle en faisant une grimace et en s'efforçant d'économiser ses mots, car les plaies sur sa poitrine la tirent quand elle parle. Elle espère qu'il ne voit pas qu'elle a mal. Sinon, elle n'aura qu'à dire que ce sont des douleurs de règles. Ça marche avec lui, mais pas toujours avec Edith, qui a l'œil sur son cycle.

“Pas d’excès ce soir, lance Edith depuis la salle de bains.

— Promis, je serai une petite fille modèle, dit-elle en pendant son sac à son épaule. Je sors attendre le taxi. Quelqu’un a une tige ?

— Tu as déjà eu de l’argent pour le taxi” s’irrite Paul. Ils lui ont fait la tête toute la journée, et ils avaient des raisons : elle est rentrée tard du concert à La Troisième Voie, et n’a pas pu cacher qu’elle avait bu.

“En plus, je n’aime pas te voir fumer. Si tu dois absolument, que ce soit avec ton argent.

— Tu fumes. Edith fume. Donc je fume aussi.”

Dans l’escalier, elle tombe sur Holger et s’arrête une marche devant lui. Il lui demande où elle va, elle lui répond et il lui dit d’être prudente. Il sort son portefeuille et lui donne un billet de cinq cents.

“Tiens, pour le taxi.”

Holger rappelle à Vanja son dernier été heureux. Elle avait douze ans, Holger l’avait conduite en colo sur l’île des Enfants. Deux semaines, pendant que Paul et Edith étaient à Berlin.

En même temps, il lui rappelle qu’elle n’aura plus jamais douze ans, et ne sera peut-être jamais aussi heureuse qu’alors.

Elle prend le billet, remercie et le dépasse. Elle sent le parfum de son after-shave, mais aussi autre chose. Comme du savon et du cuir, la même odeur que dans son appartement d’Östermalm.

Elle sort dans la cour et s’assoit sur le petit banc de bois, entre le parking et la vieille écurie. Une lourde odeur de fumier flotte dans l’air.

Quelques minutes plus tard, Aiman sort de l’hôtel. Elle aperçoit Vanja et la rejoint. On voit qu’elle a pleuré.

Elle s’assied et Vanja sent que la conversation va être pénible.

“Quand je t’ai embrassée au cimetière, j’ai remarqué que ça te faisait mal, dit-elle au bout d’un moment. Tu t’es fait du mal ?”

Vanja se fige, sans répondre. Ne sait pas comment expliquer. Reste silencieuse.

“D’accord, reprend Aiman. On en parlera quand tu seras prête.” Elle se lève pour regagner l’hôtel. Mais avant de laisser Vanja seule, elle remonte une de ses manches.

Le long du bras d’Aiman courent plusieurs longues cicatrices.

SIMON
Christian le Tyran

La pluie de sang du Sahara n'a jamais atteint la Scanie mais, s'il avait plu du sang sur la queue grelottante et vêtue de noir massée devant le club en sous-sol Christian le Tyran, rue Christian-II, à Ängelholm, cela aurait sans aucun doute semblé à propos. À l'entrée, quelqu'un distribue des lames de rasoir et, de la loge de fortune aménagée au-dessus du hall, Simon aperçoit trois jeunes filles aux bras lacérés. L'une d'elles porte un tampon en guise de boucle d'oreille et, sur son tee-shirt, on lit TRONCHÉE AU COUTEAU.

Il y a déjà foule, mais beaucoup sont peut-être là pour écouter le groupe de première partie, une curiosité locale qui joue du black metal classique et jouit d'une certaine renommée dans le coin. Lui les trouve nuls. La musique, ça va encore, mais la voix et les textes sont en dessous de tout, sans parler du nom du groupe : ils se font appeler Burning Corpses. Si on est incapable de trouver quelque chose de plus méchant, autant changer de job.

Une seringue est posée sur une assiette en porcelaine fêlée. À côté, une bouteille de vin rouge vide. Il est bien content qu'Øystein l'ait laissé tranquille.

Hier soir, à La Troisième Voie, il s'est passé quelque chose dont Øystein ne veut pas parler, et il n'a pas non plus voulu dire d'où viennent les bleus qu'il a au visage.

Simon suppose qu'il s'est fait casser la figure et qu'il en a honte.

Le club est en fait installé dans un garage en sous-sol, fermé pour rénovation. La loge est en mezzanine et, de derrière le petit miroir sans tain, il peut voir tout ce qui se passe en bas sans être vu. Le local est assez petit, et il se demande combien sont les spectateurs. Cent ? Cent cinquante ? Difficile à dire. Ils forment une masse noire compacte.

Ils vont être serrés et il va sans doute faire très chaud. Et ça va sentir mauvais. Très mauvais. Ça doit d'ailleurs probablement déjà commencer à puer. Sous la scène, invisibles au public, on a répandu divers déchets d'abattoir, des boyaux de poisson et quelques rats crevés. Les Burning Corpses auraient trouvé plus *destroy* de tout pendre à des crochets, comme tout le monde le fait, mais Simon est certain que c'est encore plus horrible comme ça. Ça doit être insidieux. Hunger est toujours insidieux.

Il regarde la foule qui grouille en contrebas. S'il plisse les yeux, ils ressemblent à des insectes, des scarabées noirs, quelques cloportes et des cafards. Il ne sait pas depuis combien de temps il les fixe, mais le groupe de première partie a commencé à jouer ; c'est exactement comme il s'y attendait : médiocre, mais le public aime ça.

Après quarante-cinq interminables minutes ils arrêtent et sortent par là où ils sont entrés, en traversant le public, on leur donne des tapes dans le dos comme à des rock stars tandis qu'ils gagnent la sortie. Des écoliers qui respectent l'interdiction de fumer.

Un rideau noir descend et cache la scène au public.

Un abattoir de sept mètres sur cinq.

Un technicien y monte, un gros seau en plastique dans chaque main, les pose et ôte les couvercles. Il a l'air ravagé. Couvert de farine de la tête aux pieds, il déverse sur la scène les seaux pleins de boyaux de poissons.

Deux autres techniciens roulent le stroboscope sur le podium. L'effet visuel impitoyable provoque une sorte d'épilepsie. Les flashs roulants font perdre l'équilibre, les gens tombent à la renverse et la chaleur des lampes provoque des brûlures si on s'approche trop près de la machine. Simon en a une à l'épaule et une grande dans le dos, comme un serpent.

Ce soir, le message est de se blesser soi-même.

Tout a beau être très bien planifié, il sait que tout peut arriver et qu'il ne se souviendra pas de grand-chose après.

AIMAN
Presqu'île de Bjäre

Quand Aiman se trouve avec des gens éméchés, il se produit une sorte d'effet placebo. C'est contagieux, elle se sent ivre elle aussi. Il lui arrive de boire un verre de vin ici ou là, mais très rarement, et plus du tout depuis qu'elle est enceinte.

L'alcool kidnappe le cerveau. La dopamine et les endorphines produites par le corps lui-même, aux effets semblables à la morphine, sont libérées dans le système de gratification du cerveau et augmentent le bien-être. De là la tentation.

Un cerveau qui a été kidnappé n'oublie jamais cette sensation et se laisse donc volontiers à nouveau kidnapper.

Si la dopamine et les endorphines sont la clé de contact, le glutamate est l'accélérateur. La substance affecte les fonctions centrales du cerveau, comme la mémoire et, plus simplement, la raison. Ses effets sont entièrement négatifs. Ils diminuent la capacité à prendre des décisions raisonnables et à s'en souvenir. La pédale de frein, enfin, est le neurotransmetteur GABA, une sorte d'acide butyrique à l'effet inhibant. Celui qui boit devient plus gauche et plus lent.

En d'autres termes, le précepte de boire avec modération adressé par Dieu aux hommes est aussi sage qu'évident.

Tout cela, Aiman le sait et c'est pour cela qu'elle boit si rarement. Mais elle connaît aussi ce qu'on peut lire sur le sujet dans la littérature médicale.

Pour des raisons éthiques, les expérimentations médicales ne sont pas effectuées sur des cobayes humains, mais sur des animaux, comme les souris ou les lapins. Les premières ont une réaction à l'alcool très spécifique. Si on enferme une souris avec un bol d'eau et un bol d'alcool fort, la souris choisit toujours l'alcool, sans exception. À la différence de l'homme, la souris n'est cependant jamais ivre morte. Une fois atteint un certain pourcentage d'alcool dans le sang, elle arrête de boire. Elle flageole un peu, mais n'est pas soûle. Elle sait instinctivement comment apprécier l'alcool, ce que l'homme ignore.

À la journée froide succède une soirée chaude pour la saison. Aiman est assise avec Holger Sandström autour d'une table bancale, sur la terrasse de sa chambre. Il sirote un gin tonic tandis qu'Aiman se contente d'un soda. C'est surtout Holger qui parle, d'une voix aussi douce que son sourire est suffisant. Il dit qu'Ingmar lui manque. Que ça lui fait de la peine que son vieil ami n'ait jamais pu vivre de son art.

Aiman ne connaît pas spécialement bien Holger. Ils se sont juste croisés quelquefois, il y a plusieurs années. Mais elle n'est pas sûre qu'au fond Holger aimait vraiment Ingmar.

C'est sa bouche qui parle, pas son cœur.

"Il ne savait pas se vendre." Le corps lourd de Holger se cale au fond de la chaise métallique : elle voit un gros bout de rouille se détacher d'un des pieds. Il détruit les choses d'une manière sophistiquée, presque invisible, se dit-elle. C'est comme si le monde physique qui l'entoure ne croyait pas à ses paroles et se craquelait volontairement.

Aiman ne l'écoute plus. Les yeux perdus dans la nuit, elle entend des vaches meugler dans le brouillard.

Edith, assise un peu plus loin sur une autre chaise de jardin rouillée, pose son verre de vin et allume un cigarillo qui sent le café au lait. "Vous trouvez que Jens et Isaak vont bien ensemble ?"

Les contraires s'assemblent parfois, pense Aiman, mais elle ne comprend pas bien la question. "Ensemble, qu'est-ce que tu veux dire ?"

Holger soupire tandis qu'Edith se penche vers Aiman avec un sourire mystérieux. "Isaak est mythomane, et un de ses plus gros mensonges est qu'il est homosexuel. Il y croit presque lui-même mais, autant que je sache, il n'a jamais eu de relation sexuelle avec un homme, et sûrement pas avec Jens Hurtig."

Aiman se tortille sur sa chaise, mal à l'aise. Elle n'y avait seulement jamais pensé.

"Isaak est jeune et naïf, il ne sait pas bien qui il est. Il veut ressembler à ses idoles. Lars Lerin, Francis Bacon, Salomé, Jasper Johns, Kenneth Anger et Andy Warhol. Tous les modèles d'Isaak sont ou étaient pédés, même si Warhol était plutôt asexuel."

On en apprend tous les jours, songe Aiman, tandis qu'Edith la regarde, amusée.

Paul sort sur la terrasse, accompagné de Jens et d'Isaak. "Ça a l'air bon, ça", dit-il en montrant le verre de vin. Il embrasse Edith sur la joue avant de s'asseoir.

"Où allait Vanja ? demande Aiman. Elle avait l'air un peu éteinte.

— Voir un copain à Ängelholm."

Paul cherche des cigarettes dans sa poche. "C'est cette musique qu'elle écoute qui la déprime, affirme-t-il en sortant son paquet. Ce n'est pas bon pour elle."

La fumée crémeuse du cigarillo d'Edith se mélange

au menthol de la cigarette de Paul. Aiman se demande si ça sent comme ça chez eux.

Elle pense aux cassettes et jette un coup d'œil à Jens Hurtig, appuyé au chambranle de la porte, bras croisés. Peut-être pense-t-il à la même chose qu'elle ? Il croise son regard, mais détourne rapidement les yeux tout en passant la main sur ses poils de barbe.

Paul débouche une bouteille de vin, la pose sur la table et regarde Aiman. "C'est ce type de musique que vous laissez les jeunes produire au Lys. L'autre jour, Vanja m'a montré un morceau qu'elle a fait avec Maria.

— Vanja est créative, répond Aiman. Elle est musicienne et a du talent pour l'écriture. Je pense que la musique l'aide à canaliser ses sentiments négatifs. Que c'est une sorte d'antidote aux ténèbres."

Paul secoue la tête. "Je ne voudrais pas être blessant, mais ça me semble de la psychologie de supermarché. La musique a-t-elle fait du bien à Maria ? A-t-elle canalisé ses sentiments négatifs, ou les a-t-elle juste accentués ?" Il hausse les épaules.

"Ingo aimait les Beatles et il s'est tiré une balle dans la tête, dit Holger. Doit-on interdire les Beatles ?"

Aiman regarde à nouveau Jens Hurtig, qui semble pensif.

L'ambiance est tantôt tendue, tantôt enjouée. Aiman est gagnée par le sentiment que le bât blesse quelque part. Plusieurs d'entre eux se connaissent depuis des années, ils ont leurs secrets.

Elle se souvient alors qu'elle-même partage un secret avec le policier, bien qu'ils se connaissent depuis peu. Seul Jens Hurtig la sait enceinte.

Elle lui a confié l'existence de son enfant, à lui et à personne d'autre.

Ils continuent à bavarder de tout et de rien, sauf de la personne dont le deuil les rassemble. À part la remarque de Holger sur les goûts musicaux d'Ingo, ils ne parlent pas de leur ami mort. Ils vident une autre bouteille avant que Paul propose de se déplacer au bar de l'hôtel.

Tout le monde est d'accord. Edith et Holger prennent leur verre et vont s'enfermer dans la chambre de Holger.

Aiman les observe par la fenêtre : elle voit une dispute muette.

IVO
Institut médicolégal

En voyant les débris fondus d'un walkman à côté du sac gris de la morgue, Ivo Andrić comprend que la série des jeunes suicidés continue.

Le lecteur est presque carbonisé, et la bande impossible à restaurer. Mais ce ne sera pas nécessaire. Il sait ce qu'il y a dessus. En tout cas à peu près.

Epidemija, pense-t-il, envahi de tristesse. Tout ça ressemble à une maladie épidémique. Pourquoi ? est encore une question trop difficile, qui n'a pas de réponse satisfaisante.

Prétendre qu'il s'agit d'enfants gâtés qui ressassent leurs petits problèmes à longueur de temps et en font une montagne, c'est simplifier le phénomène, même s'il ne peut s'empêcher de considérer le suicide comme un mal atavique de la société d'abondance. Quand on est entièrement occupé à assurer sa subsistance et qu'on consacre tout son temps à gagner de quoi manger, on n'a pas la force de songer à se suicider.

Je suis peut-être un vieux cynique fatigué, se dit-il.

David Litmanen, dix-sept ans, a acheté une saucisse et un soda dans une station-service d'Islandstorget, a mangé tranquillement avant d'aller aux pompes, de s'asperger d'essence et de se faire flamber. Le caissier n'a pas eu le temps de réagir. Si le jeune Litmanen ne s'était pas éloigné des pompes en courant, son geste aurait pu avoir des conséquences encore plus graves.

Des témoins racontent avoir vu une torche humaine courir éperdument sur Blackebergsvägen.

HURTIG
Presqu'île de Bjäre

Hurtig et Aiman sont sortis prendre l'air sur la terrasse du bar de l'hôtel.

"Tu te plais à ton boulot, au Lys ? demande-t-il. On ne se sent pas un peu impuissant ?"

Il songe à ce qu'il a vécu la veille, les ténèbres mentales dans le souterrain. Le découragement face à la vie et à toute beauté.

"Presque tout le temps, répond Aiman. Mais si on veut aider, je crois qu'il est nécessaire d'avoir soi-même l'expérience de ce que c'est d'aller mal.

— C'est ton cas ?"

Il se demande aussitôt si la question n'est pas trop personnelle.

Aiman hoche la tête. "Avant de rencontrer Isaak à Berlin, j'étais en train de sombrer.

— C'est donc Isaak qui t'a remise sur pieds ?

— On peut dire ça", élude-t-elle. Hurtig comprend qu'elle ne veut pas en parler.

Quand ils retournent à l'intérieur, ils tombent dans le feu d'une conversation.

"Tout est marqué avec des codes-barres, dit Isaak en montrant le paquet de cigarettes que tient Edith. C'est la marque du diable. Deux longues barres à gauche, pareil au milieu et à droite. Ça signifie 6-6-6, et c'est le rythme de tous les codes-barres, tu peux vérifier au hasard…"

Edith retourne son paquet et Hurtig regarde par-dessus son épaule. Exact : trois fois deux longues barres.

“La marque du diable, c’est le capitalisme.

— Tu es riche comme Crésus, réplique Edith. Tu es toi-même un capitaliste, même si tu ne mets pas de codes-barres sur tes tableaux. Et depuis quand utilises-tu la Bible pour justifier tes théories ? Tu es devenu religieux ?

— Isaak n’est pas religieux, quand bien même il voudrait en donner l’impression, dit Hurtig. Pédé et peut-être marxiste si on veut, en tout cas en théorie. Et capitaliste, on le devient automatiquement dès qu’on dispose d’un peu plus d’argent que le strict nécessaire. Mais religieux ? Ça m’étonnerait. C’est juste histoire d’assaisonner son image.”

Isaak rit et applaudit.

Paul et Holger se sont assis chacun dans un fauteuil avec, entre eux sur la table, une bouteille de whisky à moitié pleine. Hurtig voit que Paul commence à être ivre. Il gesticule et quelques gouttes de sueur perlent à son front. Edith lui lance des regards noirs.

Hurtig doit aller aux toilettes, il s’excuse et quitte le lobby.

Au moment de rejoindre les autres, il aperçoit un petit carnet noir oublié sur l’étagère au-dessus du lavabo.

Son contenu est sans doute privé, mais sa curiosité l’emporte et il ouvre une page au hasard.

AC, je l’écris et je souligne ces deux lettres.

AC : les initiales d’Aiman Chernikova.

AC : Ctrl+A pour tout sélectionner, puis Ctrl+C pour copier.

Dire qu’il pourrait être aussi facile d’écrire : copier sa vie et tout coller sur un fichier word. Corriger son existence pour en faire quelque chose d’intéressant.

AC : Courant Alternatif. Qui s’inverse.

Comme toute ma vie. Kazakhstan, Iran, Biélorussie, Suède, et à présent Allemagne.

AC : abréviation d'Anno Christi, c'est-à-dire année zéro.

AC sont des initiales qui conviennent à quelqu'un dont l'âge est zéro.

Anté-Christ.

Il se sent voyeur, referme le carnet et rejoint les autres.

"À qui est-ce ? demande-t-il en feignant de ne pas le savoir.

— C'est à moi, dit Aiman, étonnée. Tu l'as trouvé où ?"

Elle se lève, s'approche, il le lui rend.

"Elle écrit ses mémoires, glisse Isaak. Ou bien un roman ? Tu en es à combien de carnets, maintenant ?

— Soixante-cinq", répond-elle en fourrant le carnet dans son sac.

Edith s'est approchée du vieux juke-box abandonné dans un coin et, au moment où Paul se lève de son fauteuil, *Sweet Child O'Mine* de Guns N' Roses se déverse des haut-parleurs.

Paul titube et se tient à la table pour arriver près de Hurtig.

"J'aurais besoin de causer un peu avec toi. De ton boulot." Il a la voix pâteuse. Hurtig se ressert du vin pour le rejoindre à peu près au même niveau d'ivresse. Ça aide, d'habitude.

Du coin de l'œil, il voit Edith inviter Isaak à danser.

"Mon petit doigt m'a dit que tu enquêtais sur une vague de suicides chez des jeunes gens, continue Paul. Je vais écrire un article là-dessus, et j'aurais besoin de quelques détails. J'ai accès au marigot, et si j'ai bien compris, ces jeunes écoutaient de la musique au moment de se suicider. C'est exact ?"

Hurtig admet s'occuper de cette affaire, mais prévient qu'il ne peut en parler autrement qu'en termes très généraux. Il se demande même si, en admettant ça, il n'en a pas déjà trop dit. Paul semble lire dans ses pensées et lui assure que tout ce qu'il apprendra aujourd'hui tombera sous le régime de la protection des sources.

"Chacun a le droit de renseigner les médias sans être puni, ni risquer de voir son identité dévoilée. Premier chapitre, premier paragraphe de l'ordonnance sur la liberté de la presse."

Hurtig rit et Paul lui explique que vingt ans dans le monde du journalisme lui ont appris que les sources étaient ce qu'il y avait de plus important pour un journaliste : si on ne les protège pas, on est cuit dans ce métier. En d'autres termes, pas de source, pas de texte.

Ils discutent un moment et en arrivent naturellement au cas de la mort de Maria Alvengren.

Paul lui dit combien il s'inquiète pour Vanja et répète son avis : la musique qu'elle aime exerce sur elle une influence négative.

"Il y a dedans trop de sang, de feu, de mort et de haine. Putain, comme j'aimerais qu'elle écoute les Clash ou les Ramones. De la colère constructive."

Paul a l'air de quelqu'un de bien, et Hurtig décide de l'aider pour son article. "Envoie-moi ce que tu as écrit, je regarderai si je peux ajouter quelque chose."

Paul hoche la tête, dit qu'il a besoin de prendre l'air et qu'il va essayer de joindre Vanja pour savoir si tout va bien. Il prend son téléphone et sort sur la terrasse.

Edith, à présent visiblement ivre, danse au milieu de la pièce avec Isaak, qui la pousse à prendre des poses de plus en plus osées et provocantes.

Hurtig s'assied dans le fauteuil à côté de Holger, et se sert un whisky. La bouteille est presque vide.

"Tu es jaloux ?" demande Holger en montrant Isaak de la tête.

Les jambes d'Edith se lovent autour des hanches d'Isaak dans une danse qui ressemble à s'y méprendre à un coït simulé.

Moi non, pense Hurtig en regardant Paul par la fenêtre. Mais lui, oui.

MÉLANCOLIE NOIRE

Christian le Tyran

J'avais onze ans et depuis longtemps je réfléchissais à toutes les choses bizarres qu'on trouve dans la Bible. J'ai demandé à Papa pourquoi Dieu disait : "Que la lumière soit" quand il créait le jour et la nuit au premier jour, alors qu'il ne créait le soleil, la lune et les étoiles que le quatrième.

Je me demandais d'où venait la lumière le premier jour, si c'était juste une erreur, si cette Bible était défectueuse et s'il en existait de meilleures versions. Mais Papa m'a dit que c'était la parole de Dieu, il a refermé sa porte et m'a laissé seul avec mes pensées.

Je me disais que si Papa et les autres papas élevaient leurs enfants dans une foi aveugle, c'était peut-être parce qu'ils doutaient eux-mêmes, mais quand j'ai dit ça, je me suis attiré les foudres de la communauté et il a fallu que je m'explique devant toute l'assemblée. Ils ont prié et parlé en langues pour moi en pleurant et je ne sais quoi encore.

Ce soir, je n'étais pas concentré, c'est pour ça que je me suis coupé plus que d'habitude. Pour sauver la situation. Le couteau de cuisine est efficace, mes bras sont en bouillie. Ma tête, je ne sais pas trop. C'est brûlant et collant et ça pique les yeux.

"Il faut que tu voies un médecin." Une jeune personne me regarde fixement et je ne supporte pas ces yeux. C'est le regard d'un tuteur ou d'une maîtresse d'école. L'inquiétude feinte de quelqu'un qui ne pense en fait qu'à rentrer à la maison regarder la télé en famille. Ces yeux parlent pour lui : il voudrait que je cesse d'être qui je suis et que j'arrête de faire des problèmes.

"Du calme…, continue la personne en toussant. Putain, t'es complètement dingue."

Je me dis : Tu ne sais pas ce que c'est qu'être dingue. Je me retrouve à nouveau seul.

"J'ai besoin d'argent pour de nouvelles cordes", ai-je dit, car je savais que Maman trouvait bien que je joue de la guitare.

Officiellement, j'étais un guitariste qui jouait tellement que ses cordes cassaient tout le temps. Elle m'a donné de l'argent. Avec, j'ai acheté de la bière et, le même jour, mes cordes ont cassé pour de bon. J'avais encore besoin d'argent, mais je ne pouvais plus mentir.

Pourquoi personne ne s'est-il jamais soucié de savoir qui je suis ?

Il n'y a qu'une bonne réponse.

Les gens préfèrent le mythe.

C'est pour ça que je fais ce que je fais. Pour montrer à tous que le mythe finit par *devenir* vie et vérité.

Bientôt, une nouvelle personne va mourir. Même origine, même vie, et la même évidente appartenance au mythe.

Nous ne nous étions pas vus depuis plus de six mois. J'avais reçu la première cassette, je l'écoutais en cachette, le cœur battant d'impatience quand j'appuyais sur lecture et écoutais.

La voix était différente. Plus sombre, plus adulte.

"Tu te souviens quand on jouait au Crime de l'Orient-Express *? J'étais Hercule Poirot et le canapé dans le bureau de Papa était le wagon où je t'interrogeais sur le meurtre que tu avais commis. Tu te souviens ?"*

Puis un silence. Juste un vague grésillement.

"Un jour, on va jouer cette pièce pour de bon."

Je reste un moment assis dans la loge. J'écris quelques lignes que j'afficherai au mur avant de partir.

J'écris : *La vie n'est pas un jeu. C'est une guerre impossible à gagner, et où il n'y a qu'une règle : chacun pour soi et Dieu contre tous.*

SIMON
Christian le Tyran

“Mais c’était un truc de malade”, lâche le petit bouc, le chanteur des Burning Corpses.

Les membres du groupe de première partie entourent la table de Simon et d’Øystein.

“Un concert normal de Hunger”, dit Simon, qui a presque pitié d’eux en voyant leurs mines déconfites. Visiblement, le concert n’a pas été si mauvais que ça.

“Où est Hunger ? demande l’un d’eux. Vous le connaissez bien ?

— Lui ? répond Simon. Ça fait longtemps qu’il s’est barré.

— En oubliant son ampli.

— On s’en occupe.”

Simon veut perpétuer la mythologie qui entoure Hunger sans en faire des tonnes, mais ce foutu Øystein est imprévisible et pour cette histoire d’ampli, trop tard pour dire la vérité. Øystein passe son temps à inventer plein de trucs, et ses histoires ont la vie dure. Personne ne le croirait si Simon racontait que Hunger a construit lui-même cet ampli.

En tout cas, le petit bouc et le reste des Burning Corpses ont l’air de s’en contenter. Maintenant, ils pensent faire partie des initiés. “Vous voulez venir à l’after avec nous ? propose le bouc. À Bjäre.

— Pourquoi pas ?”

Quelqu’un tape sur l’épaule de Simon. Il ne veut plus voir d’autres gens, il en a sa claque. C’est l’organisateur, un grand type à crête rouge qui vient avec le cachet. Deux mille balles, plus deux mille cinq cents pour les ventes de disques et de produits dérivés. Heureusement que les boissons sont gratuites pour les musiciens, sans quoi ce serait encore plus la dèche. Øystein récupère l’argent. Ça couvre tout juste sa dette pour le sachet qui vient de se finir, et Simon va en avoir besoin d’un autre ce soir.

VANJA
Christian le Tyran

Vanja a beaucoup trop bu. Il est une heure du matin et elle a raté neuf appels de Paul.

Du concert de Hunger elle garde le souvenir d'un rouleau compresseur chaotique et d'une lumière stroboscopique qui l'a laissée de longs moments aveuglée. De cette puanteur de poisson pourri et de cette silhouette sur scène.

Elle porte les mêmes vêtements qu'hier, plus le bandage sanglant sur la poitrine, mais elle s'est dispensée de maquillage. Elle ne s'est pas tailladée ce soir, mais les plaies d'hier se sont rouvertes.

Elle n'est qu'une pâle copie d'elle-même.

Elle achète encore une bière, sort fumer une cigarette devant l'entrée. Un paquet volé dans une boutique d'alimentation du centre d'Ängelholm, la même tactique qu'au supermarché ICA, près de chez elle. Pourquoi ne pas en avoir pris davantage ? Il ne reste que trois tiges.

Elle écoute les messages de Paul. Le premier est plein de reproches, le deuxième inquiet et mielleux. Il va sûrement appeler encore, aussi coupe-t-elle son téléphone.

“Salut minette.”

Elle se retourne. C'est le chanteur des Burning Corpses qui lui tend une bouteille remplie d'un liquide noir.

"*Moonshine* et *turkish pepper*", dit-il avec un sourire. Spécialité locale."

Elle en boit une grande gorgée. C'est le même breuvage qui est vendu au bar pour dix couronnes le centilitre.

"Putain, ce que vous étiez bons", ment-elle.

Deux autres types du groupe se pointent et la bouteille tourne. Elle taxe quelques cigarettes et ils lui disent qu'ils vont à un after.

"J'ai un pote qui a une maison près de Torekov, reprend le chanteur. On a une bagnole, il y a une place libre pour toi si tu veux t'incruster. T'es pas d'ici, hein ?

— Non.

— T'as quelque part où crécher ?"

Elle réfléchit. "Non", répond-elle au bout d'un moment. La bouteille tourne encore mais, cette fois, elle passe son tour. C'est vraiment dégueulasse.

"Super, ton bandage plein de sang… C'est un vrai ?"

Quelle question, songe-t-elle. "Non. Farces et attrapes."

Ils rient. Elle aussi, lui semble-t-il.

"Alors, tu t'incrustes ? Il y aura aussi deux mecs de Stockholm. Je crois qu'un des deux est Hunger. Ils ressemblent tous les deux à celui qui était sur scène."

Hunger, pense Vanja.

"Ça m'étonnerait. Pourquoi Hunger voudrait-il aller à votre after ?"

Quand on lui repasse la bouteille, elle la prend. Autant toucher le fond.

Vanja se retrouve dans une voiture qui sent l'huile. Par la fenêtre, elle voit une mer noire absolument immobile avec, au loin, un phare qui clignote. Elle a oublié où ils allaient, mais ça n'a pas d'importance. Rien n'a d'importance, et rien n'est plus jouissif que de comprendre ça.

La voiture s'engage sur une allée de gravier, puis s'arrête.

Quand la portière s'ouvre, une musique très forte retentit. Vanja croit la reconnaître, sans parvenir à la remettre.

Ça pourrait être un morceau ancien de Celtic Frost, mais non.

Vient à leur rencontre un type en chemise rose, jean rouge et cheveux courts plaqués en arrière. Il se présente comme Oscar, de Torekov. Vanja ne serre pas sa main, qui a l'air de puer la crème hydratante. "Où est Hunger ? demande-t-il.

— Ils arrivent", dit le batteur des Burning Corpses – et Vanja sent que tout va mal tourner.

HURTIG
Presqu'île de Bjäre

“Tu es aussi sage que Dieu et les souris”, rit Aiman.

Hurtig regarde son verre vide sans comprendre ce qu'elle veut dire.

“Je blague, explique-t-elle. J'ai lu récemment un article sur la différence entre les souris et les hommes dans la relation à l'alcool. Tu es comme les souris. Mesuré.”

Hurtig lui dit qu'il se permet une bière de temps en temps, mais qu'il n'aime pas boire au point de perdre le contrôle.

“Quand on a grandi en Laponie, en plein *vodka belt*, on sait comment ça peut tourner si on ne fait pas attention.”

Il l'invite à s'asseoir à côté de lui et lui propose d'aller lui chercher quelque chose à boire. Elle s'installe, mais ne veut rien. Elle va bientôt aller se coucher.

Edith et Holger se sont retirés et Paul fume sur la terrasse. Isaak parle avec le propriétaire de l'hôtel dans le lobby. En plus de faire tourner l'établissement, il s'est avéré être aussi un des plus gros collectionneurs d'art de Scanie.

Isaak s'est montré de plus en plus déprimé au cours de la soirée : Hurtig pense que c'est à cause de toutes ces discussions au sujet des filles. Plusieurs fois, Isaak lui a laissé entendre qu'il se reprochait la mort de Maria. Qu'il aurait dû être plus attentif à sa détresse et s'engager davantage.

Hurtig espère que cette conversation dans le lobby le mettra dans un état d'esprit plus positif. Il regarde Aiman et se verse le fond du whisky.

"Tu me trouves toujours mesuré ? demande-t-il en levant son verre."

Aiman sourit, dit qu'elle est fatiguée et devrait aller se coucher.

"Au moins pour le bébé", glisse Hurtig sur le ton de la confidence, en désignant son ventre.

Aiman met l'index droit devant sa bouche en faisant chut, avant de s'en aller.

Il l'entend souhaiter bonne nuit à Isaak et au propriétaire de l'hôtel.

Quand ses pas ont disparu à l'étage, Isaak vient au bar et déclare qu'il rend son tablier lui aussi. "La journée a été longue, et je veux être en forme pour le voyage du retour." Hurtig répond qu'il va bientôt l'imiter, mais qu'il veut d'abord aller voir sur la terrasse comment va Paul.

"Délicate attention", dit Isaak en le serrant chaleureusement contre lui.

Le commissaire de police remplaçant Jens Hurtig vide son verre d'un coup et décide de ne plus boire ce soir. Même si Isaak a promis de conduire au début, il ne veut pas trop tirer sur la corde.

Il sort sur la terrasse et trouve Paul vautré sur un des canapés, son téléphone à la main.

Hurtig demande des nouvelles.

"J'ai appelé Vanja au moins dix fois, sans réponse ! gémit Paul. Mais ce qui m'inquiète le plus, c'est que j'ai l'air d'être le seul à me demander où elle est passée." Paul se tait et lâche un hoquet d'ivrogne. "Par exemple, comment fait Holger pour pioncer là-haut sur ses deux oreilles, alors que sa fille dépressive a disparu ?"

SIMON
Presqu'île de Bjäre

Ils discutent, assis dans un canapé en toile blanche. Simon est calme, mais pas Øystein.

Oscar de Torekov se prétend adepte du black metal, mais il est évident qu'il ne connaît même pas Venom. Ni Morbid ou Merciless. Et pense que Bathory est un groupe punk.

Il fait des études à l'université de Lund et se considère comme une sorte de surhomme. La trinité des Burning Corpses se trémousse nerveusement et les gamines assises par terre pouffent.

Sauf la fille avec le bandage sur la poitrine. Elle reste assise sans rien dire dans son fauteuil.

Oscar explique que ses parents sont en voyage, qu'on peut se servir comme on veut dans le bar. Jusque-là ça va, mais il se met bientôt à s'enferrer dans un baratin intello.

Il a l'air de tout savoir. Ce que c'est qu'être sur scène, qu'être passionné, aimer et en même temps détester ce qu'on fait. Il compare ça à faire un exposé dans un amphi, le minable. Øystein va lui casser la figure, tôt ou tard.

Peu importe qu'il puisse avoir raison sur certains points. Oscar pense que le satanisme consiste à retrouver le chaos originel, à plonger dans les ténèbres, à vivre hors de la société et à toujours rechercher l'interdit et l'inexploré. Il affirme que le black metal ressemble au fondamentalisme religieux. Le chant guttural est comme le parler en langues des pentecôtistes. C'est la même foi authentique et pure. Extase et transe. Un concert tient à la fois du théâtre et de la prière collective. Oscar semble savoir tout sur tout. Øystein ne va pas tarder à exploser.

Simon comprend qu'il doit l'arrêter.

“Tu crois que c'est du théâtre?” lance-t-il en ôtant son blouson de cuir et en retroussant ses manches. Ses plaies saignent encore. Oscar bredouille quelque chose comme peut-être pas, mais que c'est quand même une forme d'art. Un mélange d'art, de musique et de religion. “La réalité rencontre la performance, en somme.

— En somme?”

Simon prend une des flûtes à champagne, écluse les bulles qu'elle contient et casse son pied. “Je reconnais que je suis attiré par les fondamentalistes islamistes, dit-il en plaçant la pointe de verre au creux de son bras. Ils sont dévoués et j'admire leur fanatisme en lui-même. Tu crois vraiment qu'il s'agit de pantomime? Tu crois qu'il y a des règles?

— Arrête ça, dit Oscar. Ça va faire des taches sur le canapé.”

Les Burning Corpses restent muets, comme les gamines par terre. Øystein a l'air amusé et boit une grande gorgée de ce qu'il a dans son verre. Probablement du whisky, ou un cognac.

La fille au bandage sourit à Simon. Il la trouve mignonne.

“Le satanisme, c'est le chaos, mais le chaos lui aussi a des règles, affirme Oscar, sûr de lui.

— C'est bien des études de physique que tu fais?” demande Simon. Oscar opine du chef.

Simon connaît la physique. Une légère pression au creux de son bras. Oscar ne remarque rien, mais Simon sait qu'il vient de percer une veine.

Il peut y avoir une forte pression, surtout quand on a bu. *Ça*, c'est de la physique.

Simon enlève le bout de verre.

Un jet de sang gicle par-dessus la table jusqu'au soi-disant physicien assis de l'autre côté.

Simon replie le bras et presse son pouce sur sa veine percée. "Alors, tu es choqué, là ?"

MÉLANCOLIE NOIRE
Presqu'île de Bjäre

Sur la presqu'île de Bjäre, dans le Nord-Ouest de la Scanie, habite une personne qui n'a plus longtemps à vivre.

Hans-Axel Ljung est un major à la retraite et je suis descendu sur la plage de Glimminge pour le tuer.

Chaque matin, à cette heure-là, il promène son chien : on pourrait régler sa montre sur lui.

Il y a de la brume, la lumière est terne et sombre, mais je vois la limite de la grève et, vers les terres, je devine les troncs noueux des bouleaux. Un peu plus loin tourne une éolienne et, dans le brouillard, le rotor semble flotter tout seul dans l'air.

Je sors le révolver. Un Nagant belge que Papa a reçu de Hans-Axel pendant leur service militaire. Un révolver vieux de plus de cinquante ans avec lequel Papa me laissait tirer quand j'étais petit.

C'était l'été à Vittvattnet, loin du quotidien renfermé de Bromma. C'est moi qui ai proposé d'aller tirer quelques rennes dans un des villages sames. Papa a dû dédommager ces sales Lapons et on m'a envoyé en Scanie pour apprendre la discipline.

J'habitais chez le major Ljung, un des anciens, qui avait acheté cette maison sur la côte ouest de la Scanie, avec l'aide d'Ingo.

J'ai dû apprendre tout sur les bonnes manières et la discipline.

Rentrer le ventre, bomber le torse, garde-à-vous, repos, debout aux aurores, tour de la baie à petites foulées avant la douche froide et le retour à la tenue civile.

J'avais du temps libre quand Ljung partait à Halmstad rejoindre son poste au régiment du Halland, où il défendait le secteur 31 contre la Force rouge dans le même esprit que son fondateur Welham von Salzburg dès 1624, ou que le matricule 91 Karlsson et son collègue Axelsson le matricule 87, même si eux ce n'était qu'en bandes dessinées.

Quand j'étais seul, je fouinais dans la maison et, comme chez lui c'était plein de vieilles radios militaires, c'est là que j'ai enregistré la première cassette.

Il n'y avait qu'une personne qui me manquait, et les cassettes sont devenues notre façon de communiquer.

Les munitions sont tout au fond du sac. La petite boîte est rêche sous les doigts. Elle contient quatorze balles, assez pour deux chargeurs complets. L'éprouvette est à côté. Froide pour le moment, elle sera bientôt chaude.

Papa est venu en visite à l'occasion d'une réunion d'anciens du régiment du Halland. Quand Hans-Axel et lui sont rentrés tard dans la nuit, ils m'ont réveillé et m'ont demandé si je voulais essayer de tirer avec le Nagant.

Ils ont aligné des bouteilles sur le muret puis attendu que je tire. Je me suis concentré sur les cibles. Il y en avait cinq, j'ai imaginé que c'était Papa, Hans-Axel, Ingo, Fabian et Vilhelm Carlgren.

Il y a sept coups dans le barillet du Nagant. J'ai abattu Fabian, puis Ingo et Hans-Axel, mais, arrivé à Papa, je ne l'ai touché qu'avec la dernière balle.

Je charge le révolver, mais je laisse la sécurité, pour ne pas tirer par erreur.

Je le remets dans le sac et je m'avance sur la lande côtière.

Le sentier serpente entre les buissons bas. Des sacs plastique, des bouteilles et plein d'autres détritus forment une bande échouée le long de la grève. C'est l'œuvre des tempêtes d'automne.

Les moules bleues, par milliers, forment le long du sentier un tapis moiré de coques fragiles qui craquent sous les chaussures. Le varech sent comme un mélange de chou bouilli et d'égout.

Je peux résumer ce que je vois sur la plage assez simplement : varech, moules bleues et murets de pierres. Une plage couverte d'herbes et de déchets. Une mer. Brume et obscurité.

Les moules bleues sont belles, et alors ? Je m'en fiche autant que du varech pourri.

Je dépasse quelques longs pontons, puis la plage de sable s'étend devant moi.

Je presse le pas et, bientôt, un vieux bunker s'élève sur ma droite.

Je sais que Hans-Axel est dans les parages. L'ex-militaire se plaît parmi ces anciennes fortifications, ces reliques d'une époque où l'Europe était en feu, une époque qu'il aurait aimé connaître.

C'est alors que ça me tombe dessus.

C'est lourd et la plage semble s'étendre à l'infini.

Je m'appuie au bunker et j'attends l'assaut. En bruit de fond, le clapotis des vagues, comme des respirations à demi étouffées sur la plage.

La mer est comme ma vie. Un océan de métal gris en fusion.

Une vie mort-née.

Il me semble entendre des aboiements, sans que je sache s'ils sont proches ou lointains.

Il me semble que je rapetisse tandis que le reste du monde grandit sans limites. Putain, ce que je suis petit et seul.

Et je pense : fais-le. Fais le maintenant.

Je sors le révolver et j'ôte la sécurité. Je lève le bras et place le canon de l'arme contre ma tempe. C'est si simple.

Juste un petit mouvement de l'index et le grondement dans ma tête disparaîtra.

Le mouvement qui constitue ma vie cessera et la terre continuera à tourner comme si de rien n'était. Le vent effacera mes traces dans le sable en quelques heures seulement.

Mais je ne tire pas.

Pas maintenant.

Soudain, on entend des pas rapides, un froissement de pantalon dans l'herbe et des chaussures qui écrasent des coquillages.

Un chien aboie. Une ombre apparaît dans la lumière pâle.

Je sens l'odeur mouillée du chien du major et les mains chaudes et moites du vieil homme sur mon poignet.

L'index sur la détente, je tire droit sur l'ombre.

Le chien aboie. Le voile des larmes m'empêche de voir, mais je comprends que son corps gît à côté, par terre.

Je me lève et tire encore quatre fois sur ce ballot inerte.

Comme quatre coups brefs frappés à la porte du malheur.

SIMON
Presqu'île de Bjäre

Øystein lui dit ensuite qu'il s'est presque vidé de son sang. Mais Simon sait ce qu'il fait et il en doute.

La mignonne fille au bandage s'appelle Vanja. Elle lui fait un pansement aux toilettes. Ils se pelotent un peu puis s'en vont en piquant deux bouteilles de vin.

Simon se demande si Vanja a seulement seize ans. Mais elle boit comme une alcoolique confirmée et ce qu'elle dit trahit une longue expérience de la vie acquise en peu de temps.

Vanja sort son téléphone et met un peu de musique.

Il reconnaît tout de suite le morceau, content qu'elle ait les mêmes goûts musicaux que lui.

> *Ever since I was eight or nine I've been standing on the shoreline.*

Il regarde le métal gris de la mer, puis se tourne sur le côté et la regarde dans les yeux. Il ne dit rien, laisse parler la musique.

> *Always waiting for something lasting.*

Vanja se penche et l'embrasse.

"Le vers suivant est pour toi, dit-elle en chantonnant

le texte. *Lose your hunger you lose your way, get confused and you fade away.*"

C'est exactement ça, songe-t-il, et il ne veut pas rentrer à Stockholm où tout est sombre et déprimant. La vie peut offrir tellement plus. Comme être couché sur le sable avec une jolie fille.

Oh, this town kills you when you are young.

Ils n'ont pas parlé beaucoup plus d'une heure, mais il lui a déjà confié qu'il avait une sœur, qu'il détestait ses parents, surtout son père, et qu'il se verrait bien déménager dans le Norrland. Il a de la famille là-bas, ce serait une chance de recommencer. De faire d'autres choix.

"Tu veux vraiment mourir? demande-t-elle, en se couchant sur lui. Je voulais hier, et avant-hier, et aussi loin que je me souvienne. Mais maintenant, je ne sais plus." Elle essaie maladroitement de défaire sa ceinture.

"Oui, je le veux, répond Simon en la laissant faire. Avec Hunger, c'est de mourir qu'il s'agit."

La musique du téléphone remplit l'espace entre leurs visages.

You die young. You die when you're young. You die when you're young.

Elle le croit, car elle aussi a vu le concert. Plusieurs spectateurs ont vomi, mais elle est restée paralysée. Si le message est de mourir, Hunger a vraiment réussi à le faire passer.

Quand Simon demande à Vanja ce qu'elle a *ressenti* pendant le concert, sa réponse lui fait comprendre qu'elle a plus de seize ans. Peut-être même la maturité d'une femme âgée.

“J’ai trouvé le concert pompeux. Violent et surexplicite. Au fond sans intérêt.”

Elle ricane. Elle lui plaît.

“Tu veux dire que Hunger est le contraire absolu d’une fable morale ? demande-t-il en riant à son tour tandis qu’elle lui caresse le ventre sous son tee-shirt.

— Hunger, c’est le vide absolu”, affirme-t-elle. Il sent qu’il commence à bander.

Pour la première fois de sa vie, Simon rencontre quelqu’un qui le comprend.

Il sent qu’il l’aime. Øystein pourra dire ce qu’il voudra, cette fille est plus réelle que ne le sera jamais Hunger.

We are shadows, oh, we’re shadows. Shadows in the alley.

Il écoute la musique, se laisse caresser par sa voix et ses mains et jouit de l’instant présent.

“Autrefois, celui qui persuadait quelqu’un de se suicider était considéré comme un meurtrier”, commence-t-elle tandis que ses mains descendent.

Il a le vertige, et l’idée qu’elle l’aime bien le rend heureux une courte seconde.

Elle défait son jean et il lève les fesses pour l’aider à le lui retirer. “Mais moi, je considère plutôt ça comme une forme d’assistance pour mourir”, poursuit-elle.

Elle prend sa main et la guide vers ses seins.

Bientôt, son visage est au-dessus de lui et il sent la chaleur de son haleine contre sa joue. L’odeur d’alcool mêlé au *turkish pepper* et au vin rouge.

Puis la chaleur humide en elle.

Le sable glacé contre son dos, il ferme les yeux tandis qu’elle commence un mouvement de va-et-vient.

Il voudrait que le temps s’arrête. Être ici pour toujours. Avec elle.

Mais quelque chose en lui l'en empêche. Il rouvre les yeux.

"Je te reconnais", dit-il sans bien savoir quoi faire.

Comment caresse-t-on quelqu'un qu'on aime?

S'y prend-on comme avec celles qui ne comptaient pas?

Puis son corps se fige. Quelques secondes plus tard, elle cesse elle aussi ses mouvements.

Il s'est mis à faire froid.

Il ne sait pas comment on fait. Il ne peut pas lui donner ce dont elle a besoin et il est, lui, incapable de recevoir ce qu'elle lui donne.

"Nous nous sommes déjà rencontrés, reprend-il en lui embrassant le cou.

— Je ne crois pas, sourit Vanja. Quand ça?"

Il la regarde. "Dans une vie antérieure, peut-être…", répond-il en attrapant la bouteille.

Il se lève. Glisse hors de ses mains et boit une grande gorgée de vin.

I've got nothing, nothing to wait for. Nothing to wait for.

Elle finit par disparaître dans le brouillard. Elle s'est peut-être lassée de lui. Si elle veut le revoir, elle a son numéro.

Øystein le trouve sur la plage et lui raconte qu'il a fichu une telle raclée à ce foutu Oscar que plus personne ne veut avoir affaire à eux. Autant se barrer et rentrer tout de suite à Stockholm. Mais Simon se sent mal.

Comme d'habitude, tout a foiré.

You die young. You die when you're young.

Tout foire toujours si on l'a décidé.

C'est ça, le message de Hunger.

HURTIG
Presqu'île de Bjäre

Jens Hurtig commence la matinée par une longue douche, avant de descendre prendre le petit-déjeuner.

Les autres dorment encore, il est seul dans la salle à manger. Il remplit une assiette avec du bacon, des œufs, des saucisses et un peu de verdure. Comme d'habitude à l'hôtel, il prend trop de tout et sait qu'il n'en mangera que la moitié. L'assiette dans une main, une tasse de café dans l'autre, il va s'installer dans la véranda.

Les premiers rayons du soleil colorent d'orange l'horizon et, devant la fenêtre, la pelouse est blanche du givre de la nuit. Il lui semble entendre au loin des sirènes de police.

Avant de s'asseoir, il retourne chercher les journaux du matin. Le meurtre non élucidé de Fabian Modin fait encore la une et il songe à Åhlund en regardant sa montre : encore trop tôt pour l'appeler.

Plongé dans un article sur la situation en Syrie, il ne remarque pas la frêle silhouette qui apparaît à l'orée du bois et traverse le jardin jusqu'à la véranda. Il se demande combien cette guerre civile fera encore de morts avant que l'ONU ne se décide à intervenir : il comprend qu'un conflit entre superpuissances aux intérêts divergents s'y oppose, comme d'habitude. L'argent contre la vie, se dit-il quand Vanja surgit dans son dos et demande si elle peut s'asseoir.

Il sursaute et manque de renverser sa tasse de café à moitié pleine, mais la rattrape avant qu'elle ne tombe par terre.

Il lui avance une chaise et Vanja s'installe.

Les cheveux de la fille sont mouillés, son mascara a coulé. Hurtig suppose qu'elle s'est lavée au bord de la mer avant de regagner l'hôtel.

"Pas de taxi ?" demande-t-il pour tâter le terrain.

Elle ne répond pas, se contente de le regarder, les yeux vides. "Je t'ai vu, l'autre soir. Tu parlais avec les gens. Tout le monde savait que tu étais flic, et pas producteur de musique."

Autant pour la mise en scène, pense Hurtig : si tout le monde l'a percé à jour, il ne peut rien croire de ce qu'il a entendu là-bas. Qui lui a menti, qui non ?

Il songe à ce dealer qu'il a attaqué aux toilettes. Car c'est bien ce qu'il a fait, l'attaquer, mais au moins en se présentant comme policier, et pas producteur.

"Pourquoi tu n'as rien fait en voyant que je me tailladais la poitrine ?" demande soudain Vanja avec un air de reproche.

Soudain, il se rappelle la fille qu'il a vue, juste avant de partir. Il ne l'avait pas reconnue. Il ne sait pas quoi dire pour s'expliquer.

"Je me suis tailladé la poitrine et tu m'as laissée faire. Comment arrives-tu encore à te regarder dans la glace ?"

Il n'y a pas de réponse simple à cette question. Il ne peut que lui servir des milliers d'excuses et autant de faux-fuyants. Il ne peut pas lui dire qu'il était en service et avait autre chose à faire que de s'occuper de gamins qui s'étaient brûlé les ailes à force de trop s'approcher de la flamme.

Il ne peut pas lui dire que c'est à Edith et Paul de veiller à ce qu'elle aille bien.

Et sûrement pas que c'est aussi le devoir de Holger, car il se doute qu'elle ignore qui est son père biologique.

"J'ai entendu que tu posais des questions sur Hunger, continue Vanja en le voyant incapable de se justifier. Pourquoi ? Qu'est-ce que tu lui veux ?"

Cette question est plus simple et Hurtig est soulagé de ne pas avoir à s'expliquer sur un dilemme moral complexe.

"Parce que je souhaite, ou plutôt nous souhaitons, à la police, mettre la main sur celui ou ceux qui diffusent des cassettes sous le nom Hunger. Tu dis qu'il s'agit d'*une* personne ?

— Oui, c'est ça. C'est le seul à me comprendre et pour ça, je l'aime. Pourquoi voulez-vous l'arrêter ? Il n'a rien fait d'autre que créer une musique extraordinaire."

Le commissaire de police remplaçant Jens Hurtig lui raconte tout ce qu'il sait de Hunger et des cassettes.

Et comme pour se faire pardonner de ne pas être intervenu quand il l'a vue se taillader la poitrine, il lui fournit tous les détails de l'affaire.

Foin du devoir de réserve et du règlement. Il veut qu'une jeune fille qui s'automutile comprenne ce qui peut arriver si elle persiste dans ce comportement.

Qu'elle peut finir comme Maria. Ou comme le garçon de Kungsgården. Qu'elle peut finir comme les jumeaux, en se gazant. Que sa vie peut être aussi courte que celle des filles du Värmland et de Morgongåva.

Plus courte qu'un clignement d'yeux au regard de l'évolution, et soufflée en un seul instant funeste.

Il regarde Vanja, assise devant lui avec son mascara sous les yeux.

La gamine à la poitrine tailladée.

La fille aux cheveux mouillés.

Et, pour la première fois de sa vie de quarante ans, il raconte l'histoire de sa sœur.

L'histoire de Lina.

VA MOURIR

Kvikkjokk, quinze ans plus tôt…

Jens est assis sur une souche, dans la forêt, à deux pas de la maison de Kvikkjokk.

Une demi-heure plus tôt, pour la première fois de sa vie, il a vu son père pleurer. Le bûcheron taciturne qui a grandi dans une baraque au bord du lac Miertekjaure a pleuré en pensant ne pas être vu. Une pièce et une cuisine pour cinq frères et sœurs, ça ne laissait pas beaucoup d'espace pour les pleurnicheries.

Sept foutus jours depuis que Lina a disparu, et Papa est resté tout ce temps-là comme une pierre à la table de la cuisine, sans lever le petit doigt, alors que Maman se débattait avec les assurances et les pompes funèbres. Mais aujourd'hui, il a planté un cerisier pour sa fille morte, il a peiné des heures à creuser un trou dans la terre qui ne dégèle jamais, a planté l'arbre qui, de toute façon, va mourir dans ce sol froid et pierreux et, quand il a eu terminé, il s'est caché derrière.

Le menton appuyé sur le manche de la pelle, il a pleuré comme un enfant derrière les branches nues.

Jens Hurtig est assis sur une souche et se sent comme le dernier homme sur la terre.

Il voit une fille prendre son bain dans une bassine, dans une cuisine ensoleillée.

Il voit une fille qui perd sa première dent de lait. Elle la garde dans du coton, dans la boîte en écorce de bouleau qu'il lui a fabriquée en cours de travail manuel.

Il voit une fille qui lui dessine de drôles d'animaux. Les chevaux de Lina ont deux pattes et disent ouah.

Il voit une fille qui prend des cours d'équitation, est assez douée mais se lasse, commence plutôt à jouer de la clarinette alors qu'elle veut faire du saxophone.

Il voit une fille qu'il taquine tous les jours. Qui n'a pas le droit d'entrer dans sa chambre pour jouer avec ses affaires. À qui il ferme sa porte.

Il voit une fille qui grandit tandis qu'il habite ailleurs et vit une autre vie. Ils se retrouvent seulement les Noëls et, pour lui, il va de soi qu'elle sera là chaque fois, plus âgée d'un an, avec quelque chose de nouveau à raconter.

Elle va au collège. Son premier petit ami s'appelle Magnus, il est timide et joue au hockey sur glace à Kiruna.

Elle va au lycée. Elle veut devenir psychologue et c'est fini avec Magnus. Son nouveau petit ami s'appelle Filip, il a six orteils à un pied.

Elle va à l'université, mais préférerait faire autre chose. Peut-être chanteuse ou danseuse, mais elle hésite à poursuivre ses rêves et reste à l'université d'Umeå.

Elle a fait un stage dans la police et lui envoie des collages.

Elle ne sait pas pourquoi elle découpe et colle, mais elle aime ça. Ses images lui rappellent les étranges montages de Jan Stenmark.

Il voit une fille qui hésite à poursuivre ses rêves et ne lui envoie plus de collages et il voit la dernière image.

Une photo qui représente une Lina pétillante de joie, au-dessus de laquelle elle a collé une bulle, découpée dans un vieux journal du soir : "*Aftonbladet* distance *Expressen*".

La course à l'échalote des deux journaux du soir : quelle importance ? Si ça, ce n'est pas drôle, rien n'est drôle.

Quand on laisse mourir ses rêves, on meurt.

Jens Hurtig est assis sur une souche à Kvikkjokk et se demande pourquoi diable il est en vie et elle non.

HURTIG
Presqu'île de Bjäre

Carl von Linné savait que les fleurs s'ouvrent et se referment à différentes heures du jour, et qu'on peut régler sa montre sur elles. Il avait conçu une horloge florale, allant du pissenlit au souci, dont on peut voir une réplique dans le jardin arrière de l'hôtel de Rammsjö.

Le soleil vient de se lever, et l'aube apporte la promesse tacite d'un nouveau départ.

Hurtig et Vanja ont marché autour de la maison, tandis qu'il lui parlait de sa sœur. Ils sont à présent arrêtés devant un massif de fleurs censées donner l'heure. Le visage de Vanja est gris, et Hurtig est torturé par son insuffisance et sa mauvaise conscience.

Une pancarte explique le fonctionnement de l'horloge florale, mais tout a fané et Jens Hurtig ne voit qu'une boîte grise pleine de temps perdu.

Il regarde Vanja et attend sa réaction.

La barbe-de-bouc, en anglais *Jack-go-to-bed-at-noon*, l'oreille-de-rat, l'arnica et la belle-de-nuit, la fleur de quatre heures. Elles doivent s'ouvrir l'une après l'autre, heure par heure.

L'heure où les différentes fleurs s'ouvrent et se ferment dépend de la hauteur du soleil, donc de la latitude. Mais cette horloge s'est arrêtée. En cette saison, elle reste à l'arrêt.

Comme policier, Jens Hurtig sait que le temps, c'est l'attente. Des années de policier en civil le lui ont enseigné. Le temps est aussi essentiel à l'existence qu'il est difficile à décrire.

Il le vit comme quelque chose qu'il traverse en avançant, mais se sent en même temps comme une pierre immobile dans le courant d'un fleuve.

Un autre effet évident du temps est de changer l'état d'un même lieu. Tantôt le temps est absolument désolé pour, un instant plus tard, se remplir de vie.

Comme la distance entre deux points, le temps mesure l'intervalle entre deux événements.

Avant et après.

Le temps est un concept abstrait qu'il utilise pour créer un modèle du monde qui l'entoure. Un outil pour classer et mesurer les événements plutôt que quelque chose de réel. Et la différence entre passé et futur est claire.

Pour Jens Hurtig, le temps, c'est la vie avant et la vie après.

La vie *avec*, et celle qu'il faut vivre *sans* sa petite sœur.

Vanja ne dit d'abord rien, puis lui touche la main et lui montre une photo.

Elle représente une fillette sur un tapis persan : Hurtig comprend que c'est Vanja petite.

"Cette personne aurait aussi bien pu se suicider, explique-t-elle. Elle n'a pas de famille. Pas de racines. Personne ne sait qui est son père et sa mère était malade mentale."

Il voudrait lui raconter. Mais il ne sait pas s'il sera capable de la rattraper dans sa chute. "Tu as Paul et Edith", dit-il, avec un sentiment de malaise.

Elle secoue la tête. "Je n'ai que moi-même.

— Et Hunger ?"

Elle semble désemparée. "Je l'aime. Mais je ne sais pas s'il m'aime.

— Tu le connais bien ?”

Elle hausse les épaules.

“Comment est-il ?

— Pas comme tu crois.

— Et comment crois-tu que je croie qu'il est ?

— Mauvais.

— Qu'est-ce que le mal ?”

Ils sont devant une horloge florale arrêtée, devant le temps, mort. Il lit : fleur du jour, ipomée tricolore.

“L'ignorance, déclare-t-elle avec l'évidence de ses seize ans. Tout ce que Hunger n'est pas.”

Hurtig pourrait lui demander comment il s'appelle, de quoi il a l'air ou encore son adresse.

Mais il s'abstient. Pour l'heure, il n'est pas policier, juste une personne, et il ne veut pas gâcher la confiance qui s'est établie entre eux.

“Je rentre, maintenant, annonce-t-elle. Merci de m'avoir parlé de ta sœur.”

Il hoche la tête. Elle le laisse seul. Il lève les yeux vers le ciel. Ce sera une belle journée, songe-t-il, aspirant à un voyage du retour tranquille.

Soudain, il entend des éclats de voix sur la terrasse.

Il fait le tour de la maison et arrive juste à temps pour apercevoir le dos de Holger qui rentre à l'intérieur en claquant la porte.

Edith et Isaak fument à une table. Ils se disputent aussi, mais plus bas, il n'entend pas ce qu'ils disent. Edith gesticule, se lève et s'en va, comme Holger.

Le regard d'Isaak s'assombrit, et ne s'adoucit pas spécialement en tombant sur Hurtig.

“C'était quoi, le problème ?” demande Hurtig après s'être assis. Il fait trop froid pour rester dehors, mais Isaak a l'air dans tous ses états et Jens veut savoir pourquoi.

Isaak allume une nouvelle cigarette. “Holger est un gros con. C’est ça le problème.

— Il y a une raison particulière ?

— Le fric, répond Isaak avec emphase. La facture de la fiesta d’hier soir. Holger pinaille dès qu’il s’agit d’argent. Edith, pareil.”

Jens a compris que Holger avait été une sorte de mécène pour Isaak, mais il n’en a pourtant plus besoin, aujourd’hui, non ? Le revenu annuel d’Isaak est astronomique, ses œuvres se vendent un zéro de plus que celles de ses collègues.

Il le tient, pense Hurtig, sans savoir d’où lui vient cette idée. Holger Sandström tient Isaak.

Et il ne s’agit pas d’argent.

Isaak sourit d’un air las et change de sujet : “Tu as vu les infos, ce matin ?

— Non.”

Isaak lui raconte ce qui s’est passé et, cinq minutes plus tard, Hurtig est dans la voiture.

Mais pas pour rentrer à Stockholm.

AIMAN
Presqu'île de Bjäre

Aiman prend son petit-déjeuner, tard, dans le restaurant de l'hôtel. Isaak lui tient compagnie.

Il a vu les informations régionales à la télévision, et il l'informe du meurtre.

Un cadavre a été retrouvé, tôt ce matin, près d'un des bunkers de la plage entre Rammsjö et Glimminge, et la nouvelle a été diffusée dès le début de la matinée.

"Mais c'est juste à côté, dit Aiman.

— À peine à un kilomètre d'ici. Jens est parti voir."

Elle pose ses couverts. "Quand est-ce arrivé ?

— Pendant la nuit, ou tôt ce matin. Tu n'as pas entendu les voitures de police ?"

Aiman secoue la tête. "Non, j'ai dormi comme une souche jusqu'à dix heures."

Holger s'assied à leur table, avec une assiette débordante de bacon, de saucisses et d'au moins trois sortes d'œufs. Il a l'air fatigué.

Aiman observe Holger pendant qu'il mange.

Un visage lisse, un petit nez retroussé et des lèvres charnues au-dessus d'un double menton. Des perles de sueur au front et des yeux fatigués.

On peut tout à fait apprendre à apprécier la plupart des gens, mais elle n'y arrive pas avec Holger. Elle ne comprend pas pourquoi Isaak le fréquente.

Holger a entendu parler du meurtre sur la plage. “Sait-on qui c’est ?

— Je crois qu’il s’appelait Ljung, répond Isaak. Oui, c’est ça… Hans-Axel Ljung. Il était major, ou quelque chose comme ça.”

Holger mâche ses œufs brouillés et Aiman a l’impression que la nourriture gonfle dans sa bouche.

Elle se retourne et voit Edith et Vanja dans l’allée.

Isaak va leur ouvrir la porte. “Où étiez-vous passées ? et où est Paul ?”

Edith hausse les épaules. “Il est peut-être parti à la recherche de Vanja.”

La jeune fille monte dans sa chambre, tandis qu’Edith se joint à la compagnie. Elle raconte que Vanja avait coupé son téléphone, ce qui explique qu’elle n’ait pas été joignable. Elle a passé la nuit chez un copain d’Ängelholm. “Mais en tout cas, maintenant, elle est ici, et c’est le principal. Nous sommes allées faire une promenade pour nous réconcilier.”

Le sourire d’Edith ne cache pas l’inquiétude de son regard.

HURTIG
Presqu'île de Bjäre

Hurtig a beau n'avoir aucune prérogative policière dans le secteur, la police de Scanie est arrangeante quand il demande à pénétrer sur la scène de crime. Deux coups de téléphone suffisent.

Il gare la Volga sur un terre-plein de gravier près du périmètre policier, où l'accueille un homme trapu aux yeux las. Le commissaire Gullberg se présente et lui récapitule ce qu'il sait de la victime.

Hans-Axel Ljung, officier à la retraite et veuf. Originaire de Stockholm, il a acheté une maison dans le Sud il y a vingt ans. D'après ses voisins, un loup solitaire profondément religieux qui n'était pas très apprécié, car il refusait de tenir son chien en laisse. Il était d'ailleurs accompagné de son fox-terrier quand il a été abattu.

"Son corps est au labo médicolégal à Malmö, indique Gullberg. Cinq coups ont été tirés, toutes les balles ont été retrouvées. Elles sont d'une sorte assez spéciale, utilisée par l'armée suédoise dans les années 1950 et 1960, on ne peut donc pas exclure que l'arme ait appartenu au major Ljung lui-même. Nos techniciens passent en ce moment son domicile au peigne fin."

Ils se dirigent vers le bunker où le corps a été découvert. "Il était là." Gullberg montre le pied du mur en béton, ce qui est superflu, car le sol est couvert de sang. Il dépasse le bunker. “Venez avec moi.”

Ils longent la plage jonchée de varech et, à environ trente mètres du bunker, arrivent à la tente blanche des techniciens. Gullberg s'arrête et écarte la toile.

À l'intérieur, on voit des taches de sang sur le sable et quelques objets alignés sur une petite table en plastique. Un bout de gaze sanglant, deux bouteilles de vin et une boule sablonneuse d'entrailles de poisson.

“Au moins deux personnes se sont arrêtées ici cette nuit, ce qui est étrange en cette saison, remarque Gullberg. Nous avons trouvé des empreintes de chaussures comparables à celles sur le lieu du crime, pointure 42, ainsi que ces objets. On a relevé les empreintes digitales de deux individus sur les bouteilles, et des échantillons de sang prélevés sur la gaze sont en cours d'analyse.

— Et les entrailles de poisson ? demande Hurtig. Elles m'ont l'air assez fraîches.

— Oui, on pourrait croire que ceux qui sont venus ici cette nuit ont pêché, mais c'est impossible.

— Ah oui ? Là, je ne comprends pas.

— Carpe”, lâche Gullberg.

Hurtig se racle la gorge. “Pardon, mais je ne vous suis pas bien.

— La carpe est un poisson d'eau douce. On ne peut pas en pêcher dans la baie de Skälderviken.

— Mais on pêche bien l'anguille par ici, n'est-ce pas ? Ça pourrait être un appât, ou quelque chose comme ça ?

— Très peu probable, dit Gullberg en refermant la tente.

— Et vous n'avez pas de suspects, à part ceux qui ont pique-niqué ici avec du vin et du poisson cru ?

— Pas de suspect direct, si vous voulez savoir. Mais nous avons arrêté un individu dans la matinée.

— Qui est-ce ?”

Gullberg rit. “Un quart d’heure après notre arrivée, un type complètement à l’ouest a débarqué avec un appareil photo. Il puait la vieille cuite, prétendait être journaliste et voulait signaler une disparition.”

Foutu alcool, songe Hurtig. C’est Paul, bien sûr.

“On l’a placé en cellule de dégrisement à Ängelholm. Bien sûr, on ne peut pas le mettre d’emblée hors de cause, et nous l’entendrons quand il aura dessoûlé. À défaut de mieux, il a peut-être vu quelque chose.

— Je le connais. Nous logeons au même hôtel. J’irai plus tard à Ängelholm tirer ça au clair.”

Gullberg le regarde, intéressé. “Ah oui ? Est-ce un meurtrier, à votre avis ?”

Hurtig réfléchit. Il connaît les effets de l’alcool. “Non, je ne crois pas, en tout cas pas en temps normal.”

Gullberg hoche la tête.

“Très bien. On se tient au courant”, conclut Hurtig en retournant vers sa voiture.

Il vient de franchir les barrages quand son téléphone sonne. C’est Åhlund. Avant de répondre, Hurtig constate que sa batterie est presque vide.

Åhlund l’informe qu’une nouvelle lettre a été adressée à l’hôtel de police de Kungsholmen. Elle contient une mèche de cheveux, quelques rognures d’ongles et un permis de conduire.

“Un permis de conduire ? répète Hurtig. Appartenant à qui ?”

Tout autour de lui est parfaitement silencieux. Il n’entend pas le ressac ni les cris des mouettes au-dessus de lui. Pas plus que la tempête qui approche.

“À un mort. Il a été enterré hier après-midi.

— Enterré ? Mais où ? demande Hurtig, qui sait déjà ce que va dire Åhlund.

— À l'église de Grevie. John Ingmar…
— … Gustafson. Mais on l'appelait Ingo."

Cinq minutes plus tard, Hurtig est dans sa voiture, son ordinateur portable sur les genoux, en train de regarder le rapport du labo sur le contenu de cette nouvelle lettre.

Le permis de conduire ayant appartenu à Ingmar Gustafson montre un visage ridé, avec des cheveux blancs fournis et, sous la frange en bataille, des yeux intenses.

Est-ce un artiste qui, avant de se suicider, a envoyé quelques effets personnels à la police de Stockholm, ou est-ce une autre victime de meurtre ?

La mission d'Åhlund est de veiller à ce que tout ce que Hurtig n'a pas le temps de faire le soit : ce n'est pas de sitôt que l'assistant de Hurtig aura le temps de bricoler tranquillement sa voiture ou, comme les gens normaux, de regarder la télé en bonne compagnie avec une pizza et un pack de bière.

Pendant que Hurtig va récupérer Paul Hjorth à la police d'Ängelholm, Åhlund doit se procurer un rapport d'autopsie et organiser une réunion avec Ivo Andrić. Si ce rapport ne présente rien d'anormal, il ne restera plus qu'à certifier que les cheveux et les ongles appartiennent bien à Ingo, en cherchant à savoir s'ils ont été coupés avant ou après la mort. Alors seulement ils sauront avec certitude s'il a été assassiné ou non.

En démarrant la voiture, il réalise qu'une personne connaissait aussi bien Fabian Modin qu'Ingo Gustafson, et qu'elle se trouve ici, en Scanie.

ISAAK
Presqu'île de Bjäre

Seul dans la chambre, il prépare ses bagages. Ensuite, il va faire sa toilette.

Ça aura été la journée des retrouvailles.

La dernière fois qu'ils s'étaient tous vus ensemble, c'était à Berlin, il y a quatre ans, et, curieusement, ses souvenirs de cette époque incluent à peine Ingo. Comme s'il avait déjà alors commencé à s'effacer.

Le processus du déclin, pense Isaak en coupant le robinet et en s'essuyant le visage.

L'être humain est le seul animal qui considère son existence comme un problème à résoudre. C'est particulièrement vrai s'agissant d'Aiman et de ses soixante-cinq carnets, de sa recherche quasi maniaque d'une cohérence et d'explications logiques – mais tout comme pour Jens on a du mal à voir clair en elle.

Il reste toujours une dernière cloison impossible à abattre, qu'il soupçonne d'avoir un lien avec son frère.

Son frère cancéreux au sujet duquel elle refuse systématiquement de dire le moindre mot.

HURTIG
Presqu'île de Bjäre

Quand Paul Hjorth descend de voiture à l'hôtel, il laisse derrière lui une quantité considérable de sable sur le siège passager. Comme s'il avait dormi sur la plage, pense Hurtig.

Ils sont accueillis sur l'allée de gravier par Isaak, Edith et Vanja. Hurtig observe avec intérêt les retrouvailles de la famille Hjorth. Paul est honteux, ses mains tremblent quand Edith l'embrasse en silence. Si le regard d'Edith est inquiet, celui de sa fille est méprisant. Vanja se détourne avec dégoût quand Paul la prend dans ses bras.

Il n'en manque qu'un, pense Hurtig. Le père biologique de Vanja.

“Où est Holger ? demande Paul.

— Il achète de l'art, dit Isaak. D'abord à Torekov et Enhörna, puis Lund et Malmö, avant de finir dans l'Österlen. Il ne rentre que demain.

Hurtig aurait souhaité échanger quelques mots avec Holger, mais cela semble impossible pour le moment, et c'est peut-être aussi bien. Mieux vaut être d'abord un peu mieux renseigné. Deux des amis de Holger ont été assassinés. Hurtig songe au mort de la plage.

Holger le connaissait-il aussi ?

Hurtig et Isaak ont quitté l'hôtel, la Volga roule sur la nationale, Hurtig est déjà au travail. Son téléphone déchargé est branché sur l'allume-cigares, au cas où Åhlund appellerait. Il est assis à l'arrière avec son ordinateur et a demandé à Isaak de rouler à la vitesse maximale autorisée aussi longtemps qu'il en aura la force.

Il crée deux nouveaux dossiers. Il baptise le premier *Ingo et Fabian*. Åhlund a pour mission de l'alimenter, et Jens espère qu'il contiendra quelque chose d'intéressant quand ils arriveront à Stockholm, dans cinq heures, si tout va bien. Il nomme le second *Hunger* et, quand ils descendent vers le golfe de Laholm, il a rassemblé des pages de blogs, des courriers d'admirateurs et des critiques de concerts.

Il fait une pause. Cette portion de route mérite bien son nom de Route Italienne : elle serpente en corniche, suspendue à pic au-dessus d'un golfe bleu aux plages blanches.

Quand ils entrent dans Båstad, il a trouvé une poignée d'images et quelques vidéoclips.

Difficile de dire quoi que ce soit sur l'apparence de Hunger, à part que c'est un homme. Le visage est tartiné de maquillage, de saleté et Dieu sait quoi encore. Hurtig en vient à penser à la tradition juive du Golem : un mort vivant, une grossière forme d'argile.

Quand ils quittent Båstad, il a visionné l'intégralité des clips. Ils contiennent des scènes de violentes automutilations. Hurtig se demande si c'est légal : a-t-on le droit d'organiser des concerts où quelqu'un met chaque fois sa vie en danger sur scène ? Ou bien quand des personnes du public risquent de mourir, comme lors du concert à La Troisième Voie ?

Pour le reste, Hunger semble être autant détesté que vénéré, et il est évident qu'il cherche à agir dans la clandestinité. Il n'a pas de site Internet, pas de distributeur, et n'a pas l'air d'avoir publié d'albums, pas même de singles.

Le premier mail arrive quand ils s'arrêtent pour faire le plein dans une station-service au sommet de Hallandsåsen. Dennis Billing l'informe en deux mots qu'un jeune vient encore de se suicider.

"Comment ça se passe, le boulot ? demande Isaak, une fois de retour dans la voiture.

— Mon chef est un con."

Billing aurait au moins pu l'appeler, pense Hurtig, en lisant que le mort s'appelait David Litmanen, domicilié à Blackeberg. L'enquête technique n'a malheureusement rien donné de nouveau, ni les entretiens avec les proches. Le chef de Hurtig finit son mail par : "J'espère que tu profites bien de ton congé."

Quand Isaak a démarré et quitté la station-service, Hurtig décide de lui faire part des révélations de Paul.

"Hier, Paul m'a dit que Holger était le père biologique de Vanja."

Un violent coup de frein lui répond, qui fait glisser de ses genoux son ordinateur.

Isaak se retourne vers lui. "Redis ça ?"

Hurtig répète en ramassant son ordinateur.

Isaak détourne les yeux, embraye et s'engage sur la bretelle d'autoroute. "Pauvre Vanja, constate-t-il.

— Oui", admet tristement Hurtig.

Une fois sur l'E6, alors qu'Isaak pousse la Volga juste au-dessus de la limitation à cent vingt, le deuxième mail arrive. Emilia Svensson, la légiste qui travaille sur les cassettes, veut que Hurtig l'appelle au plus vite. Il compose aussitôt son numéro.

"J'ai été en contact avec Åhlund, dit-elle, dès qu'elle a reconnu Hurtig. Et j'ai regardé d'un peu plus près les enveloppes bulle. Elles portent des traces de fentanyl, substance peut-être mieux connue sous le nom de Drop Dead ou de China White.

— De l'héroïne, donc ?

— Un proche parent, confirme Emilia Svensson. Cent fois plus fort que la morphine, on l'utilise comme anti-douleur, par exemple pour les cancers."

Emilia Svensson a aussi trouvé une playlist Hunger dans l'ordinateur de Maria Alvengren. "La même musique que la fille écoutait en sautant du balcon."

Et voilà, songe Hurtig. La première preuve concrète qui confirme les rumeurs et ce que Vanja a raconté.

Emilia a compilé les morceaux des quinze victimes de suicide sur un CD qui, d'après elle, constitue un album absolument macabre.

"La longueur de chaque morceau correspond à la date anniversaire de la victime", précise-t-elle avant de raccrocher.

VANJA
E4

Edith conduit durant tout le trajet jusqu'à Stockholm.

En Scanie et au Halland, la nature est tout le contraire de claustrophobique. Le brouillard de la veille a disparu, la vue porte à des kilomètres, avec, à l'ouest, le trait bleu de la mer.

Partout ailleurs, la Suède est un pays enfermé derrière des murs de sapins : Vanja se demande dans quelle mesure on reste marqué d'avoir grandi au milieu de la forêt, comme en Småland. Il faut presque deux heures pour traverser cette région sombre, jusqu'à Jönköping.

Paul dort à l'avant et ne se réveille que lorsqu'ils s'arrêtent pour le plein et un café. Vanja sait qu'il a la gueule de bois. Il s'est endormi sur la plage, et maintenant il a honte d'avoir été bourré à ce point. Edith et lui pensent encore qu'elle était chez un copain d'Ängelholm, et ils ne savent pas non plus qu'elle a parlé à Jens Hurtig.

Assise à l'arrière, elle regarde le Småland céder la place à l'Östergötland tout en songeant à Simon et à sa nuit avec lui. D'abord le concert de Hunger, puis la fête, et ils avaient fini sur la plage. C'était bien. C'est suffisant.

Et puis il sait qu'elle attend une cassette qui va l'aider à oser. Mais après sa conversation avec Jens Hurtig, elle n'est plus aussi sûre de vouloir oser.

Maria a osé, mais pour quel résultat, finalement ? Sa douleur a été anéantie quand elle a sauté du balcon. Mais à présent elle a réapparu chez les autres.

Chez la mère de Maria.

Chez Vanja.

Et Vanja constate que la somme de douleur est constante. Que la douleur est une énergie qui ne peut être détruite. Une personne peut mourir, mais pas disparaître.

La douleur survit au corps.

Il y a plusieurs façons de se suicider, se dit-elle. L'une d'elles est de continuer à vivre.

Vanja voit qu'Edith l'observe dans le rétroviseur mais, quand leurs regards se croisent, elle détourne les yeux.

Quand ils arrivent à Stockholm, Vanja a décidé de rompre la promesse faite à Maria.

Elle ne va pas se suicider, car c'est une action absurde.

Mais elle n'est pas certaine que sa résolution tiendra quand Hunger lui aura envoyé la cassette et qu'elle l'aura écoutée.

Écouté le morceau de douze minutes et douze secondes. Comme le 12 décembre, son anniversaire.

Une fois la voiture garée, Vanja dit qu'elle va au Lys. Mais au lieu de descendre dans le métro, elle prend son téléphone et compose le numéro que Simon lui a donné.

Elle voudrait le revoir, dès ce soir si possible.

SIMON
Quartier Vägaren

Héroïne et alcool, le mélange est traître. Le neurotransmetteur GABA est mis hors jeu et l'effet de freinage peut être si violent qu'on risque de tomber dans le coma ou tout simplement de cesser de respirer.

Simon croit que le risque de mourir est supérieur dans l'ennui, aussi fait-il de son mieux pour distraire ses démons. Le sentiment d'irréalité est le pire d'entre eux. C'est comme agir en rêve : en repensant au retour de Scanie, il a l'impression de s'être déplacé le long d'un axe temporel, d'une saison à l'autre, dans un monde parallèle. Un voyage de plusieurs semaines.

Il est assis au seuil de la chambre, adossé au chambranle de la porte. Il se lève et gagne le séjour.

La blanche et la vodka sont comme un tapis d'herbe rafraîchie par la rosée, qu'il traverse voluptueusement jusqu'au canapé.

Il a le souvenir très net que la table basse en verre a été cassée lors d'une fête.

Pourquoi n'est-elle pas abîmée, alors ? Il s'empare de la guitare basse posée sur le fauteuil voisin et l'abat de toutes ses forces sur le plateau en verre.

Une pluie d'éclats s'abat sur la moquette.

Maintenant, son souvenir correspond à la réalité.

Quand le téléphone sonne, il est calme. C'est Vanja, la fille d'hier. Il répond.

HURTIG
Quartier Kronoberg

Le trajet jusqu'à Stockholm prend tout juste quatre heures, soit un peu moins de cent quarante kilomètres à l'heure de moyenne. Plus quand Isaak conduisait et moins dans la dernière portion, quand Hurtig était au volant. Lorsqu'ils se garent devant l'hôtel de police, Isaak dit qu'il a besoin d'une sieste avant de rentrer la Volga à la maison : il se couche sur la banquette arrière et tire une couverture sur lui.

Hurtig trouve qu'il ressemble à un petit garçon.

Comme Hurtig vient juste de s'installer à son bureau et d'allumer son ordinateur, Schwarz entre en compagnie d'une grande femme noire d'une cinquantaine d'années qui lui sourit en lui tendant la main.

"Emilia." Hurtig a une réaction d'étonnement.

Pour lui, Emilia Svensson était forcément une jeune et frêle femme blonde, pourquoi pas avec des lunettes : il faut décidément qu'il se défasse de ses préjugés. Elle est en quelque sorte le contraire de sa voix et de son nom.

Ils se dévisagent un bref instant. Elle a des yeux brillants.

"Hunger avait un concert hier soir, dit-elle.

— Hier ? Où ça ?

— Je ne sais pas… Je l'ai trouvé juste quand vous êtes arrivé. Je ne suis que de la police scientifique, mais je n'ai pas pu m'empêcher de regarder un peu. Je peux emprunter votre ordinateur ?"

Il lui offre son fauteuil et elle se connecte à un site. Un forum sur la musique extrême, où elle lui indique un fil de discussion. Plusieurs participants, au cours de la journée, font allusion à la date de vendredi soir. "Les concerts ont l'air d'être secrets, dit-elle. Ce qui n'est pas très étonnant, vu leur programme."

Beaucoup des commentaires parlent d'automutilations publiques, un certain R.I.P. raconte que Hunger s'est lacéré les bras au cutter pendant le concert et qu'il a été couvert de farine et de déchets de poissons. Mais rien sur le lieu de l'événement.

Des déchets de poissons ? Dont des carpes ? Il sourit à cette question tirée par les cheveux.

Pour le reste, c'est la grande confusion. Trois meurtres récents, dont deux vraisemblablement commis par le même meurtrier, et dont les deux victimes étaient des amis de Holger Sandström.

Combien de suicides ces dernières semaines ? Il a du mal à avoir les idées claires.

Vanja est liée de près à Hunger, et Vanja est la fille biologique de Holger. Son père adoptif Paul traîne sur les scènes de crime et écrit des articles sur le suicide.

Tout cela a-t-il un rapport ? La vague de suicides a également frappé le centre d'animation du Lys, où travaille Aiman et où Isaak est professeur invité. Ingo lui aussi y enseignait avant sa maladie. Le monde est-il si petit ? Stockholm, en tout cas.

D'une certaine façon, il se sent floué. Comme si quelqu'un le faisait marcher.

“Je n’ai pas vu Åhlund depuis mon retour, dit Hurtig. Savez-vous où on en est avec Fabian Modin et Ingo Gustafson ?

— Je crois qu’il est à l’institut médicolégal pour revoir le rapport d’autopsie avec Ivo Andrić, répond Emilia Svensson. Visiblement, l’autopsie d’Ingmar Gustafson a été bâclée par un légiste remplaçant. Des éléments ont pu être négligés.”

Elle se lève. Elle est grande, presque autant que lui. “Et si vous aviez rencontré l’assassin à l’enterrement ? ajoute-t-elle, comme si elle lisait dans ses pensées. Ce n’est pas aussi improbable que ça en a l’air : nous avons apparemment affaire à quelqu’un qui réunit toutes les caractéristiques de la Triade Obscure.

— C’est-à-dire ?

— Une combinaison de psychopathie, narcissisme et machiavélisme.”

Emilia Svensson partie, un fort sentiment de malaise lui serre le ventre. Ingo est désormais peut-être victime d’un meurtre, ce qui est plus grave qu’un suicide.

La haine est difficile.

S’agissant d’un suicide, on sait qui est le meurtrier et il est rare que ses proches haïssent le suicidé. Détester son acte en lui-même, c’est autre chose. Il est bien placé pour le savoir. Il faut qu’il en parle à Isaak.

Hurtig regarde ses mails. Dans la masse des spams, il trouve un mot de Jeannette Kihlberg, sa chef en congé.

Elle n’a pas donné de nouvelles depuis longtemps. Elle écrit qu’elle se gèle en montagne avec son fils Johan et songe à acheter une maison en Espagne et à démissionner pour de bon. Elle ne parle sans doute pas sérieusement. Hurtig lui fait une courte réponse pour lui proposer de prendre une bière quand elle sera rentrée en ville.

Elle lui manque. Dans quelle mesure avaient-ils eu le temps de devenir amis avant qu'elle ne se mette en congé ? Ou n'étaient-ils proches qu'à cause du travail ?

Il éteint son ordinateur au moment où le standard l'avertit qu'une certaine Vanja veut lui parler. "Vous avez le temps, ou je lui dis de rappeler demain ? On n'est plus dans les heures de bureau."

Hurtig regarde sa montre : cinq heures et quart. "Passez-la moi", répond-il, curieux de savoir ce qu'elle veut.

Il entend un déclic, un bruit de circulation, puis la respiration rapide de Vanja.

"C'est Jens ?" Elle semble essoufflée, il suppose qu'elle marche dans la rue.

"C'est moi. Comment ça va ?"

Vanja inspire profondément, puis déverse un flot de paroles. Elle raconte qu'elle a rencontré un certain Simon, pas plus tard que ce matin. Quelques heures seulement avant de rentrer à l'hôtel.

"Je crois que c'est lui Hunger."

Simon, songe Hurtig. Il est tombé sur ce nom en faisant des recherches sur Hunger sur Internet.

Il attrape un stylo, arrache une feuille à l'imprimante et prend des notes. Il n'est plus, comme ce matin, dans le cadre d'une confidence privée, mais dans le rôle formel du policier.

"Simon habite Folkungagatan, je vais chez lui.

— Mais pourquoi ? Tu le connais à peine et…

— On a couché ensemble et je crois que je suis amoureuse", le coupe Vanja. Hurtig ne sait comment formuler l'effroi naissant qui le glace.

"Simon m'a raconté son enfance, continue-t-elle avec une innocence qui le terrifie. Il m'a dit que ses parents étaient très religieux et qu'il haïssait son père."

Tout se met en place. Parfois les choses importantes se passent sous votre nez.

Vanja et Simon étaient sur la plage. Et juste après, on a découvert un cadavre.

Tout colle.

Cassettes, enveloppes, et un foutu tas de messages cachés. Ongles, cheveux, portefeuille et permis de conduire. Et si c'était une seule et même personne qui envoyait des cassettes à des jeunes suicidaires et qui avait assassiné Ingmar Gustafson et Fabian Modin ?

Il faut mettre la main sur ce Simon.

Vanja est peut-être en train d'aller retrouver un meurtrier, mais le soupçon est encore si vague qu'il ne saurait le formuler, au risque de l'effrayer.

Il se trompe peut-être.

Mais il a peut-être aussi vu juste et, dans ce cas, son hésitation peut avoir de graves conséquences.

"Pourquoi dois-tu aller le voir ?

— Parce que je ne veux pas qu'il me fasse un morceau. Je ne veux pas mourir. J'ai changé d'avis, et d'ailleurs c'est grâce à toi et à ce que tu m'as raconté sur ta sœur.

— Et là, tu es en route ? Tu peux me donner l'adresse ?

— Il habite dans l'immeuble orange, au début de Folkungagatan. Il y a « Sandström » sur la porte."

Vanja se tait, Hurtig entend qu'elle salue quelqu'un.

"Il faut que je raccroche", dit-elle et, une seconde plus tard, la ligne est coupée.

Holger Sandström, pense Jens Hurtig.

AIMAN
Quartier Vägaren

Le vol a plusieurs heures de retard en raison des vents violents en Scanie, et il fait déjà nuit quand elle arrive chez elle.

Au moment où elle va ouvrir sa porte, elle entend un bruit chez son voisin. Du verre cassé, suivi d'un choc sourd. Elle va voir par la fenêtre.

Un bref instant, il lui semble que quelqu'un bouge dans l'entrée. Une ombre sur le mur, comme vue du coin de l'œil. Un mauvais pressentiment lui serre le ventre.

Elle songe soudain à Béhémoth et retourne en hâte vers sa porte. À peine l'a-t-elle ouverte, elle l'appelle.

Normalement, il devrait l'attendre là, ou à la fenêtre de la cuisine, mais il n'y est pas. Elle entre sans ôter ses chaussures.

Pas de chat dans la cuisine ni dans la chambre.

Comme elle ne le trouve pas non plus dans le séjour, les toilettes ou l'atelier, elle commence à s'inquiéter.

Comment ai-je pu être assez bête pour le laisser seul, pense-t-elle, quand elle entend un miaulement étouffé dans le placard de l'entrée.

La porte est entrebâillée. Elle l'ouvre.

Sur l'étagère la plus haute, Béhémoth la fixe de son unique œil jaune.

C'est lui, et pourtant pas.

Après avoir nourri son chat et défait ses valises, elle va dans le séjour s'installer derrière sa longue-vue. Elle se sent seule.

C'est samedi, il y a beaucoup de monde dans la rue.

Elle fait glisser sa longue-vue sur les gens devant les cafés, des jeunes femmes maquillées en tenue de soirée aux mendiants ravagés qui tendent la main. Un trafic de besoins humains.

Soudain, un visage connu surgit dans l'objectif, et elle zoome.

Paul, se dit-elle, en se demandant ce qu'il fait dans le coin. Il reste immobile dans le flot humain, regardant fixement devant lui.

Au bout d'un moment, il se resserre dans son blouson, traverse la rue et disparaît hors de sa vue.

HURTIG
Quartier Kronoberg

Un secret peut être une confidence. Un fardeau qu'on a promis de partager avec quelqu'un. Mais ce peut aussi être une révélation du destin. Quelque chose qui vous tombe dessus.

Il a fallu moins d'une minute à Hurtig pour découvrir que Holger Sandström possédait un appartement sur Folkungagatan, et il ressent un malaise en songeant que Vanja va voir Simon.

Simon, *alias* Hunger, en qui il flaire un meurtrier.

Mais il n'en a pas la preuve pour l'instant. Juste un soupçon.

Et la forte impression que Simon est peut-être le fils de Holger Sandström.

Et, dans ce cas, le frère ou le demi-frère de Vanja.

D'après ses renseignements, Holger a hérité de sa mère cet appartement d'une valeur approchant les quatre millions de couronnes. Pour la même somme, on pourrait acheter un hameau entier du côté de Kvikkjokk, songe-t-il. Ou un manoir quelque part au nord d'Uppsala. Mais à Södermalm, on a un trois-pièces de taille normale, c'est-à-dire moins grand que le garage de ses parents et un peu plus que leur remise à bois.

Pour les besoins de l'enquête, Hurtig préférerait ne pas s'adresser directement à Holger pour savoir si c'est son fils qui habite l'appartement, mais il doit finalement s'y résoudre, n'ayant trouvé dans les registres aucun Simon Sandström domicilié à Södermalm.

Holger semble pressé et stressé en décrochant mais, quand Hurtig va droit au fait, il confirme qu'il a un fils qui vit dans l'ancien appartement de sa grand-mère, sur Folkungagatan.

"Qu'est-ce qu'il a fait ? demande Holger.

— Rien. Nous voulons juste lui parler."

Holger ne pose pas d'autres questions et Hurtig décide de se rendre sur place avec Schwarz et Åhlund. Ce soir même.

Avant de raccrocher, il demande à Holger de ne pas prévenir son fils que la police voudrait lui parler.

"Je ne m'en mêle pas, répond-il. Ce ne sera pas la première fois qu'il fait des siennes."

Si Jens Hurtig avait su ce qui allait se passer d'ici quelques heures, il aurait souhaité que Holger Sandström contacte son fils.

IVO
Institut médicolégal

C'est un mythe que les poils et les ongles continuent à pousser après la mort. Cette illusion s'explique par la déshydratation du corps. La peau se rétracte, ce qui fait mieux ressortir la pilosité.

Ce mythe de la vie éternelle des poils et des cheveux battu en brèche, on pourrait facilement penser à tort qu'il est difficile, pour un légiste, de déterminer si des ongles ont été coupés avant ou après la mort.

Mais ce n'est pas le cas : s'agissant de John Ingmar Gustafson, Ivo constate d'emblée qu'il ne se les est pas coupés lui-même. Pas même besoin d'être légiste pour ça : qui est l'abruti qui a bâclé à ce point l'autopsie ?

Les photos de l'examen sont étalées devant eux sur la table. Åhlund le regarde, interrogatif. "Qu'est-ce que tu en penses ?

— Les ongles de la main droite ne sont pas coupés, dit Ivo, et ceux de la gauche ont été enlevés si grossièrement que l'homme a dû considérablement souffrir s'il était vivant à ce moment-là. Cela n'a pas pu avoir lieu de son plein gré. Quant à la mèche de cheveux, le moment où elle a été coupée a assez peu d'importance.

— Nous pouvons donc être assez certains qu'il s'agit d'un meurtre, récapitule Åhlund.

— Il a bien sûr pu se suicider, avant que quelqu'un d'autre lui coupe les ongles et vous les envoie, mais je suppose que vous trouverez ça tiré par les cheveux."

Åhlund a l'air amusé. "Tiré par les cheveux ? Sans doute."

La mort est personnelle, unique pour chacun.

HURTIG
Quartier Vägaren

Folkungagatan grouille de monde. Hurtig peste contre un cycliste qui s'entête comme une bourrique à vouloir le doubler par la droite. Au feu rouge d'Östgötagatan, le cycliste suicidaire ou juste fou continue et manque d'un cheveu de se faire renverser par un taxi qui tourne à gauche.

"Dommage qu'il l'ait raté, dit Schwarz avant de se lancer dans un bref exposé sur l'influence positive de la sélection naturelle sur les cyclistes comme sur les automobilistes en centre-ville. Le port du casque n'y est pas pour rien, continue-t-il. Parce qu'ils ont deux millimètres de plastique sur le crâne, les gens se croient immortels."

Ils se rendent chez Simon. En plus de Schwarz, Hurtig est accompagné d'Åhlund. Il se demande s'ils ont vraiment besoin d'y aller à trois, mais comme il craint que Simon ne soit un meurtrier, mieux vaut un de trop que pas assez.

Au vert, Hurtig tourne à droite et se gare sur Kocksgatan.

Ils cherchent la bonne entrée et Hurtig compose le code communiqué par Holger. Une fois au bon étage, ils s'avancent sur une coursive donnant sur une cour intérieure luxuriante. Hurtig est frappé par le silence. Comme si Stockholm était à des kilomètres de là, et non juste une dizaine de mètres derrière eux.

Ils finissent par trouver la porte au nom de Sandström.

Hurtig sonne et attend. Au bout de quelques secondes, il lui semble entendre des mouvements dans l'entrée. Par la fente de la boîte aux lettres, il annonce que c'est la police, sans obtenir de réaction.

"Allez, merde", grogne Schwarz en commençant à tirer la poignée, sur quoi la porte s'ouvre aussitôt.

À l'intérieur, une vague odeur d'eau de Javel. Le mur de l'entrée est décoré d'un proverbe brodé : *Chez soi, on est comme un roi*. Hurtig voit aussi une chaise gustavienne et une étagère à chaussures avec des souliers de dame.

Un jeune homme sort de la cuisine, s'arrête dans l'ouverture de la porte et les regarde fixement. Il est maigre, presque famélique, son visage, blafard comme la cendre, est fermé.

"Simon ?" dit Hurtig en voyant les bras du jeune homme couverts de cicatrices boursouflées comme des vers de terre et de plaies plus récentes sans doute encore cuisantes. Il a l'air de s'être récemment jeté à travers une vitre ou battu au couteau.

"Oui, c'est moi", répond Simon en tournant les talons avant de se diriger vers le séjour.

Ils le suivent. Hurtig regarde autour de lui.

Un lustre pend au plafond du séjour au-dessus d'un antique canapé avec fauteuils assortis. Devant, la table en verre est brisée, le sol jonché d'éclats. Hurtig demande à Åhlund et à Schwarz de fouiller l'appartement.

Simon s'assied dans le canapé. À côté de lui, sur un plat, une seringue soigneusement rangée à côté d'une boîte en carton bleu et blanc. Suboxone, lit Hurtig.

Contre un des murs, une vieille commode sur laquelle s'alignent des photos dans un ordre maniaque. L'une d'elles représente Holger qui pose fièrement en uniforme, un révolver à la main. Hurtig s'attendait à la tanière crasseuse d'un toxico, jonchée de canettes de bière vides et tapissée d'obscurs posters, mais ceci est plutôt l'appartement d'une grand-mère.

À l'autre coin de la pièce, quelques cartons, une grosse caisse et quelque chose qui semble être le croisement d'un abat-jour et d'un vieux casque sèche-cheveux de salon de coiffure. Sur l'un des cartons est posée une boîte blanche ornée d'un pentagramme noir et de plusieurs autocollants noirs aux logos illisibles. Hurtig en reconnaît quelques-uns qu'il a rencontrés sur les sites visités la semaine dernière.

"Tu connais une fille de seize ans qui s'appelle Vanja Hjorth. Sais-tu où elle se trouve actuellement ?

— Non. Elle a appelé il y a environ une heure pour demander si elle pouvait venir. Mais elle ne s'est pas pointée. Elle a peut-être changé d'avis."

Schwarz et Åhlund reviennent : l'appartement est sécurisé, mais ils ont fait quelques trouvailles. "Entre autres ça", dit Schwarz en brandissant un sachet de poudre blanche.

Hurtig hoche la tête, demande à Åhlund d'aller faire un tour dans l'immeuble, puis ouvre son sac et en sort un magnétophone de poche blanc qu'il tend à Simon, avant de s'asseoir dans le fauteuil. "Tu te souviens de ça ?"

Simon regarde le magnétophone. "Oui.

— Tu l'as envoyé à une jeune fille de Trelleborg, il y a six mois.

— Oui, elle voulait un bruit d'eau qui coule sur sa cassette, alors j'ai descendu un micro dans une bouche d'égout de Skånegatan.

— Carita Hallgren, à Morgongåva ? continue Hurtig. Maria Alvengren à Salem ? Ces noms te disent quelque chose ? Tu sais comment elles se sont suicidées ?

— Oui.

— Comme treize autres personnes, elles se sont suicidées après avoir écouté des cassettes enregistrées par toi.

— Pas par moi. Par Hunger." Simon ricane. "Le suicide n'est pas un délit.

— Non, c'est vrai, admet Hurtig. Mais la loi a des zones grises, et il ne fait aucun doute que tu te trouves en plein dedans. Peux-tu nous expliquer pourquoi tu as enregistré ces cassettes ?

— Je n'ai pas de réponse qui puisse convenir à un flic, crache-t-il.

— Je ne suis pas un philosophe. Mais tu peux peut-être m'expliquer pourquoi il vaut mieux être mort que vivant.

— Nous vivons dans un monde médiocre. Une médiocratie. On y adule des acteurs et des stars du foot comme des dieux. Le monde est futile et mesquin.

— Et les personnes que tu as encouragées au suicide ?

— Mortes, elles sont tout sauf médiocres, répond Simon.

— On dirait que tu te vois comme un missionnaire, ironise Hurtig. Tu es sataniste ?"

Simon semble offusqué. "Sataniste ? Quelle foutue question. Vous ne savez même pas ce qu'est le satanisme, vous ne savez même pas de quoi vous parlez. Il est plus simple que vous m'appeliez nihiliste, misanthrope ou tout autre terme que vous puissiez comprendre. Il s'approchera sûrement mieux de votre vérité sur mon compte. Une vérité acceptable pour des cerveaux médiocres."

Hurtig observe le visage maigre de Simon. Jusqu'ici, il n'y a vu que mépris mais, à présent, il y voit autre chose. Simon Sandström est las. Complètement blasé.

Il est temps d'être plus direct : "Es-tu un meurtrier ?"

Une étincelle luit alors dans l'œil de Simon. "Non. Le meurtre, à la différence du suicide, est contre-productif. Le suicide est plus efficace, car contagieux. Le meurtre effraie, fait craindre la mort aux gens, alors que le suicide est passé sous silence, camouflé en accident ou en maladie mentale. En soi, le suicide n'est rien d'autre qu'anéantissement volontaire de la vie. Pur mépris de la vie. Répandez cette idée auprès du plus grand nombre et il se propagera bientôt de lui-même. Si vous étudiez ces cas de suicides avec moins d'a priori, vous découvririez que ceux qui ont écouté les cassettes partageaient la même conviction.

— Laquelle ?

— La certitude d'être destiné à quelque chose de supérieur à la vie, dit Simon en s'allongeant sur le canapé.

— Que faisais-tu vendredi ?

— J'étais à Ängelholm. Nous avons joué dans un club qui s'appelle Christian le Tyran."

Cela correspond à ce que lui a raconté Vanja. Hurtig s'étonne de la sincérité de Simon.

"Et où avez-vous passé la nuit ? Où as-tu dormi ?

— Quelle importance ?

— Simple curiosité.

— J'ai dormi sur la plage.

— Quelqu'un peut-il le confirmer ?"

Simon réfléchit, passe ses doigts dans ses longs cheveux, et son ricanement revient.

"Oui, Vanja s'en portera garante. Elle était avec moi. Vous devriez peut-être plutôt lui demander, à elle."

Malgré ses réponses directes, le commissaire remplaçant Jens Hurtig ne peut pas encore mettre Simon Sandström hors de cause, même si, personnellement, il y serait enclin. Ce jeune homme couché sur le canapé a certes eu une influence négative sur un certain nombre de jeunes paumés, mais cela n'en fait pas un meurtrier. Il doit cependant emmener Simon à Kronoberg pour poursuivre l'interrogatoire. Plus pour meurtre, mais pour soupçon de trafic de drogue.

"Bon. Espérons qu'elle se pointera bientôt", conclut-il. Il marque une pause et détourne la tête.

Simon en profite pour sauter du canapé et renverser la table basse brisée.

Un instant paralysé, Hurtig le voit se précipiter vers l'entrée. En s'élançant à sa poursuite, Hurtig trébuche sur la table et s'étale par terre.

"Putain !" crie-t-il, les mains pleines d'éclats de verre.

La porte est grande ouverte, Simon court déjà sur la coursive.

Schwarz, qui a entendu le vacarme, sort des toilettes. Hurtig lui ordonne de le poursuivre. Merde, merde, merde, pense-t-il en ôtant les éclats de verre de ses mains et en sortant son téléphone.

Un appel au centre de coordination et une patrouille est en route.

Cinq minutes plus tard, il entend la voix d'Åhlund sur la coursive et, en venant à sa rencontre sur le seuil, Hurtig comprend aussitôt que quelque chose a mal tourné.

Très mal tourné.

SIMON
Quartier Vägaren

Simon sait que c'est la fin. Il le veut. Pas de route devant, route barrée derrière. Il sait ce qu'il a fait et ne regrette rien.

Il n'a été qu'un outil.

Il est trop fatigué pour abandonner et n'a pas la force de leur expliquer de quoi il s'agit.

Comment comprendraient-ils ?

Comment expliquer la faim à celui qui a toujours été rassasié ? Ce que ça faisait de rentrer de l'école avec ses vêtements sales et le petit doigt cassé. L'avant-bras noir de bleus.

D'autres jours, ses manuels scolaires déchirés et de la crotte de chien dans les cheveux.

La chienlit.

Douze ans de solitude silencieuse au réfectoire ont fait résonner chaque bouchée dans son crâne. Une gorgée de lait tiède, rien d'autre ne passait.

Il se souvient comme la neige était froide quand il était rentré en chaussettes parce que quelqu'un avait mis le feu à ses chaussures. Pour éviter le gravier, il avait dû marcher sur le bas-côté, ses pieds blancs rendus presque transparents par le froid.

Simon se souvient qu'il aurait voulu dire ce qui s'était vraiment passé. Qu'il les plaignait, et que c'était pour ça qu'ils le battaient.

Mais ce n'était pas la faute de ses tortionnaires. Ils ne savaient pas ce qu'ils faisaient et puis on les avait dressés à s'acharner sur le plus faible du troupeau.

Simon avait très tôt compris que ceux qui lui faisaient du mal allaient mal eux aussi.

Forcés de passer d'agréables vendredis avec des parents qui vomissaient sur leurs voisins, se plaignaient de leurs chefs ou jouaient au Loto pour être dispensés de n'être que ce qu'ils étaient. Un luxueux blouson Montblanc ou des vacances aux sports d'hiver à Zell am See ne parvenaient pas à cacher leur souffrance, et c'était pour ça qu'ils s'en prenaient à lui.

Il fermait les yeux et encaissait leurs coups.

Il avait pardonné aux adolescents boutonneux avant même que leurs poings n'atteignent ses avant-bras endoloris.

Et comment expliquer que le vide de celui qui a tout est à des années-lumière de la faim de celui qui a peu mais vit dans l'espoir qu'un jour le monde sera à lui ?

À présent, il va leur montrer d'une façon hautement tangible que celui qui se transforme en bête échappe à la souffrance d'être humain.

Pieds nus, il court vers la porte de l'escalier, se retourne et voit qu'un des policiers le poursuit. Il renverse une poussette, un vélo et quelques meubles de jardin abandonnés là, et entend le policier jurer dans son dos.

"Simon, stop ! crie-t-il. Nous voulons juste te parler !"

Il entend au ton agressif de sa voix que ce flic ne veut pas seulement lui parler.

Simon ouvre la porte et se précipite dans l'escalier.

Il hésite. La logique serait de descendre vers la rue, aussi fait-il le contraire, il monte vers le toit-terrasse. En entendant le policier ouvrir la porte et descendre l'escalier, Simon continue à monter sur la pointe des pieds.

La porte de la terrasse est ouverte, il sort sur le toit.

Il a passé beaucoup de nuits là-haut. Toujours aux petites heures du jour, au pic d'inspiration. À l'heure du loup, quand le silence de l'âme se faisait hurlement assourdissant, que les démons le pourchassaient et que la mélancolie noire lui permettait d'écrire.

Les nuits étoilées, on a l'impression d'être loin de la Terre, de n'être plus ici-bas : sous une voûte céleste déployée, scintillante de galaxies, il est facile de créer.

Il entend la porte du grenier s'ouvrir derrière lui, quelqu'un sortir.

C'est la police, sa manœuvre de diversion n'a pas marché.

Simon se retourne et voit une échelle d'incendie qui monte sur le toit de l'immeuble voisin. Il se hisse dessus et gravit les échelons. Métal froid et humide sous ses mains.

Simon grimpe. Plusieurs barreaux manquent sur cette échelle rouillée et branlante, mais il parvient jusqu'au toit.

Il s'avance prudemment à quatre pattes sur les tôles gris ciment.

Le vent refroidit la sueur de son front, et glace ses pieds nus quand il va jusqu'au bord et se penche pour voir Folkungagatan. Un fourgon et une voiture de police sont arrivés en renfort, cinq agents en uniforme attendent sur le trottoir. Les gyrophares éclairent en blanc et bleu les gens massés devant le bar Kellys. Les policiers parlent avec certains d'entre eux.

Medborgarplatsen à gauche et, à droite, on voit jusqu'au port où sont amarrés les ferries pour la Finlande.

Simon entend la police gravir l'échelle. Il comprend que c'est fini.

Il lève les yeux au ciel et envisage d'abandonner. S'il laisse le flic l'arrêter, il pourra au moins raconter.

Oui, ce serait une solution. Dans une autre vie, un autre temps.

Il ferme les yeux et prend sa décision.

"Fais pas de connerie, mon garçon." La même voix que tout à l'heure. "Tout va bien."

Simon pense au psychologue qui disait que le mieux était de partir ailleurs se reposer. Changer d'air.

À Vitvattnet.

Simon inspire profondément. Laissez-moi mourir comme je veux, pense-t-il.

"Non, rien ne va", répond-il avec lassitude. Il fait un pas dans le vide.

"Va mourir !"

PHASE III : TRANSFORMATION

"But since she lost her daughter, It's her eyes that's filled with water."

VA MOURIR
Folkungagatan

Simon tournoie dans le vide, voit le dur asphalte se rapprocher de plus en plus. Il est un verre qui va bientôt se briser, et les souvenirs affluent par milliers. Un à un et plusieurs à la fois, toujours plus vite, à mesure qu'il tombe vers Folkungagatan.

Une vie totalement privée de chronologie.

Simon en aube de confirmant. Un événement qu'il a renié tout au long de sa courte vie.

Simon dans le bac à sable. Quelqu'un lui a pris son seau et il pleure. Maman lui tourne le dos. Fume. Parle. Fume. Parle. Fume. Fume. Fume. Pue.

Simon en cinquième. Mal au ventre. Ne sait pas répondre. Se pisse dessus. Tout le monde rit.

Simon seul à la maison. Se masturbe dans les sous-vêtements de Maman. Honte après.

Simon joue avec des allumettes derrière l'école. Seul comme toujours.

Pompiers et titres dans les journaux. LE PYROMANE TOUJOURS EN LIBERTÉ.

Personne ne sait. Que lui.

Simon au supermarché. Cinq ans. Va acheter des bonbons avec une pièce de cinq couronnes volée. Maman est là, la pièce lui brûle la main.

Le verre commence à se craqueler. Sa conscience éclate.

Simon chez Grand-père à Vitvattnet.
Simon rencontre Øystein.
Simon l'incrédule.
Simon Pierre.
Simon le Cananéen.
Simon le zélote.
Simon, le père de Judas.
Simon, le frère de Jésus.

Simon ment, Simon s'en sort toujours, file, prend un raccourci, apprend à manipuler, et l'angoisse lui éclate la poitrine.

Petit garçon qui ne veut pas grandir, mais qui déteste être enfant.

Ne veut tout simplement pas être.

Trop doué pour un métier ordinaire. Arrogant. Incompris. Paresseux. Curieux. Ambitieux parfois. Simon le nihiliste, le médiocrate, le misanthrope, le sataniste. Simon qui dit être musulman juste parce que Papa déteste les musulmans.

Souvent effrayé.
Parfois mort de peur.
Parfois terrorisé.
Mais jamais sans peur.
Jamais sûr de lui.
Jamais repu.
Toujours affamé.
Dort plusieurs jours d'affilée.
Oublie de manger.
Trouve l'héroïne. Tombe amoureux.
Reste loin.
Reste à la maison.
Reste dans son coin.
Reste résistant.

Il voit une série de jeunes morts qui ont réalisé ces

rêves que lui-même n'avait pas osé suivre. Morts à sa place, après s'être approprié sa douleur.

Simon se coupe.

Simon crie.

Simon content.

Mais à présent il a honte. Il veut demander pardon.

Simon regrette tout et, soudain, il ne veut plus mourir. Il veut tout recommencer, refaire le match avec une fille qui s'appelle Vanja, qui voulait mourir mais qui a changé d'avis parce qu'elle a pour la première fois ressenti de l'amour. Qui a dit l'aimer après une baise ratée sur une plage de sable humide, du côté d'Ängelholm.

Dit l'aimer pour ce qu'il était.

Vanja qui devait venir le voir, mais n'est jamais arrivée.

Il y a si peu cru.

Il a gâché sa vie pour des absurdités.

Craintif comme un corniaud, pense-t-il, et il semble que sa peur va lui survivre.

Puis l'asphalte est tout.

Le verre qu'est Simon se brise en milliards de morceaux sur le trottoir souillé de Folkungagatan.

ISAAK
Zone industrielle de Västberga

Il a décidé qu'il n'y aurait pas de tableaux dans la pièce principale de l'ancien entrepôt. Il y a des rayonnages de livres, une table et quelques fauteuils, et l'atelier proprement dit se trouve au fond, derrière une porte. Il a fait abattre une cloison entre ce qui était autrefois une cuisine et une salle de réunion. Les murs y sont à présent couverts d'étagères où il expose les esquisses et les toiles en cours et stocke son matériel : boîtes de pigments, blanc de plomb, outremer, garance et jaune de cadmium, pots de vernis en terre et bouteilles d'huile de lin.

Un bidon en tôle pour y jeter les chiffons, car l'huile de lin et la térébenthine risquent de s'enflammer spontanément.

Il allume l'interrupteur et avance au milieu des godets, verres gradués, mortiers, palettes, pots de mastic, de cire, pinceaux et spatules.

En fait, il ne se sent pas très en forme pour travailler.

Il est venu se mettre au travail plusieurs fois au cours de la soirée, pour chaque fois abandonner.

Impatient, pesant le pour et le contre et, comme souvent, plus à même de penser l'œuvre que de la réaliser concrètement.

Son prochain atelier au Lys aura pour thème le retour de la matière à sa vie originelle. Il espère parvenir à y associer Aiman d'une façon ou d'une autre.

Ce serait intéressant, car son art, la reliure, est diamétralement opposé à sa propre création. Elle travaille à l'encontre du processus de destruction, anoblit les matières et les maquille artificiellement au lieu de laisser libre cours à la nature.

Sur la table, quelques polaroïds de sa première exposition à Berlin. Si cet atelier se fait, il montrera peut-être ces photos.

Elles représentent quatre œuvres réalisées sur commande pour une banque de Francfort. Ces tableaux, des grues noires en fuite selon différentes perspectives, contiennent le même mélange de couleurs qui a valu l'an dernier des poursuites judiciaires au peintre norvégien Odd Nerdrum.

Nerdrum a vendu dans les années 1980 trente-quatre toiles peintes avec ce pigment noir mais, vingt ans plus tard, il s'est mis à couler et les œuvres ont été considérées comme détruites, sans valeur.

La différence, c'est que Nerdrum ignorait cette revanche de la matière, alors que lui savait parfaitement quel genre d'art il vendait à la banque allemande, qui d'ailleurs avait gagné des milliards dans ses affaires avec des compagnies pétrolières. Ici, la catastrophe sera plus rapide.

Il se lève et va se servir un whisky au bar.

Il doit commencer quelques toiles et en achever d'autres. C'est au-dessus de ses forces. Il regarde la peinture sur laquelle il a travaillé la semaine dernière. Une grande huile abstraite.

Il la descend de son étagère, la retourne et l'y remet, face au mur. Elle mûrira peut-être avec le temps si elle reste un moment sans être vue.

Il prend plutôt une toile vierge et entreprend d'y esquisser une composition au fusain. Il veut que le dessin de base reste aussi simple que possible. Le motif se transforme pourtant au cours du travail, et le résultat est rarement ce qu'il avait imaginé au début.

Quand il est satisfait du croquis, il complète à la mine de plomb et brosse le fusain pour que le charbon ne se mélange pas aux couleurs.

Il a l'habitude d'utiliser une couleur noire très diluée dans la térébenthine. Des pinceaux fins pour les contours, des brosses en poil de porc pour les ombres et les demi-teintes.

Après deux heures, il fait une pause.

Au moment où il se remet au travail, on sonne à la porte. Il est presque minuit et il sourit avant d'aller ouvrir. Jens, se dit-il.

Mais ce n'est pas Jens.

HURTIG
Quartier Vägaren

Simon a encore un pouls à l'arrivée de l'ambulance mais, quand les infirmiers posent le corps sur la civière, Hurtig comprend que c'est fini.

Simon décède dans l'ambulance tandis que Hurtig, Schwarz et Åhlund sont dans un fourgon, devant le McDonald's de Folkungagatan.

Le seul qui sait ce qui s'est passé sur le toit est Schwarz : il dit que Simon a sauté.

“Tu vas être suspendu le temps qu'on tire ça au clair.”

Hurtig fait une entorse à ses principes et suit ses collègues au fast-food. Un café et une tarte aux pommes. Ils restent là deux heures. Puis retour à la maison en voiture et encore deux heures au lit sans pouvoir dormir.

La nuit sera longue.

À l'instant où il finit par s'endormir, à l'autre bout de la ville, deux frères et une sœur se réunissent pour la première fois depuis plus d'une décennie.

IVO
Institut médicolégal

Holger Sandström porte une veste bleu sombre quand il arrive accompagné de Jens Hurtig pour identifier son fils.

Ivo Andrić sait que Hurtig déteste cette partie du travail policier et se serait volontiers fait remplacer s'il l'avait décemment pu. Mais il était présent quand Simon Sandström a trouvé la mort après une chute de plus de dix mètres. L'asphalte de Folkungagatan est dur, même pour les vivants, songe Ivo en saluant de la tête.

Si Holger Sandström est ému, il le cache bien.

"Les circonstances n'ont pas encore été clairement établies, déclare Jens Hurtig. Il est malheureusement décédé des suites de ses blessures."

Holger Sandström arbore un petit sourire à la commissure des lèvres, certes à peine visible, mais bien là. "Ah bon ? dit-il d'un air las. C'est bien triste, mais ça ne m'étonne pas. Je le connais."

Ivo s'attendait à tout sauf à un sourire. Mais il n'est pas psychologue, et ce sourire est peut-être un mécanisme d'autodéfense. Holger doit bien ressentir quelque chose pour son fils.

"Nous avons une cellule de crise si vous ou quelqu'un de la famille en aviez besoin, ajoute Hurtig. Et nous pouvons faire venir un prêtre."

Mais Holger Sandström se contente de secouer la tête avec un geste de refus.

“Ça va aller. Comme toujours. Expédions ça le plus vite possible.”

Ivo va dans la chambre froide chercher la civière où Simon Sandström repose sous un drap blanc. Il la ramène et la place au milieu de la pièce. Holger s’approche et, alors seulement, Ivo voit qu’il n’est pas totalement impassible. Quelque chose de triste dans le regard, il s’affaisse, grimace, comme s’il avait mal quelque part.

En découvrant le corps, Ivo se dit que c’est à cela qu’on ressemble quand le cœur se brise.

Holger Sandström sursaute et blêmit.

“Vous vous fichez de moi ? finit-il par s’exclamer. Ce n’est pas Øystein. C’est Simon Carlgren. Le fils de Vilhelm.”

MÉLANCOLIE NOIRE
Le studio

J'ai vu quand c'est arrivé. J'ai vu quand notre petite sœur est morte.

Petit frère a reporté toute sa jalousie puérile sur la petite fille. La petite qui monopolisait l'attention, qui décidait de tout avec ses changements de couches et ses repas, qui n'en avait jamais assez, ne faisait que crier, crier et crier, et petit frère l'a secouée jusqu'à ce qu'elle se taise.

J'ai tout vu, sans intervenir. J'ai laissé faire. Pensant peut-être que c'était un jeu. Qu'il jouait à l'assassin.

Après, les adultes ont dit que Vanja était morte de la mort subite du nourrisson. Je savais qu'elle était de toute façon possédée par Lilith et, qu'en la secouant, petit frère avait chassé d'elle le démon de la nuit.

Ils ont menti.

Pendant seize ans, je l'ai crue morte.

Pendant seize ans, j'ai cru que mon petit frère l'avait secouée à mort.

Ils nous ont menti, et le plus gros menteur, c'est mon père.

Je me souviens de lui, debout devant l'autel, dans la maison de la communauté. Je vois un être faux, suffisant et j'entends la voix somnifère d'un homme trivial.

J'ai le souvenir de ce qu'il sentait et sent toujours. Le vieux. Un mélange de talc, de reflux gastrique et de dérèglement hormonal.

On achève les animaux vieux et malades, et l'homme est un animal.

Je revois enfin son corps nu et gras avec celui de Maman, frêle, recroquevillé.

Mon père est un porc, un Gregorius : au début, je voulais l'empoisonner, exactement comme fait le Dr Glas au pasteur, dans le roman de Hjalmar Söderberg.

Je conserve le flacon de poison dans le réfrigérateur : là, à l'intérieur du flacon sommeille une force mauvaise et haïssable en soi.

Ennemie des hommes et de tout ce qui vit.

La substance est simple à préparer. Il suffit de quelques gouttes de bleu de Prusse et de quelques autres produits qu'on trouve facilement dans le commerce. Quand le pigment est chauffé à une certaine température, il libère du cyanure d'hydrogène, et il en résulte un concentré transparent plus ou moins libéré de son odeur caractéristique d'amande amère. Il se dissout dans un verre d'eau en quelques secondes, et la mort survient dans l'heure.

Mais le flacon de poison n'est plus destiné à Papa. Nous lui trouverons une autre utilisation, et c'est l'idée de mon frère. Il a une vision de la façon dont tout doit se terminer.

Je vais voir Vanja. Elle dort d'un sommeil lourd sur le matelas, dans l'autre coin.

Pour moi, haïr une personne, c'est comme désirer la blesser, mais je ne ressens encore aucun mépris pour elle. Ça viendra peut-être.

Peut-être pas.

Petit frère, en revanche, la hait toujours.

Être déchirée entre deux choix de vie : ce n'est pas ce qu'elle a écrit ?

Elle a explicitement souhaité mourir.

Sur un pont entre espoir et désespoir.

HURTIG
Institut médicolégal

Après avoir salué Holger Sandström sur le parking de l'institut médicolégal, Hurtig regagne sa voiture en pleine confusion. Il a du mal à admettre le fait que Holger n'ait jamais nommé Øystein lors de leurs dernières conversations, et encore plus de n'avoir lui-même jamais mentionné Simon.

Il reste un moment derrière le volant, sans démarrer.

C'est donc Øystein le frère de Vanja.

Holger lui a aussi raconté que Simon a pour nom Carlgren, que les Carlgren sont de vieux amis de la famille Sandström, et qu'ils se sont connus dans le petit village de Vitvattnet, au Jämtland. Les parents de Simon habitent désormais toute l'année dans leur maison de Vitvattnet. Holger ne savait pas qu'Øystein hébergeait Simon, ni où il était passé.

Hurtig passe quatre coups de téléphone.

Le premier à un numéro enregistré au nom d'Øystein Sandström.

Mais il n'est plus en service.

Puis il appelle Åhlund et lui demande de s'informer sur le lieu de résidence d'Øystein avant de lancer un avis de recherche. Et de veiller à ce que quelqu'un annonce sa mort aux parents de Simon. Une famille qui va bientôt vivre le pire cauchemar de tout parent.

Ce qu'il y a de contre nature à survivre à son enfant.

Le troisième appel est adressé à Emilia Svensson, qu'il charge de se rendre avec une équipe du labo dans l'appartement de Folkungagatan.

Le quatrième et dernier appel va à Isaak et concerne Ingo.

Hurtig doit annoncer à Isaak qu'Ingmar Gustafson a été assassiné, que son ami ne s'est pas suicidé. Il traîne les pieds, mais autant le faire sans tarder.

Isaak semble content quand il décroche : il sort d'un rendez-vous au KB, le bar des artistes de Smålandsgatan.

Hurtig se demande s'il ne va pas malgré tout attendre pour lui annoncer la nouvelle, mais il passerait alors la journée sur des charbons ardents, et il a besoin de se concentrer sur autre chose.

Sur Øystein.

"J'ai quelque chose à te dire au sujet d'Ingo."

Quand il a fini, silence au bout du fil. Je t'en prie, ne pleure pas, pense-t-il.

Isaak ne pleure pas, mais sa voix tremble. "Je n'ai pas eu le temps de me faire à l'idée qu'il s'est suicidé. Mais comment peut-on être sûr qu'on l'a assassiné ?

— Je ne peux pas entrer dans les détails, et tu dois me promettre de n'en parler à personne pour le moment."

Isaak se tait à nouveau. "Non, non. Promis, dit-il au bout d'un moment. Mais je trouvais ça bizarre. Ingo n'était pas le genre à se suicider. Il aimait la vie. Il..."

À présent, il pleure.

"Oui ?

— Il aimait rester couché sur la plage à écouter sur ses bras le craquement de l'eau de mer qui sèche."

Difficile d'ajouter quoi que ce soit après ça.

AIMAN
Bibliothèque municipale

Elle fait tout le chemin à pied jusqu'à la bibliothèque municipale, en profitant du soleil déjà plus froid : d'ici quelques semaines, il va se transformer en soleil d'hiver et ne fera plus qu'éblouir.

Sa journée est un travail de Sisyphe : livraisons de la réserve principale, catalogage et indexation des mots-clés. De périodes de trois heures, intercalées d'un service d'accueil du public.

Une fois sur place, elle prépare une commande de livres pour le prêt à distance et, en plaçant les volumes sur le rayon des réservations, elle regarde les titres avec intérêt.

Quelques livres sur l'ancienne religion nordique, *La Nausée* de Sartre et une anthologie de Thomas De Quincey.

L'emprunteur se pointe à une heure et demie, c'est une copie conforme de son voisin.

Un peu plus de vingt ans, longs cheveux noirs et restes de kajal autour des yeux. Un jean noir déchiré, un tee-shirt avec le nom d'un groupe et un étroit blouson de cuir.

Aiman pose les livres sur le comptoir et les enregistre.

“Des titres intéressants. Je les ai tous lus, à part Thomas De Quincey.

— Vous lisez beaucoup ?

— Pas autant que le croient la plupart de nos usagers, répond-elle, consciente de l'idée fausse qui voudrait qu'elle et ses collègues aient lu les livres de la bibliothèque jusqu'au dernier.

— Alors je pense que vous devriez lire ça", dit-il en lui tendant De Quincey.

Aiman lui sourit, le remercie du conseil et promet de le lire sur-le-champ. S'ils se revoient, elle promet de lui dire ce qu'elle en pense.

Le jeune homme prend les autres livres en silence et s'en va.

Le volume qu'elle a entre les mains contient l'essai *De l'assassinat considéré comme un des beaux-arts*.

HURTIG
Quartier Vägaren

Il arrive à l'appartement de Folkungagatan juste après quatre heures, quelques minutes après les techniciens du labo. Un quart d'heure plus tard, Hurtig est installé sur le canapé du séjour, tandis qu'Emilia Svensson et ses collègues passent la cuisine au peigne fin.

Sur une chaise devant lui, quelques-unes de leurs trouvailles.

Un texte imprimé d'une trentaine de pages intitulé *Papa*, deux sachets de poudre blanche et un épais classeur de textes de chansons.

Il suppose que les sachets contiennent de la drogue et se concentre sur les textes.

Dès les deux premières pages, il comprend que Simon Carlgren aurait pu être écrivain.

Papa est un brûlot sur le père de Simon. Hurtig ressent de la gratitude pour le sien. Si ce qu'il lit est véridique, la violence physique et psychique que Vilhelm Carlgren a fait subir à sa famille est condamnable. Des actes qui pourraient lui valoir plusieurs années de prison.

Les textes du classeur sont différents. Là, il a l'air de ne s'agir que de violences qu'on s'inflige à soi-même, et il reconnaît plusieurs formulations des textes retrouvés dans l'estomac de la fille de Salem.

Sur un papier ligné, il lit : VIXI, écrit à la main. Un autre texte consiste en deux mots répétés une centaine de fois : "Va mourir."

Pas de point d'exclamation, juste un point, comme si c'était une pure constatation, sans affect.

Emilia Svensson entre dans la pièce. "On a trouvé ça dans la poubelle" dit-elle en lui tendant un papier froissé en boule.

Merci ! C'était gentil de m'aider à retrouver Béhémoth. Cordialement, votre voisine Aiman.

Il relit puis sort sur la coursive et lit A. CHERNIKOVA sur la porte voisine.

Il sonne plusieurs fois, mais personne ne vient ouvrir. Il regarde par la fenêtre : une cuisine, aussi bien rangée que chez Simon.

Absolument incroyable, pense-t-il en regagnant l'appartement.

Aiman et Simon. Les cassettes d'Aiman, et un jeune zélateur du suicide qui les a utilisées pour répandre son message avant de mourir. Se connaissaient-ils ?

Emilia Svensson revient dans la pièce en tenant une bande de gaze sanglante.

Hurtig en a vu une semblable voilà seulement deux jours. Sur la plage de Glimminge Plantering, à deux pas d'un homme mort.

"Pour quand pouvez-vous me faire une analyse préliminaire de ça ?" Il lui demande de prendre contact avec le commissaire Gullberg en Scanie pour comparer avec l'objet analogue retrouvé là-bas.

"Pour demain, répond-elle. Si je travaille ce soir."

Hurtig retourne aux textes de Simon.

Tout au bas de la pile, il trouve une feuille qui dépasse. C'est écrit avec une vieille machine à écrire.

Un désir de faire le mal pour le mal.

AIMAN
Quartier Vägaren

Pendant la nuit de dimanche à lundi elle a rêvé de Jens Hurtig, puis pensé à lui toute la matinée. Elle a toujours cru appartenir au groupe des asexuels cliniques, qui n'éprouvent aucun intérêt physique ou psychique pour des relations sexuelles, mais elle n'en est plus aussi sûre.

Le concept d'asexuel comprend des variantes, dont l'asexualité grise. C'est un entre-deux : la personne n'éprouve que très rarement une attraction sexuelle, mais elle existe malgré tout.

Jens Hurtig est-il en train de me transformer en grise ? songe-t-elle.

Beaucoup de personnes asexuelles portent un anneau noir au majeur droit, comme un symbole de leur orientation sexuelle, ou de leur absence d'orientation sexuelle, comme on voudra. Peut-être devrait-elle s'en procurer un, pour se rappeler qui elle est, et faire cesser ces étranges ruminations ? Comme pour jurer fidélité au célibat, se marier avec.

Son téléphone bipe. Un SMS d'Isaak qui lui propose de se voir. À sept heures. Au Roxy, place Nytorget.

Volontiers, répond-elle avec un smiley.

Après déjeuner, elle décide de travailler quelques heures sur les reliures miroirs. Elle a besoin de remettre les pieds sur terre, et puis elle veut tester une nouvelle idée.

Elle a déjà fabriqué l'ossature de l'écrin où seront rangés les livres. Elle la prend sur l'étagère. Puis elle va dans la chambre chercher un des cartons rangés sous le lit, celui qui contient ses souvenirs d'Union soviétique. Elle y trouve une petite montre de poche avec un joli cadran argenté. Son intention est de sertir la montre à l'intérieur du couvercle de l'écrin des livres.

Elle sait que le mécanisme de la montre est simple, car Micha l'a plusieurs fois ouverte devant elle pour lui montrer comment elle fonctionnait.

Il suffit de changer quelques composants, et le temps ira à l'envers.

C'est lié symboliquement aux livres, qui décrivent un monde inversé, *mundus inversus*, où le temps marche à rebours et où la logique est renversée en miroir.

Le lapin qu'Alice suit dans son terrier possède la même montre, et l'horloge qui fonctionne à l'envers doit symboliser le désir inconscient des adultes de retourner en enfance.

À cinq heures et demie, elle a terminé et repose l'écrin aux miroirs sur l'étagère.

Elle a façonné la montre elle-même, qui à présent tourne à l'envers, de sorte que le lecteur du livre, comme Alice, sera aspiré dans le terrier du lapin.

Elle se demande si Isaak comprendra la symbolique du retour en enfance, mais c'est à Jens Hurtig qu'elle pense avant de se mettre en route.

HURTIG
Quartier Kronoberg

Dans la journée du lundi, Emilia Svensson lui annonce que le sang retrouvé sur la gaze dans l'appartement de Simon est probablement le même que celui de la plage de Scanie.

Et qu'il appartient à Simon Carlgren.

En outre, ses empreintes digitales sont présentes sur les deux bouteilles de vin retrouvées sur la plage. Elle vérifie maintenant, en collaboration avec les techniciens de Scanie, si les empreintes digitales relevées sur l'amplificateur au pentagramme sont aussi sur les bouteilles. Elles pourraient dans ce cas appartenir à Øystein Sandström.

On frappe à la porte et Åhlund entre dans le bureau de Hurtig. Il remercie Emilia et raccroche. Åhlund s'assied en face de lui et l'informe que la seule adresse connue d'Øystein est une boîte postale à Hornstull.

“La même boîte que pour les cassettes ? demande Hurtig.

— Je ne sais pas, mais on peut le supposer. J'ai lancé un avis de recherche, on va tôt ou tard avoir Øystein.” Åhlund marque une pause avant de continuer. “Et Schwarz ?

— Soupçonné de faute professionnelle et suspendu de travail sur le terrain, en attente de l'enquête. Billing a mis le procureur sur le coup, ce qui signifie probablement que Schwarz est parti pour six mois de travail de bureau.

— Des policiers qui enquêtent sur des policiers." Åhlund rit et regarde Hurtig. "Peut-on leur faire confiance pour bien faire ? Objectivement, je veux dire."

Hurtig se tortille sur son siège. Il trouve lui aussi très curieux que des collègues enquêtent sur des collègues mais, pour le coup, il est convaincu que Schwarz n'a pas commis la moindre erreur.

La mort de Simon est un suicide, et rien d'autre.

"La section recherches a mis le local sous surveillance, dit Åhlund. Maintenant qu'on sait de quelle boîte postale il s'agit, j'ai préparé un film qui montre tous ceux qui y sont passés."

Åhlund emprunte l'ordinateur de Hurtig, se logue sur son bureau et ouvre un dossier intitulé Box 222.

Il y a dix-huit visites enregistrées. Åhlund lance la lecture. Le local est filmé d'en haut, sur le côté. La première séquence date de six mois. Une porte s'ouvre en bas de l'écran, et Simon Carlgren entre. Il regarde autour de lui, comme pour s'assurer qu'il est bien seul, puis s'approche de la boîte et l'ouvre. Il ramasse quelques lettres, referme et s'en va. La séquence suivante, deux semaines plus tard, est presque identique. Simon récupère de nouvelles lettres, mais aussi un petit paquet.

Le troisième film de la caméra de surveillance montre Simon en compagnie d'un jeune homme, et Hurtig demande à Åhlund d'arrêter.

"Celui-là, c'est peut-être Øystein. Tu peux avancer image par image ?"

Åhlund s'exécute et, après quelques images, le visage du jeune homme inconnu apparaît. L'image est parfaitement nette et Hurtig le reconnaît aussitôt.

“Putain ! s’exclame-t-il. C’est le type des toilettes de La Troisième Voie.”

L’homme qui dealait de la dope à une gamine et que Hurtig avait traité sans ménagement dans les toilettes était donc Øystein Sandström.

Åhlund est interloqué et Hurtig lui raconte sa rencontre avec Øystein, omettant cependant de mentionner qu’il l’a, en plus, frappé au visage.

“Et ce salaud m’a même parlé de cette boîte postale. Sa propre boîte postale.”

Hurtig songe à ce qui se serait passé s’il avait arrêté Øystein pour trafic de stupéfiants et l’avait conduit au poste. Simon serait peut-être encore en vie, ainsi que le major à la retraite Ljung, d’Ängelholm.

Åhlund relance le film. Simon ouvre la boîte et, en la voyant vide, se retourne pour dire quelque chose à Øystein. Ils ont l’air en désaccord, et quittent les lieux en gesticulant.

Les séquences suivantes ne sont pas différentes. Simon ou Øystein, chacun de son côté ou parfois ensemble, viennent ouvrir la boîte. La trouvent vide ou y relèvent quelques lettres ou de petits paquets.

En revanche, l’avant-dernier film est différent, et pour cette raison le plus intéressant.

La séquence date d’hier, il y a moins de vingt-quatre heures. La caméra capture un homme vêtu d’un costume, qui tient devant lui un journal de façon à toujours cacher son visage. Mais il ne fait aucun doute que c’est la même boîte qu’il ouvre. Il y prend une enveloppe, puis quitte les lieux en hâte. Le tout prend moins de quinze secondes.

“Putain, qui c’est ? lâche Hurtig, avant de demander à Åhlund de repasser la séquence.

— Quelqu’un qui sait que le local est sous surveillance.

— Tu peux trouver d'autres films de caméras de vidéosurveillance des environs ? Distributeurs de billets, métro, etc. ?

— Absolument. Je m'en occupe tout de suite", répond Åhlund en lançant le dernier film.

Il date aussi d'hier. Øystein ouvre la porte, va ouvrir la boîte. Il prend une lettre qu'il glisse dans sa poche, puis se retourne et regarde droit vers la caméra.

Hurtig sursaute, comme s'il avait été vu.

Trente longues secondes durant, Øystein fixe l'objectif d'un regard méprisant, avant de lui faire un doigt d'honneur et de quitter les lieux.

"Il sait que nous le voyons, constate Hurtig. Et ce n'est pas bon."

Åhlund se délogue et part en promettant de revenir au plus vite avec d'autres films.

Son mobile vibre. Un SMS d'Isaak. *Dîner au Roxy ce soir ?*

Hurtig dit qu'il n'aura pas le temps, mais propose une bière au Movitz un peu plus tard.

La réponse arrive aussitôt : *OK.*

À nouveau seul, Hurtig prend le CD compilé par Emilia Svensson, le glisse dans le lecteur de son ordinateur et appuie sur play.

Il veut comprendre la philosophie de Simon et d'Øystein, et lit les textes, tout en écoutant le vacarme lancinant que psalmodie Hunger. La piste s'appelle *Abécédaire des accusés.*

La chanson a été enregistrée pour une fille qui s'est noyée dans une cale sèche inondée du port de Trelleborg. Elle s'appelait Amanda.

Hunger chuchote, presque inaudible. Hurtig suit, le texte sous les yeux :

Amanda.

Bosse.
Carita.
David.
Estelle.
Fredrik.
Goran.
Hjalmar.
Ingrid.
Jens.
Kristoffer.
Laila.
Maria.
Ninni.
Olinda.
Pernilla.
Quinn.
Rakel.
Simon.
Toril.
Unni.
Vanja.
William.
Xavier.
Yuseff.
Zuzannz.
Åke.
Älva.
Øystein.

Il reconnaît quelques prénoms dans la liste, dont Vanja, Simon et Øystein, ainsi que les victimes de suicides Carita, David et Maria.

Voir le nom de Vanja lui donne un haut-le-cœur.

On ne peut pas choisir des candidats au suicide selon l'alphabet, cette chanson n'est sûrement qu'un jeu. Mais il se demande aussi pourquoi Simon et Øystein l'ont enregistrée spécialement pour cette jeune fille-là.

Les dernières notes s'estompent et Hunger rit d'un rire franc et innocent. Comme s'il venait d'écouter une blague.

Le téléphone interne sonne, et la réceptionniste l'avertit :

"J'ai ici Edith et Paul Hjorth qui disent qu'ils veulent vous voir. Je leur dis de revenir après avoir convenu d'un rendez-vous ?

— Non, envoyez-les-moi."

En attendant cette visite inattendue, il va à la kitchenette se servir un grand café. Il suppose qu'il s'agit de Vanja : de retour dans son bureau, il cache le classeur contenant les textes de Hunger dans un tiroir, pour ne pas qu'ils le voient.

Tandis qu'il sirote son café, il entend les portes de l'ascenseur s'ouvrir, des pas dans le couloir, puis voit apparaître le visage rougi de larmes d'Edith dans l'embrasure de la porte.

Hurtig pose son café, se lève et va à sa rencontre.

Si le visage d'Edith Hjorth est rougi de larmes, celui de Paul est bouffi d'alcool. L'odeur de vieille cuite se répand dans la pièce tandis qu'ils lui apprennent que Vanja a disparu depuis samedi soir et qu'ils sont à présent très inquiets.

Hurtig leur raconte que Vanja lui a téléphoné alors qu'elle se rendait chez Simon Carlgren.

"Qui c'est ? Je ne connais pas ce nom." Le ton de Paul est passablement agressif.

"Nous pensons que Simon et un camarade à lui jouent un rôle central dans la vague de suicides. Vanja a dit qu'elle attendait une cassette, mais voulait tout laisser tomber. Je pense que vous comprenez ce que cela signifie ?"

Edith semble soulagée. "Qu'elle ne veut pas se suicider.

— Exactement. Ce qui bien sûr est très positif."

Hurtig leur raconte alors ce samedi soir, la mort de Simon, Vanja qui n'est pas venue.

"Nous allons évidemment tout de suite lancer un avis de recherche pour la retrouver. Mais je voudrais d'abord vous poser quelques questions, et il est capital que vous ne me cachiez rien."

Paul et Edith échangent un regard puis hochent la tête.

"Dans la soirée, après l'enterrement, commence-t-il en se tournant vers Paul, tu m'as dit que Holger était le père biologique de Vanja."

Paul semble interloqué et Edith lui lance un regard noir.

"J'ai dit ça ?" Il se passe la langue sur les lèvres.

"Donc c'est vrai ?"

Ils acquiescent et Hurtig continue. "Es-tu la mère biologique de Vanja ?" Il s'est tourné vers Edith.

"Non, répond-elle avec lassitude. Je ne peux pas avoir d'enfant.

— Savez-vous pourquoi Holger et sa femme l'ont donnée à adopter ?

— La mère de Vanja avait des problèmes psychiques, dit Edith. Mais le pire, c'est que Vanja avait un grand frère qui a failli la tuer quand elle était bébé."

Son ventre se serre. "Qu'est devenu ce frère ?

— Nous ne savons pas…" Edith se tourne vers Paul, qui confirme.

"Alors je peux vous dire qu'il s'appelle Øystein, et c'est le camarade de Simon. Disparu lui aussi. Recherché depuis ce matin."

Silence. Hurtig voit Paul serrer les poings et son regard changer : du désespoir.

Haine et désespoir.

“Quelle priorité donnez-vous à ça? siffle Paul, et Hurtig a l’impression que sa haine est dirigée contre lui.

— Priorité maximale.

— Et qu’est-ce que tu fais ici, alors? Tu ne devrais pas être dehors en train de chercher?

— Nous avons d’autres gens pour ça, plus doués que moi. Et puis je m’occupe d’une enquête criminelle. Trois meurtres, pour être précis.”

Auxquels Øystein est peut-être mêlé, pense Hurtig, en passant cela sous silence. En revanche, il promet de mettre tout en œuvre pour retrouver Vanja.

Ils parlent encore une demi-heure. Il pose les questions nécessaires, suit la procédure standard en cas de disparition. Quand ils se quittent, Paul s’est un peu calmé, mais Hurtig a du mal à oublier le regard haineux qu’il lui a lancé.

Hurtig lance l’avis de recherche de Vanja Hjorth avant d’aller voir où Åhlund en est avec les caméras de vidéosurveillance du quartier autour de l’agence postale.

“J’ai fini, mais j’ai vu que tu avais de la visite et je ne voulais pas déranger.

— C’étaient les parents de Vanja Hjorth. Elle a disparu depuis samedi soir. Tu as trouvé quelque chose sur les films?”

Åhlund le regarde en secouant la tête. “Tu vas être déçu, j’en ai peur. La personne qui se cachait le visage n’a malheureusement été prise par aucune autre caméra.”

Il lance un des films.

“On n’est pas à Londres, ici. Il y a des trous dans le filet. Cette personne a peut-être juste eu de la chance, ou elle savait où étaient placées les caméras.”

Le film montre une rue complètement déserte, à quelques portes de l’agence postale.

Une voiture garée. Une BMW argentée.

“Merde alors! s’exclame Hurtig. C’est la voiture de Holger Sandström.”

ISAAK
Zone industrielle de Västberga

Sur le plan créatif, la journée a été bonne à tous égards. Elle a commencé par une promenade dans la zone industrielle. Le temps était clair et ensoleillé quand il est sorti. Il faisait froid et il y avait nettement de l'hiver dans l'air.

Après une heure parmi les usines désertes, il se sent comme rené. Il regarde sur son appareil les photos qu'il a prises. D'abord une fenêtre cassée, puis une cheminée effondrée et plusieurs images montrant la nature reprenant ses droits sur un lieu rendu artificiel par l'homme. De hautes herbes devant des fenêtres de bureau, des plantes fendant l'asphalte et une branche d'arbre crevant une toiture.

Le tout baigné par un doux soleil de novembre qui confère à cette décrépitude une beauté à couper le souffle.

Tout ce qui est matériel possède une vie intérieure. Quand on l'abandonne à son sort, une beauté nouvelle et intacte en émane. Il songe à Aiman et à sa lésion à l'œil qui ne la rend que plus belle.

Isaak pose son appareil photo et sort son carnet de croquis.

Son idée est inspirée par la philosophie du mouvement japonais Gutai sur la beauté qui naît des ruines et de la destruction. Il a lui-même déjà mis en pratique ces idées. Voilà quelques années, il a enterré pendant huit mois une toile blanche sous un tas de compost, obtenant une abstraction ressemblant à un paysage avec déserts, fleuves et forêts, et où les trous rongés par les rats ressemblaient à des cratères.

Cette toile était-elle en décomposition, ou en train de prendre vie comme objet d'art ?

Il veut que sa prochaine œuvre soit à la fois peinture et sculpture.

Une œuvre publique réalisée selon plusieurs techniques. Un art *in situ*, décloisonné, hybride.

Il allume la radio. Il travaille mieux dans le bruit.

Il remplit une casserole d'eau et allume la plaque. Il attend qu'elle atteigne soixante-cinq degrés et que la colle d'os commence à fondre. Il ne sait pas ce que sent un cadavre en décomposition, mais suppose que c'est à peu près ça, et il a du mal à s'habituer à la puanteur qui émane de la casserole.

Il enduit une toile avec la pâte d'os chaude, passe un fond blanc sur quelques autres toiles déjà encollées puis prend une plaque de marbre.

Quand il a écrasé le pigment au pilon de verre sur la surface de la pierre, il mélange avec un peu d'huile de lin.

Une fois obtenue une pâte régulière, il la racle dans un bocal en verre et y ajoute de l'eau.

L'huile et l'eau se mélangent mal. Il faut une émulsion pour que la couleur prenne. Il ouvre le réfrigérateur. Il utilise d'habitude des œufs ou du lait, mais a aussi expérimenté d'autres matières comme le savon ou la mayonnaise. Il saisit un bocal contenant une émulsion d'une belle nuance rouille.

Isaak travaille toute la journée. Peint le fond de tableaux en cours, construit peu à peu le motif par contraste entre ombre et lumière, avant de les mettre de côté et de s'occuper de la dernière couche d'une toile qu'il va bientôt montrer à Jens. Le temps s'envole et il est déjà six heures quand il pose son pinceau et appelle un taxi.

AIMAN
Roxy

Après avoir fait halte la semaine dernière sur Saint-Pétersbourg puis traversé la Baltique, la neige s'abat à présent sur un Södermalm gris.

Aiman entre au Roxy et brosse la neige de son manteau. Elle porte son voile jaune vif pour la première fois depuis qu'elle est tombée enceinte, et ça lui fait du bien.

C'est le signe qu'elle est forte.

Isaak est assis à une table avec vue sur la place Nytorget. Il lui fait signe et elle le rejoint en marchant doucement pour ne pas glisser sur le sol boueux. Il se lève et l'embrasse.

Isaak demande des nouvelles de Vanja, Edith lui a téléphoné dans tous ses états. Aiman ne sait rien, elle n'a parlé à personne du Lys de la journée.

Ils se taisent un moment, tous deux inquiets pour Vanja. Aiman rompt alors le silence, elle parle du conseil de lecture qu'on lui a donné et demande à Isaak s'il a lu De Quincey.

Il ne connaît pas, mais il est tout ouïe.

"Tu as entendu parler des clubs, comment dire… des clubs d'amateurs de meurtres au XIXe siècle ?"

Isaak secoue la tête.

"Des hommes de la haute société de Londres qui se réunissaient pour discuter de la valeur esthétique des assassinats. On y étudiait le mode opératoire de l'assassin d'un pur point de vue artistique, laissant de côté toutes considérations morales pour se concentrer sur la seule habileté technique du meurtrier, sans y mêler le moindre jugement sur le bien et le mal."

La serveuse vient prendre leurs commandes. Isaak choisit un verre de rouge, Aiman se contente d'eau du robinet.

"On rejetait le meurtre comme acte, continue-t-elle quand ils sont à nouveau seuls. Mais on estimait pour le moins idiot de s'embarrasser de considérations morales quand le meurtre était déjà commis et que la victime ne souffrait plus. C'était risquer de se mettre des œillères et de s'aveugler en se trompant de cible. À l'inverse, un meurtrier avec des préoccupations morales est un mauvais meurtrier. Il suffit de voir Raskolnikov dans *Crime et Châtiment*. On peut toujours chercher plus mauvais.

— C'est un meurtrier raté parce que ce n'est pas un bon artiste. Il n'a aucun goût.

— Aucun goût ? rit Aiman.

— Non. En plus, c'est un débutant. Le meurtre de l'usurière est un cliché maladroit. D'une nullité sans fond.

— Qu'est-ce que le bon goût ? demande Aiman.

— Bonne question. On ne le sait pas avant de le voir. Le goût n'a pas d'étalon, et il change d'ailleurs selon la mode en vigueur." Isaak marque une pause et réfléchit.

"Par exemple, les massacres scolaires sont à la mode", reprend-il au bout d'un moment, et Aiman reconnaît ce sourire. C'est à présent l'artiste provocateur qui parle.

"Une forme d'art qui a percé voilà dix ans, avec Columbine. Je vois que tu trouves que je vais trop loin mais, d'une certaine façon, ceux qui ont fait ça étaient des artistes influents, d'authentiques pionniers."

D'authentiques pionniers ?

"Mes parents ont été assassinés par le dernier shah, dit Aiman. Et qualifier ces jeunes d'artistes pionniers, *ça*, c'est du mauvais goût.

— Tes parents ? Je suis désolé…

— Ah oui ? Mais tu laisses la morale de côté ? Moi aussi. Tu trouves que Mohammad Reza Pahlavi était un bon artiste ? Avait-il bon goût ? Est-ce artistique de faire disparaître des familles entières sans laisser de traces, de les exécuter sans procès et de les enterrer anonymement ?

— Je te demande vraiment pardon, s'excuse Isaak. Je suis allé trop loin."

À la fin du repas, elle sort de son sac l'étui aux miroirs. "Tiens. C'est fini, dit-elle en le posant sur la table.

— Mais c'est…" Il s'interrompt et ouvre l'étui. "C'est fantastique !"

Elle remonte la montre et, en voyant la trotteuse tourner à l'envers, il devient soudain grave. "J'ai fait quelque chose que je regrette, commence-t-il, et je me sentirais beaucoup mieux si cette montre à remonter le temps fonctionnait vraiment.

— Qu'est-ce qu'il s'est passé ?"

Il se tait, se penche en avant et croise les mains. "J'ai couché avec Edith. Elle est venue à l'atelier il y a deux semaines et… pardon, je ne trouve pas les mots."

De gros flocons blancs tombent à la fenêtre. Aiman aperçoit quelqu'un, de l'autre côté du trottoir. Elle se sent triste en songeant que cette ombre grelottante est peut-être un sans-abri qui les regarde avec envie bien au chaud à l'intérieur.

"Un désir ?" demande-t-elle.

Elle sait ce que veut dire le mot, sans en connaître la signification réelle. Elle sait juste qu'elle en est privée.

Quand l'ombre de l'autre côté de la fenêtre se retourne et s'éloigne, il lui semble reconnaître cette silhouette fuyante.

"Oui, c'est ça. Un désir. Ça devait être aussi simple que ça."

Edith et Isaak ? Ça la met mal à l'aise, et elle repense à la soirée après l'enterrement, quand Edith a dansé avec Isaak.

Secrets.

Puis elle songe à la façon dont elle est tombée enceinte. Son secret.

Et elle se demande ce que ce serait de baiser. De baiser quelqu'un et de se faire baiser.

"J'attends un enfant", lâche-t-elle. Elle explique alors à Isaak pourquoi elle n'a plus porté son voile jaune vif depuis ce soir du printemps dernier où son petit garçon a été conçu. Pourquoi elle porte depuis des vêtements amples pour camoufler ses kilos en trop aux cuisses et aux hanches.

Toutes les digues cèdent. Un flot de honte se déverse. Comme si elle pleurait pour la toute première fois.

Aiman ne sait pas ce que c'est de faire l'amour avec quelqu'un.

Mais elle sait ce que c'est de se faire violer.

Elle lui raconte tout.

Et tout ce qu'elle entend, sent et voit semble se dérouler en dehors d'elle.

La seule chose réelle, qui existe vraiment, c'est cet enfant dans son ventre.

"J'ai fait une échographie. C'est un garçon, en bonne santé.

— Tu as porté plainte ?

— Non, dit-elle d'un ton résolu. À quoi bon ?" Elle se frotte les yeux. Elle ne voit que des points noirs et des taches filandreuses, comme des petites mouches et des vers. Ils dansent devant ses yeux, avec en toile de fond la décoration rouge du Roxy Bar.

Elle a chaud, elle ôte son voile.

Isaak soupire. "Putain, ce que je déteste cette réponse. Tu dois porter plainte, tu comprends ça, non ? En allant à la police, tu peux les aider à l'arrêter. Tu es sûre que l'enfant est de lui ?"

Elle hoche la tête, tient la main consolante d'Isaak et regarde par la fenêtre.

"On ne peut plus sûre", répond-elle en songeant aux mains de son violeur.

Elles avaient déchiré son hijab, qu'elle avait recousu en rentrant chez elle, le soir même.

"Je ne veux pas savoir qui c'est. C'est pour ça que je n'ai pas porté plainte."

Isaak se penche vers elle. Une caresse chaude sur sa joue. C'est bon.

Elle sait qu'elle va s'en sortir. Elle va faire face à sa façon. Pour que son garçon ait une enfance heureuse, il ne doit jamais apprendre que son père est un violeur. C'est évident.

Isaak sèche ses larmes sur sa manche. C'est drôle, ses larmes la réconfortent. Mais c'est normal : tout est plus facile à deux.

Son ventre se serre soudain et Isaak la regarde avec inquiétude.

"Ça va ?

— Un petit malaise, dit-elle en se levant. Je crois qu'il vaut mieux que je rentre."

MÉLANCOLIE NOIRE
Roxy

Le sang sur mes bras n'a pas encore séché alors que, depuis le trottoir de Nytorget, je regarde Aiman, la voisine de Simon, par la fenêtre éclairée du restaurant Roxy.

Simon est mort. Il a pris un aller simple pour la Transylvanie. Je me souviens de notre première rencontre.

C'était à Vitvattnet. Son père était de là-haut et ils venaient comme nous d'y acheter une maison de vacances. Maman, Papa et les enfants alignés sur le pas de leur porte : j'ai reconnu dans sa famille le même christianisme répugnant que dans la mienne.

J'ai aussi reconnu ma honte et mon dégoût dans les yeux de Simon : une sorte de coup de foudre de la haine.

Je souris à mon reflet dans la fenêtre du restaurant. La légère chute de neige brouille la vue, mais pas d'erreur, c'est bien Aiman.

Le même corps, les mêmes mouvements doux.

Mais c'est son hijab brodé de fils d'argent qui me fait me souvenir.

Elle doit l'avoir réparé : je sais qu'il s'est déchiré quand je l'ai remonté sur son visage pour la violer.

Je n'ai ressenti alors aucun remords, et rien encore aujourd'hui. Ça s'est juste passé *comme ça*.

Et ce que j'ai fait à son chat, c'est la même chose.

Dans les deux cas, des agressions physiques dont la cause première est la perversité. C'est un des moteurs les plus originels de l'âme humaine. Un des instincts de base qui forment un caractère.

C'était peut-être une aspiration inconsciente à me faire souffrir moi-même, à me violenter moi-même. Un désir de faire le mal pour le mal.

Je voulais savoir ce que ça faisait de détruire. De changer tout le cours d'une vie.

J'ai proposé à Simon de le faire ensemble, mais il n'a pas osé.

C'est dans le parc de Humlegården que je l'ai aperçue. Son voile jaune vif brillait comme un phare dans la nuit, j'y ai vu un signe.

Je ne m'attendais pas à ce qu'il soit si simple de marquer quelqu'un à vie.

En quelques minutes, c'était fait.

ISAAK
Götgatan

Personne ne connaît personne, pense Isaak, resté seul à finir son vin.

Il ne connaît pas ses amis. Ni Edith ni Paul. Il ne connaissait pas non plus Ingo.

Et Aiman ?

Il est inquiet pour elle, que son malaise soit lié à son enfant.

Bordel. Aiman a quand même été violée. Pourquoi n'a-t-elle rien dit ? Honte du viol, ou honte d'avoir choisi de garder l'enfant ?

Jens est son meilleur ami, mais le dernier pourcent de confiance mutuelle manque, et Isaak sait que c'est sa faute : il n'est pas honnête avec lui-même.

Personne ne connaît personne. Je ne me connais même pas moi-même.

Il finit son vin, range l'étui aux miroirs dans son sac et quitte le Roxy.

Skånegatan devient Katarina Bangata, puis Götgatan, au niveau du métro Medborgarplatsen. Il regarde l'heure : il sera un peu en avance au Movitz.

En passant devant le théâtre Göta Lejon, il voit quelqu'un avec une cigarette de l'autre côté, devant le restaurant Gröne Jägaren. Quelqu'un qu'il connaît. Il traverse la rue.

Ils se saluent. Paul lui explique qu'il est à la recherche de Vanja.

"On a pisté le portable de Vanja : la dernière fois qu'elle l'a utilisé, c'était dans le coin."

Paul est entouré d'une odeur de poudre et d'acétone : il n'est sans doute pas conscient qu'à force de rechercher l'ivresse, l'agréable grisaille des brumes alcooliques du vendredi soir est devenue son lot quotidien.

AIMAN
Quartier Vägaren

Quand elle sort du Roxy, un champ noir voile son regard. Il se glisse par la gauche de son œil abîmé. La boule dans sa poitrine qui lui rappelait qu'elle était enceinte a disparu. Ce n'est pas bon signe, elle se dépêche de rentrer.

Skånegatan. Il neige de plus belle. Les lumières de la ville scintillent, tout ce blanc l'éblouit. Östgötagatan. Elle porte la main à son ventre.

La toute première fois qu'elle l'avait senti bouger, c'était comme si une nageoire de poisson lui chatouillait l'intérieur du ventre. À présent, il se tient tranquille : elle presse doucement son ventre pour le réveiller.

Et passent Åsögatan puis Kocksgatan. Mais pas de coup de pied. Pas le moindre petit mouvement.

Elle franchit le porche, et va dans la cour intérieure appeler Béhémoth. Devrait-elle faire venir une ambulance? Non, se dit-elle. Elle se tâte à nouveau le ventre. Il bouge.

Une douleur au bas-ventre. Elle sent une chaleur entre les jambes. La chaleur traverse sa culotte, coule le long de ses bas nylon et se refroidit sur ses chevilles.

Elle a le temps de sortir son mobile avant de s'effondrer dans l'herbe couverte de neige.

Le sang qui s'écoule d'elle et colore de rouge la neige vient d'un fœtus engendré par un violeur, mais aussi de cette vie qu'elle espérait.

Nouvelle.

HURTIG
Restaurant Movitz

Chute de neige silencieuse dans le ciel noir au-dessus de la vieille ville. Le caporal Movitz, personnage principal du *Temple de Bacchus* et de bien des *Épîtres* de Carl Michael Bellman (1740-1795), a donné son nom à un pub et à un restaurant dans la ruelle Tyska Brinken.

Hurtig lit le SMS de sa chef en congé Jeanette Kihlberg. Fortes chutes de neige en montagne, elle a hâte de rentrer. Il fait si mauvais qu'il est impossible de sortir.

Mais rentre, alors, écrit-il. *D'ailleurs, il a commencé à neiger ici aussi. Bises.*

Une autre figure des *Épîtres* de Bellman s'appelle Kihlberg. C'est un personnage tragique qui se retrouve à la rue après avoir fait faillite, puis sombre dans l'alcoolisme et s'enfonce dans une misère noire. Sa femme demande le divorce, en vain.

Hurtig songe à quel point Jeanette avait eu du mal à assumer sa séparation, après avoir retrouvé son ex-mari ivre mort dans un studio sordide de Högdalen.

Il entre dans le restaurant Movitz et aperçoit Isaak au bar, le nez dans un livre qu'il range dans son sac en voyant Hurtig.

Ils s'embrassent et bavardent un moment, jusqu'à ce que Hurtig ne puisse plus s'empêcher d'aborder les événements tragiques de la soirée de samedi.

Il commence par le début, Hunger et ses cassettes.

Isaak blêmit en apprenant la mort de Simon et en l'entendant parler d'Øystein Sandström, le fils de Holger.

"Tu connais Øystein ? demande Hurtig.

— Euh... non, je savais que Holger avait un fils, mais j'ignorais son nom.

— Nous avons mis sous surveillance une boîte postale utilisée par Hunger. Trois personnes sont venues l'ouvrir. Simon, Øystein et une autre personne qu'il n'a malheureusement pas encore été possible d'identifier. Mais au moment où cette personne se trouvait dans l'agence postale, la voiture de Holger était garée dans la même rue.

— Holger ? Tu veux dire qu'il...

— Est peut-être mêlé à tout ça, oui. D'ailleurs, d'où connais-tu Holger, et comment se fait-il que vous continuiez à vous voir ? Vous n'avez pas l'air de particulièrement bien vous entendre."

Depuis la fête à l'hôtel, Hurtig soupçonne que Holger le tient à sa merci.

Isaak boit une gorgée de bière. "Quand j'étais jeune et que je peinais à joindre les deux bouts, il m'a aidé. À l'époque, il était le seul à croire en moi. En tout cas, c'était l'impression que j'avais... Appelle ça comme tu veux. Une dette morale, peut-être.

— Que sais-tu sur ses affaires ?"

Isaak le regarde sans comprendre. "Ses affaires ? Rien, à part qu'il prête de l'argent. Il est radin. Il n'oublie jamais une couronne.

— Tu lui dois de l'argent ?

— Plus un centime à présent, mais Paul lui doit un paquet d'argent. Holger dit qu'il lui en prête pour l'aider, mais en réalité il prend un plaisir raffiné à l'enfoncer. Chaque billet que Holger a mis dans la main tendue de Paul a été un triomphe.

— Et sinon ? Qui *est* Holger Sandström ? J'ai besoin d'en savoir le plus possible à son sujet avant de lui parler en direct."

Isaak confirme une partie de ce que Hurtig sait déjà sur Holger, mais il apprend aussi que c'est une personne profondément religieuse qui, à plusieurs reprises ces dernières années, a tenté de convertir Isaak, tout comme Edith et Paul.

"À une certaine époque, Edith et Paul étaient même assez intéressés.

— Et Vanja ? Que penses-tu de la relation qu'entretient Holger avec elle ? À part le lien purement biologique, s'entend. Crois-tu qu'il ait pu l'enlever ?"

Isaak semble se sentir mal. Son regard papillonne. "Tu *crois* ça ?

— Je ne sais pas.

— Il y a quelque chose..., dit Isaak en passant la main dans ses longs cheveux. Depuis le meurtre sur la plage, et en particulier depuis que tu m'as dit qu'Ingo avait été assassiné, j'ai beaucoup pensé à Holger. Je veux dire, il connaissait Ingo et Fabian Modin, et je crois aussi Hans-Axel Ljung."

Cette idée avait effleuré Hurtig. "De quelle façon ?

— Je suis presque certain de les avoir rencontrés tous ensemble une fois. Il y a peut-être cinq ou six ans. Je suis tombé sur eux en ville.

— *Presque* sûr, seulement ?

— Oui, c'était quand même il y a longtemps. Mais je me souviens bien des visages."

Hurtig réfléchit. Holger est-il mêlé aux meurtres ? Ou bien est-il une victime potentielle ?

VANJA
Le studio

Quand Vanja se réveille, tout son corps lui fait mal. Elle est enveloppée dans une couverture qui gratte, couchée sur un matelas qui sent la poussière. Au-dessus d'elle, une lampe violente.

Elle se redresse sur son séant et se frotte les yeux. En face d'elle une table, à gauche une armoire murale et des rayonnages. Sur le mur opposé, une porte fermée. Dans un coin, quelques instruments. Une guitare, une basse et un pied de micro.

À côté, un ordinateur et une petite table de mixage. Plein de câbles soigneusement pendus à des crochets.

Que s'est-il passé ? se demande-t-elle.

Elle se rendait chez Simon et se souvient avoir téléphoné à Jens Hurtig.

Puis elle est tombée sur Øystein, qui a insisté pour lui offrir une bière chez Kelly's, puisque Simon était sorti faire une course.

Après, tout devient flou.

Se lever lui demande un effort, elle doit s'appuyer au coin de la table pour réussir à se mettre debout.

Au sol, un tapis persan qu'elle reconnaît. Un souvenir du temps d'avant. De son enfance, de sa vie sans notion du temps. C'est le même tapis que sur la photo que lui a donnée Edith.

Elle voit qu'il y a un papier sur la table. C'est son propre texte. Son requiem.

"Être déchirée entre deux choix de vie. Entre le Lys et Knivsöder."

Entre les lignes, quelqu'un a inséré des notes.

Un raclement et la porte s'ouvre.

Elle sursaute en voyant Øystein dans l'embrasure de la porte.

"Assieds-toi, lui ordonne-t-il avec un air de dégoût. Il faut qu'on parle."

Elle lui obéit, il referme la porte et va s'asseoir de l'autre côté de la table.

Ils se regardent en silence. Elle ne sait pas quoi dire mais, quelque part, elle commence à comprendre ce qu'elle fait ici avec lui.

Il a l'air stressé, ses lèvres sont tendues, son regard papillonne. Mais il y a aussi quelque chose dans son visage qu'elle remarque seulement maintenant.

Il ressemble à Holger. Un Holger malade, amaigri.

"Tu devrais être morte, finit-il par dire. Tu es un anachronisme. Ils ont raconté que tu étais morte, et te voilà."

Soudain, elle comprend. C'est son frère qu'elle a en face d'elle. Holger est son père.

Son vrai papa était là depuis le début, voilà pourquoi il venait si souvent. Ce n'était pas juste pour prêter de l'argent à Edith et Paul, comme elle l'a toujours cru. Il est venu dans sa chambre, elle est allée en vacances avec lui.

Holger voulait voir sa fille.

La voir, *elle*.

Elle regarde Øystein à la dérobée, en essayant de sourire, mais impossible. Une peur insidieuse envahit son corps, mais aussi un chatouillis dans la poitrine. Une sensation qu'elle n'a pas connue depuis longtemps.

Comme une plume qui chatouille la poitrine.

L'été de ses douze ans. L'île des Enfants, une nuit passée à la belle étoile.

Espoir. Liberté. Joie. Elle ne sait pas comment s'appelle ce sentiment, mais il est là.

"Petite, tu étais fragile, poursuit Øystein, et elle voit le regard las de Holger briller dans ses yeux. Si pâle, presque translucide. Tes poignets étaient comme des brindilles et ton crâne avait du jeu, comme prêt à se détacher."

Elle ne répond pas. Il prend le papier sur la table. Lit son texte, et un sourire se dessine sur ses lèvres. "C'est drôle. Tu es morte quand tu n'avais pas un an. Et pourtant tu as écrit ça." Il plie le papier et le fourre dans la poche de son blouson. "L'enregistrement est fini, je veux te le faire écouter."

Il la regarde. Elle songe au ciel étoilé au-dessus de l'île des Enfants, à du pain à la broche, des jambes nues dans un sac de couchage frais. L'odeur épicée des aiguilles de sapin qui brûlent.

Elle hoche la tête et il sort un walkman de sa poche.

Elle voit que c'est le sien.

Puis il se lève, passe derrière elle et lui met les écouteurs.

"Tu as détruit ma vie", lâche-t-il tandis qu'elle regarde ses mains.

Petites écorchures qui saignent et ongles sales. Un index maigre enclenche la cassette et un grésillement emplit ses oreilles.

Hunger.

HOLGER
Grev Turegatan

Le parfum de la garçonnière de Holger Sandström à Östermalm, mélange de savon, de cuir, d'after-shave de luxe et de poussière, va dans quelques heures jurer avec l'odeur ferreuse du sang et des fluides corporels.

Pendant ses derniers moments sur terre, Holger ne pense pas aux étés à Vitvattnet où il avait appris à ses enfants à pêcher à la mouche, ni aux heures passées à lire la Bible au chevet d'Øystein.

Malgré tout, des instants de complicité entre un père et son fils.

On frappe à la porte et le visage de Holger s'assombrit en se rappelant qui doit venir. Merde, pense-t-il.

Paul Hjorth, endetté jusqu'au cou auprès de la société Sandström AB, attend sur le palier.

L'horloge de la cuisine indique minuit. Vu l'heure tardive, il pensait que Paul ne viendrait plus.

Paul lui explique qu'il est à la recherche de Vanja. Avec Edith, il est allé aujourd'hui signaler sa disparition à la police, mais il n'arrive pas à rester à la maison à attendre sans rien faire.

"Quand même, c'est ta fille", ajoute-t-il, puis il demande à Holger s'il a quelque chose de buvable. Il a besoin d'amortir son atterrissage, ce n'est pas bon d'arrêter de boire d'un coup. Ça peut provoquer le delirium ou une cirrhose aiguë.

Holger songe à Vanja. La fille qui était déjà un problème à l'état de fœtus.

Qui, par sa seule existence, a rendu sa mère complètement folle, au point de tenter de se tuer sous un train avec son fils dans les bras.

Vanja, confiée à Paul et Edith après avoir failli être tuée par son frère.

"Pour cinq mille balles par mois, pendant quinze ans, j'ai acheté le droit de ne plus être appelé son père", dit Holger en allant ouvrir le bar.

Paul s'excuse puis dit qu'il ne refuserait pas si Holger lui servait un ou deux cognacs. Holger sait que chaque goutte de bon vieux Martell versée dans le verre tremblant de Paul lui rappelle le rapport de force en vigueur.

"À propos d'argent, commence alors Paul. Comme tu sais, c'est un peu juste en ce moment et…"

Holger cesse d'écouter à peu près là. Il se contente de hocher la tête de temps en temps pendant la tirade de Paul puis, quand c'est fini, demande de quelle somme il s'agit.

"Cinquante mille.

— Tu sais que je ne peux pas utiliser comme ça l'argent de la société, et mes fonds privés sont gelés pour le moment, mais je vais voir ce que je peux faire. Je t'appelle à la fin de la semaine. Mais n'espère pas trop."

Dix minutes à peine après avoir souhaité à Paul bonne chance dans sa recherche de Vanja, on frappe à nouveau à la porte. Holger, qui s'est redressé dans son fauteuil, jure en silence et maudit le jour où il a confié Vanja à Edith et Paul.

Ça ne lui a créé que des ennuis.

MÉLANCOLIE NOIRE
Grev Turegatan

J'ai tué des gens. Tué pour être vivant et qu'on se souvienne de moi.

Aux yeux de Holger, je n'ai jamais été autre chose qu'un raté.

Un bâtard.

Et moi je l'ai toujours considéré comme…

Aliona.

Bien sûr que tu peux m'emprunter un petit quelque chose si tu es à court d'argent de poche, mais ce qui m'inquiète c'est : à quel taux ? Celui de la banque ? Ou celui fixé entre nous ? Disons dix pour cent.

Quatrième étage. Je ne croise personne. Pas un bruit dans l'escalier.

La sonnette ne marche pas, je frappe donc à la porte en entrant dans le rôle. Ma performance, créée dans le train de Saltsjöbaden puis reprise à Strängnäs et en Scanie, va enfin être jouée sur la scène où tout a commencé.

Il a l'air contrarié de me voir. "Qu'est-ce que tu fais là ?" demande-t-il en ouvrant la porte.

Je ne réponds pas.

Je reste quelques instants à regarder autour de moi. L'entrée a un papier peint bleu et on aperçoit des géraniums derrière les rideaux de la cuisine. Au mur, la vieille trique en rotin.

"Après manger, vous viendrez tous les deux dans mon bureau, a-t-il dit en se levant de table. Apportez la Miséricorde qui est pendue dans l'entrée." Nous nous sommes regardés, mon frère et moi, et Maman nous a asséné son sempiternel proverbe norvégien : "Obéir et apprendre est le devoir de la jeunesse et il faut obéir à Dieu plutôt qu'aux hommes."

"Je suis venu avec les intérêts, dis-je en sortant la liasse de billets de la poche de mon blouson. Ça s'est bien passé ce mois-ci, mais ça ne suffit pas à amortir le prêt."

Il me regarde avec mépris, prend les billets et se met à les compter en me tournant le dos.

Papa est entré dans ma chambre en me tendant un paquet. "Nous n'avons pas l'habitude de fêter les anniversaires. Mais j'ai fait une exception. Ton frère a eu le même. J'espère que ça te plaira."

Il a tourné les talons. La porte refermée derrière lui, j'ai vite déchiré le papier et ouvert le carton. Un exemplaire relié plein cuir de Crime et Châtiment *de Dostoïevski.*

Et c'est à cet instant que je comprends à quel point je suis nul.

Je me suis cru génial, mais je n'ai fait que racler les fonds de tiroirs.

Vider les recoins de mon cerveau.

Maintenant.

Je sors la hache cachée sous mon blouson et je la lève à deux mains.

"Je te hais, Papa !" Je n'ai jamais été aussi sincère. "Je te hais !"

Alors, sans sentir ce que je fais, et presque sans effort, j'abats le dos de la hache sur sa tête. Le coup le touche au sommet du crâne, parmi ses cheveux gris et gras. Il pousse un cri étouffé et s'effondre, les deux mains levées au-dessus de la tête.

À genoux devant moi sur le sol de l'entrée, il me regarde avec des yeux étonnés. Bouche bée, ses lèvres bougeant comme s'il voulait dire quelque chose.

Je frappe à nouveau, de toutes mes forces, mais cette fois avec le tranchant de la lame.

Quelques secondes il ne se passe rien. Ses yeux sont toujours grands ouverts.

Puis, soudain, le sang jaillit de sa tête et il tombe en avant, sur le ventre.

En voyant le corps sans vie de mon père, pour la première fois de ma vie, je suis calme.

Je n'ai plus peur.

La bouche est à demi ouverte, c'est bizarre, je suis certain qu'à l'instant elle était fermée. Je suppose que c'est à cause d'un spasme ou d'un influx électrique.

"Papa ?" Je me penche sur lui. J'ai l'impression que ça clapote au fond de sa gorge, un peu comme le bruit des vagues à l'étrave d'une barque.

"Papa ?"

Rien. Mon père est mort. Je me relève.

Soudain on frappe à la porte et je recule de quelques pas dans l'appartement.

J'ai peur d'avoir une attaque, mais c'est juste hors de question. Si je m'effondre, la personne qui est dehors l'entendra sûrement.

On secoue la poignée, on frappe à nouveau, puis vient une voix connue : "Holger… Tu es là ?" Quelques instants de silence, suivis d'un raclement dans la boîte aux lettres.

Koch et Dimitri.

Trois doigts aux ongles vernis de rouge passent par la fente métallique.

“Holger ?” répète la voix. Je recule de deux pas.

Au bout d’un moment, j’entends la personne rebrousser chemin dans l’escalier.

Je me dépêche d’aller me laver à la salle de bains et je regarde mon visage dans le miroir au-dessus du lavabo.

J’ai l’air d’un diable et ce que je vois me plaît. J’ai enfin plongé aussi profond qu’il est possible.

Je suis en enfer.

HURTIG
Sibérie

Le commissaire de police remplaçant Jens Hurtig dort mal et se réveille en sueur. Il n'a aucune envie de se lever.

D'habitude, il a hâte d'aller travailler mais, aujourd'hui, il déteste ça.

Et il déteste aussi son chef de l'avoir persuadé de se charger des meurtres et des suicides. Mais, surtout, il déteste cette peur de perdre son travail. En quittant son lit, il se sent pieds et poings liés. Comme un serf, se dit-il en commençant à s'habiller.

Il saute le déjeuner et, en sortant, il trouve un avis de passage devant la porte. Il doit l'avoir manqué en rentrant hier soir. Isaak est parti du Movitz vers dix heures, mais il y est resté, lui, jusqu'à la fermeture.

Il suppose qu'il s'agit de la précieuse Atari Home Pong de 1975 et glisse l'avis dans sa poche.

En s'arrêtant pour prendre un café au 7- Eleven, il constate que la disparition de Vanja est devenue une affaire nationale. Tous les grands journaux en font leurs gros titres.

UNE FAMILLE DÉSESPÉRÉE. VANJA, 16 ANS, A DISPARU.

Les bénévoles de l'organisation Missing People sont à pied d'œuvre, et les réseaux sociaux pleins de commentaires. Mais pas la moindre trace de Vanja.

Il prend son téléphone et commence par appeler Edith, qui n'a rien de neuf. Une femme de la cellule de crise de la police est à ses côtés, et Paul est toujours en train de chercher en ville. Il a bien sûr passé la nuit dehors.

Il appelle ensuite Aiman, mais elle ne répond pas.

Hurtig prend son café et suit Bergsgatan en direction de l'hôtel de police.

AIMAN
Quartier Vägaren

Elle est en vie quand l'ambulance arrive.

Mais elle ne peut pas bouger. Incapable d'humecter ses yeux secs en clignant les paupières.

Allah akbar.

Deux secouristes se penchent sur elle, mais elle n'arrive pas à parler. Ne peut même pas d'un clignement d'œil montrer qu'elle comprend ce qui se passe, mais entend les deux hommes.

"Pas de pouls, dit l'un d'eux en cherchant quelque chose dans son sac.

— Je confirme… pas de pouls, dit l'autre en sortant un défibrillateur.

— Une fausse couche ?

— Je crois bien… Toujours pas de pouls. Adrénaline. Seringue."

Elle est hissée sur une civière.

La dernière énergie quitte son corps, la bougie est consumée, la mèche finit de brûler et, quand l'aiguille s'enfonce dans sa poitrine, elle a l'impression de se vider, comme si sa chair fondait en formant une flaque sous elle.

Aiman tombe lentement dans le terrier de lapin.

D'abord affluent les souvenirs de son enfance.

La cuisine de la maison de Téhéran, elle pleure assise par terre.

Aiman continue de tomber.

Minsk, 1982. Elle a douze ans, son oncle Micha regarde des cassettes vidéo de la gymnaste Olga Korbut. Micha a été blessé en service. Malgré son attelle au bras, il applaudit Aiman qui essaie d'imiter son idole. Pirouettes et ondulations. Le lino kazakh de Micha est le parquet du Forum de Montréal.

Elle s'enfonce.

Elle a quinze ans. Une compétition à Malmö et elle profite d'un moment sans surveillance pour quitter les vestiaires et sauter dans un bus pour Stockholm, puis continuer en train vers le nord. Elle descend dans une ville dont elle est incapable de prononcer le nom.

Elle a seize ans. Les services sociaux de Gävle lui ont donné un tuteur, qu'elle ne voit presque jamais. Elle vit dans un appartement au sud de la rivière, avec son nom à lui sur la porte.

Elle s'est toujours débrouillée seule.

Mais elle n'a jamais été seule, puisque Dieu était à ses côtés.

À présent, elle espère qu'Il ne l'a pas abandonnée.

Avant que le trou où elle tombe ne se transforme en noir compact, elle revient dans les steppes d'herbe sèche du Kazakhstan.

Elle est seule et c'est la nuit.

Un feu s'allume et, près du foyer, un garçon nu est assis en tailleur. Son visage rougeoie à la lueur des flammes.

C'est un shaitan, un djinn maléfique.

C'est Dima.

Son frère.

HURTIG
Quartier Kronoberg

La première chose qu'il apprend en arrivant au travail, c'est qu'Øystein Sandström est toujours introuvable et que les stups pensent qu'il a quitté la ville. Mais ils disent aussi qu'Øystein ne passe pas inaperçu, et qu'on finira tôt ou tard par le repérer.

Puis une enquêtrice du pôle financier l'appelle pour l'informer qu'une équipe a entrepris de contrôler les affaires de Holger. On le soupçonne de malversations financières, de falsifications comptables, et même peut-être d'abus de confiance.

Après avoir raccroché et être allé se servir une tasse de café, Hurtig décide qu'il est temps d'appeler Holger.

Ça commence à faire beaucoup pour un seul homme.

Holger est une connaissance ou un ami proche des trois victimes. Sa fille mais aussi son fils sont portés disparus. Øystein qui a essayé de tuer sa sœur quand ils étaient petits.

Qu'on ait trouvé la voiture de Holger garée devant l'agence de boîtes postales qu'utilisaient Simon et Øystein n'est probablement pas un hasard. Mais Hurtig ne croit pas que la personne qui cachait son visage derrière un journal soit Holger, car sa carrure était tout à fait différente. L'inconnu était plus grand et plus mince.

Après avoir, pendant une demi-heure, tenté sans succès de joindre Holger Sandström, il décide de se rendre à Bromma, là où il est domicilié. Mais il commence par téléphoner au commissaire Gullberg en Scanie.

“Simon Carlgren et Øystein Sandström se trouvaient à une fête, à quelques mètres seulement de la plage où s'est produit le meurtre, l'informe Gullberg. Nous avons enregistré une plainte contre Sandström pour violences et, même si aucun indice ne permet encore de le relier à la scène de crime, comme c'est le cas pour Carlgren, il se trouvait en tout cas à proximité immédiate.

— Que s'est-il passé à cette fête ?

— Simon et Øystein y ont fait du grabuge. Øystein a méchamment passé à tabac la victime avant de s'en aller vers sept heures du matin. Il y a de nombreux témoins. À ce moment-là, Simon était parti depuis plusieurs heures.”

Cela correspond à l'heure du crime, constate Hurtig en repensant au récit que Vanja lui a fait de cette soirée. “Simon est descendu à la plage en compagnie d'une jeune fille nommée Vanja, dit Hurtig. Ils ont bu deux bouteilles de vin, avant qu'elle le quitte quelques heures plus tard. C'est probablement ses empreintes qu'on retrouve sur les bouteilles.

— Donc vous ne pensez pas qu'ils soient mêlés au meurtre ?

— Non, je ne crois pas, répond Hurtig. Je les ai interrogés, et je les estime crédibles. Leurs récits concordent. Mais Øystein y est peut-être mêlé, nous avons lancé un avis de recherche.”

Comme ils raccrochent, Åhlund entre dans le bureau.

Il tient une enveloppe bulle, et à l'expression de son visage, Hurtig comprend que c'est un nouvel envoi. “C'est arrivé il y a tout juste dix minutes. Adressé directement à toi…”

Il pose la lettre sur la table. Le cœur de Hurtig s'emballe. "C'est encore posté à Stockholm, dit Åhlund. Mais regarde au dos."

Hurtig retourne l'enveloppe.

L'expéditeur : Hunger.

AIMAN
Hôpital Sud

Aiman Chernikova est ressortie du terrier de lapin. Sa prière contre les ténèbres a été entendue : elle est dans un lit de l'hôpital Sud.

Elle se sent étrangement vide. Creuse. Son enfant est né. Il est en couveuse, elle n'a pas encore pu le voir. Né au sixième mois, il ne survivra probablement pas.

Le docteur a dit que l'accouchement prématuré était lié à un problème d'utérus. La morphine l'aide à oublier le petit garçon sans défense qu'ils ont sorti d'elle.

Aiman ne sait pas combien de temps elle a dormi. Un médecin entre dans sa chambre et referme la porte derrière lui.

"Quand pourrai-je voir l'enfant? demande Aiman.

— Quand vous aurez la force de vous lever."

Il ajoute que c'est déjà un miracle, et qu'il en faudra un autre pour que le garçon apprenne à respirer seul. Elle sait qu'il y a une semaine seulement, elle aurait encore pu légalement avorter. Semaine vingt-deux : la mort. Semaine vingt-trois : la vie.

Il demande à examiner son œil de plus près.

Il lui explique qu'elle a été victime d'un décollement du corps vitré. Le corps vitré est une gelée qui permet la mise au point et la vision nette.

“Ce n’est pas grave, dit le médecin. Mais il faut vous habituer au désagrément.”

Son champ visuel est perturbé par des taches qui ressemblent à un grouillement d’insectes, de vers, à des filaments ou des amas de poussière. Elle n’y voit plus clair.

HURTIG
Bromma

Hurtig met de côté la cravate sanglante et la carte d'identité du major Ljung.

Les empreintes digitales sur l'enveloppe sont sûrement contaminées par les opérations de tri postal, tandis que l'intérieur est probablement d'une propreté aussi clinique que les autres fois, sans la moindre trace ADN. Avant que le labo n'analyse ces objets, ils vont les photographier, puis les envoyer à Gullberg. L'enquête sera répartie entre la Scanie et Stockholm. En ce moment même, le chef de Gullberg est en train de parler avec Billing, ce qui signifie pour Hurtig une charge de travail accrue.

Son intuition que les meurtres et les suicides étaient liés s'est avérée exacte.

Un jour, Jeanette Kihlberg a dit qu'elle travaillait selon une méthode holiste : en considérant le tout comme supérieur à la somme des parties. En prêtant attention au contexte.

Hunger communique par cassettes et paquets. Dans les deux cas, des messages de mort analogues. C'est un jeu, se dit-il.

Le domicile de Holger Sandström, Grönviksvägen, à Bromma, est une maison d'architecte en béton gris.

Partout ailleurs, ce bâtiment semblerait somptuaire mais, ici, il se fond dans la masse : c'est un des quartiers de Bromma où le revenu moyen est le plus élevé. Sans doute aussi, pour la même raison, le secteur où les scores des sociaux-démocrates aux élections sont les plus bas du pays.

Hurtig se gare et descend de voiture. Il pénètre sur le terrain protégé des regards par une haute haie.

Les stores sont baissés, le jardin mal entretenu. Tout semble abandonné. Il monte sonner à la porte de la maison. Une plaque de laiton annonce : HOLGER ET MARIT SANDSTRÖM. Personne ne venant lui ouvrir, il redescend et contourne la villa en suivant l'allée dallée.

Derrière, une véranda : il va regarder par les grandes baies vitrées.

Rien. Juste une pièce vide. Il va tâter la poignée de la porte de la véranda.

Ouverte.

Rien n'annonce la présence d'une alarme : pourquoi ne pas entrer ? Si le reste de la maison est aussi vide que le séjour, ce n'est peut-être pas étonnant que la porte soit ouverte. Il entre, ôte ses chaussures, qu'il laisse devant l'entrée, pour ne pas laisser de traces. Puis il continue dans la maison.

Un grand hall. Aussi dépouillé que le séjour.

Il sursaute quand son téléphone résonne dans le hall vide.

Et merde, pense-t-il en décrochant.

Isaak a l'air content. “Salut, c'est moi. Qu'est-ce que tu fais ?

— Je bosse”, répond Hurtig en continuant vers la cuisine. Contraste, se dit-il.

“Alors je serai bref… Je voudrais t'inviter à dîner ce soir. Je me dis qu'il serait temps de te montrer mon atelier, et puis je viens de finir ma dernière œuvre. Je voudrais que tu sois le premier à la voir."

Ils conviennent d'un rendez-vous vers huit heures à l'atelier d'Isaak dans la zone industrielle de Västberga, et ils raccrochent.

Contre les murs s'alignent quelques cartons de déménagement. Encore un signe que Holger va se défaire de cette maison. Il ne reste que la table de cuisine, où s'empilent un tas de papiers et une pile d'albums photo.

Il en feuillette un. Il contient des photos de famille : d'emblée, il est frappé par la ressemblance entre Marit, la femme de Holger, et Vanja.

Il découvre bientôt que plusieurs photos sont découpées, et comprend pourquoi. Øystein a été effacé de la famille.

Il tourne les pages et s'arrête sur une photo des époux Sandström. À la différence des autres images, celle-ci est découpée des deux côtés. La photo a l'air d'avoir été prise dans les montagnes du nord de la Suède. Hurtig voit que Holger et Marit tiennent chacun la main d'un enfant découpé. Il suppose qu'il s'agit d'Øystein et de Simon, ou peut-être d'un autre encore tombé en disgrâce.

Avant de partir, il fait un tour rapide de la maison.

Dans une des pièces, de larges bibliothèques béantes et vides sont fixées aux murs. Un grand rectangle sombre marque le parquet, plus clair sur les côtés : sans doute la trace d'un tapis.

L'étage supérieur est vide, pas un seul objet. En passant devant la salle de bains, il remarque quelque chose qui rompt avec la perfection blanche de toutes ces surfaces lisses.

On a poncé le cadre de la porte. Il allume le plafonnier, et regarde de plus près le montant en bois.

De petites encoches sont encore visibles.

En passant le doigt dessus, il se souvient que ses parents ont fait la même chose sur la porte des toilettes de leur maison de Kvikkjokk. Hurtig poussait si vite qu'on entendait craquer ses membres : à dix ans, il avait dépassé un mètre soixante.

Il ressort par le même chemin. Ferme la porte de la véranda et regagne sa voiture.

"Vous êtes intéressé ?"

Il se retourne et voit un homme d'un certain âge sur la pelouse de la maison voisine. Il tient un râteau. Depuis combien de temps l'observe-t-il ? Mais l'homme ne semble pas l'avoir vu entrer dans la maison.

"Peut-être, ment Hurtig. Que savez-vous des actuels propriétaires ?

— Ils restaient dans leur coin, sans fréquenter le voisinage. Je crois que Marit vivait ici toute seule et Holger de son côté en ville.

— Vivait ?

— Oui, Marit Sandström est décédée il y a six mois."

Quand Hurtig montre sa carte de police et explique ce qui l'amène au voisin des Sandström, le vieil homme reconnaît aussitôt avoir un peu observé ce qui se passait à côté, malgré l'épaisse haie et les persiennes baissées. Et puis, à une époque, Marit Sandström avait confié un certain nombre de choses à son épouse.

"Marit avait un abonnement à Beckomberga, ajoute-t-il en se remettant à ratisser les feuilles mortes. Et quand le service de psychiatrie a été fermé là-bas, elle est passée à Sankt Göran. À force d'être bourré d'antidépresseurs, son corps a fini par lâcher.

— Que savez-vous d'Øystein et de son enfance ?"

L'homme raconte ce qu'il a entendu dire, que Marit était originaire d'une petite île au large de Trondheim. "Ils ont envoyé Øystein quelque temps en Norvège, après ce qui s'était passé avec sa sœur. À l'adolescence, il a fait de mauvaises rencontres, et le bruit court qu'avec ses camarades il a mis le feu à son école. Qu'il était le pyromane de Bromma dont ont parlé les journaux."

De ce récit émergent les figures d'un père autoritaire et exigeant et d'un fils qui fait tout pour être à la hauteur de ses attentes. Mais Øystein a échoué, a fini par abandonner l'espoir d'être un bon fils, et a décidé d'être l'inverse.

"En cela, au moins, il a réussi, dit le voisin en insistant sur les mots.

— Comment ça?"

Le vieil homme soupire, s'appuie sur son râteau et secoue la tête. "Je veux dire qu'Øystein a fait ce que Marit aurait voulu faire pendant tout son mariage avec Holger. Øystein s'est rebellé, tout simplement. Même s'il l'a fait d'une façon qu'elle n'aurait sans doute pas choisie.

— Qu'a-t-il donc fait?

— D'après ce qu'on m'a dit, ça a culminé quand Øystein, en plein culte, est allé à l'autel uriner face à l'assemblée en récitant du Pär Lagerkvist."

Hurtig comprend de quel poème il s'agit. Il l'a entendu sur une des cassettes de Holger.

Le voisin lui apprend aussi qu'Øystein a vécu quelques années à Narvik, où une tragédie l'a frappé, ce qui l'a poussé à rentrer en Suède.

"La fiancée d'Øystein est morte dans un accident de voiture et, pour une raison ou pour une autre, il s'est senti coupable."

Hurtig remercie le vieil homme pour tous ces renseignements, avant de poser une dernière question. "Vous avez dit que Holger restait beaucoup en ville ces derniers temps. Savez-vous où?"

L'homme hoche la tête. "Oui, il a bien sûr sa garçonnière de Grev Turegatan."

Pendant le trajet vers Östermalm, Hurtig passe quelques coups de téléphone, et apprend que l'appartement est au nom d'une des entreprises de Holger Sandström.

Il se gare en face de l'adresse.

Devant le porche, une femme parle au téléphone. En s'approchant, il voit qu'elle pleure.

Quand elle l'aperçoit, elle coupe son téléphone et lui fait signe de s'arrêter. "Non, non... Vous ne pouvez pas... Il s'est passé quelque chose d'horrible, je ne dois laisser entrer personne avant l'arrivée de la police.

— Je suis policier. Que s'est-il passé ?"

La femme explique qu'elle fait le ménage une fois par semaine chez Holger.

Quand elle lui raconte ce qu'elle a trouvé en ouvrant la porte quinze minutes plus tôt, Hurtig comprend qu'elle va avoir besoin de la cellule de soutien psychologique.

VANJA
Le studio

Elle comprend qu'elle s'est trompée au sujet de Simon. Il n'a jamais été qu'un outil.

Un assistant. Un grouillot.

Le vrai Hunger est dans sa tête, et en même temps assis devant elle.

Elle voit qu'il est curieux de sa réaction.

Elle est contente de sa musique. Du morceau qu'elle lui avait commandé pour l'écouter en se suicidant.

Brouhaha d'une foule, quelqu'un crie, puis un choc de métal contre du métal. Un accident de voiture.

Un enfant qui pleure, avant qu'une guitare distordue ne lui emplisse la tête.

Øystein dit quelque chose. Elle n'entend pas, mais lit les mots sur ses lèvres.

"Tu es une erreur. Une fausse couche. Si tu étais morte comme tu le devais, tout aurait été différent."

La guitare cesse et un fracas aigu retentit dans les écouteurs.

Elle reconnaît ce bruit. Elle s'est endormie avec. Réveillée avec. L'a détesté et a écrit un poème dessus et, pendant le reste du morceau, elle ferme les yeux en écoutant ses propres mots.

Des mots qu'une seule personne hors de cette pièce connaît.

Aiman.

Le morceau fini, elle ôte les écouteurs et les pose sur la table.

“Tu as échappé à Holger, dit Øystein. Tu n’as pas eu à chanter des cantiques et à lire des livres que tu ne voulais pas lire. Sais-tu ce qu’a été mon enfance ?”

Elle secoue la tête.

“On me réveillait à six heures, je déjeunais puis je m’asseyais au bureau pour lire les livres qu’il avait sortis pour moi. De temps en temps, il se pointait pour vérifier que je ne faisais pas autre chose que lire, et je ne devais rien regarder d’autre que le texte. Il postillonnait tellement qu’il fallait s’essuyer du revers de la manche quand il était l’heure de filer à l’école. Puis, de retour à la maison, c’était la même chanson. Lire jusqu’au dîner, puis encore dans la chambre, assis au bureau, le nez dans un livre jusqu’à l’heure du coucher et de l’extinction des feux.”

Øystein allume une cigarette, puis lui tend le paquet. Elle a les mains qui tremblent quand elle allume la sienne.

“Parfois, je faisais semblant de lire, continue-t-il. Mais j’étais un mauvais comédien, incapable de bouger les yeux d’une façon crédible. Ils ont beau parler d’empathie et d’identification, tous les bons comédiens sont des psychopathes. On peut peut-être apprendre à devenir psychopathe.”

Elle inspire une profonde bouffée et regarde au fond de ses yeux sinistres.

“Les livres m’ont volé mon enfance”, dit-il avant de détourner le regard.

Comme s’il s’excusait.

IVO
Grev Turegatan

Un rubalise bleu et blanc de la police barre le porche. Le légiste Ivo Andrić doit montrer ses papiers pour qu'on le laisse entrer dans la cour intérieure.

Sur un mur, une plaque commémorative : ICI EST NÉ L'ÉCRIVAIN HJALMAR SÖDERBERG LE 2 JUILLET 1869.

C'est Billing qui l'a prévenu.

Un meurtre à la hache particulièrement brutal.

Comme s'il existait des meurtres à la hache qui ne le soient pas, pense Ivo en s'engageant dans l'escalier. Åhlund attend devant la porte ouverte de l'appartement, deux techniciens sont déjà sur place et, plus loin dans l'appartement il aperçoit Jens Hurtig, en pleine conversation téléphonique. Il a l'air dans tous ses états.

Åhlund s'écarte d'un pas pour laisser entrer Ivo. "J'espère que tu as sauté le petit-déjeuner aujourd'hui. Il faut avoir le ventre bien accroché."

Il entre et continue jusqu'à la porte du séjour.

De lourdes bibliothèques, un canapé de cuir brun sombre avec sa table basse à pieds sculptés.

"Comment va Hurtig? dit-il en se tournant vers Åhlund.

— Il parle avec Billing. On dirait que la direction veut que quelqu'un d'autre s'occupe de ça. Ne me demande pas pourquoi."

Le travail d'Ivo Andrić ne dépend pas de la personne en charge de l'enquête, mais il aime bien Jens Hurtig, tout comme il appréciait de travailler avec Jeanette Kihlberg. Ils sont directs, posent des questions pertinentes et ne s'attendent pas qu'il fasse leur travail à leur place. Il peut expliquer ce qui s'est passé, mais jamais pourquoi.

Le corps gît par terre. Contre le mur, une vieille horloge fait entendre son lourd tic-tac : tout respire l'appartement cossu d'Östermalm.

La tête est dans un sale état, mais Ivo reconnaît immédiatement Holger Sandström, le père d'Øystein, recherché par la police. La hache y est encore plantée, il y a du sang partout.

Ivo Andrić s'accroupit près du corps.

"Bon, je me casse, dit Hurtig. Billing veut quelqu'un d'autre sur ce coup-là."

Åhlund secoue la tête. "Et pourquoi ?

— La bureaucratie, répond Hurtig, découragé. Ils m'enlèvent l'enquête parce qu'ils l'estiment trop personnelle. Je connaissais Holger, et ça suffit à me disqualifier. Je suis en plus soupçonné de faute professionnelle pour ne pas avoir compris que Holger pouvait être la victime suivante et ne pas l'avoir mis sous protection."

On n'entend plus que le tic-tac de l'horloge de porcelaine au-dessus d'eux. Ivo Andrić fait un petit signe de tête à Hurtig avant de se repencher sur le corps.

La hache plantée dans le crâne de la victime est une hache à bois ordinaire et, vu la profondeur de l'entame, Ivo mesure la violence du coup.

Le meurtrier haïssait vraiment Holger Sandström.

HURTIG
Sibérie

Après avoir été mis sur la touche, Hurtig retourne furieux à l'hôtel de police mais, en entrant dans son bureau, il s'est suffisamment calmé pour décider malgré tout de se montrer serviable. Le nouvel enquêteur, probablement un des poulains de Billing, va très probablement avoir besoin d'assistance.

Hurtig envoie tout le dossier à Billing, en l'assurant qu'il est disponible vingt-quatre heures sur vingt-quatre pour son remplaçant. Puis il décide de rentrer se préparer avant sa soirée chez Isaak.

Il faut qu'il le mette au courant, pour Holger.

Hurtig roule vers chez lui à travers Vasastan, passe devant la petite boutique de quartier qui sert aussi de relais pour les colis, et se gare.

Il entre dans la boutique et sort de sa poche l'avis de passage tout froissé. Le propriétaire le salue en le reconnaissant.

Quand on lui demande un document d'identité, Jens est incapable de trouver son permis de conduire.

Quand l'ai-je utilisé pour la dernière fois ? se demande-t-il en cherchant à se souvenir. Il y a trois semaines ?

Il avait fait le plein en rentrant du boulot à la station-service de Roslagstull. Aurait-il laissé son permis de conduire là-bas ?

Le propriétaire lui dit que ça va et, deux minutes plus tard, Jens Hurtig est dans sa voiture avec le paquet à côté de lui.

Assez gros pour contenir une console Atari.

IVO
Grev Turegatan

Ce sera une longue journée pour Ivo Andrić.

Holger Sandström a été tué en deux coups, d'abord avec le dos de la hache, puis le tranchant. Ce dernier coup a touché la main au passage, sectionnant trois doigts. Le meurtrier a relativement bien fait le ménage derrière lui, mais ces doigts ont été retrouvés dans la poubelle, sous l'évier, ce qui peut traduire une certaine confusion.

Rien de très inhabituel, pense Ivo.

Dans l'après-midi, Emilia Svensson rejoint l'équipe technique et, vers sept heures, ils peuvent résumer la situation.

Les techniciens ont relevé quelques cheveux et des empreintes digitales qui ne sont pas celles de Holger Sandström. Ils peuvent par ailleurs conclure qu'il ne s'agit pas d'un crime crapuleux, car le ou les auteurs ont laissé tous les objets de valeur.

Dans le séjour, une grande peinture à l'huile est appuyée contre le mur. Sur son cadre, un Post-it avec le texte : POUR PAPA.

Peut-être un cadeau d'Øystein, pense Ivo et, presque aussitôt, il remarque un détail qui pourrait lui faire penser que c'est aussi lui qui a peint ce tableau.

Dans le coin supérieur, on lit VIXI griffonné en blanc. Le même mot que sur une des notes du journal de Maria

Alvengren et que sur le tee-shirt que Carita Hallgren portait lorsqu'elle s'est suicidée en écoutant la musique de Hunger.

C'est le portrait d'un homme. Au blanc de zinc, à l'oxyde de fer noir et avec de la fantaisie artistique, l'auteur a peint un visage inconnu pour Ivo Andrić, même s'il lui dit quelque chose.

La peinture est un patchwork de plusieurs visages réunis en un portrait unique. Le légiste ne sait pas si c'est par déformation professionnelle qu'il prête attention à ce genre de choses, mais la forme de la tête est décidément celle de Holger Sandström.

HURTIG
Sibérie

Jouer sur une Atari Home Pong de 1975 le fait se sentir trente ans plus jeune et, un bref instant, Jens Hurtig est transporté sur le canapé brun *seventies* de la maison familiale de Kvikkjokk.

Une heure plus tard, il éteint la console et se prépare à partir voir Isaak dans son atelier, à Västberga. Après une longue douche suivie d'un rasage, il se verse un petit verre de Captain Morgan et regagne, nu, le séjour. Il se rassoit dans le canapé pour siroter lentement le rhum noir aux vapeurs d'essence. Avec quelques heures de recul, il admet que Billing a bien fait de lui enlever l'enquête. Mais ça fait encore mal.

S'occuper de deux enquêtes en même temps, c'était trop. Il s'est laissé aveugler et a sous-estimé le risque que Holger puisse être une victime.

Il mérite sans doute d'être suspendu.

Il regarde l'heure. Sept heures et demie. Le taxi va arriver.

Il vide son verre, se lève et va dans la chambre finir de se préparer.

Dix minutes plus tard, il monte dans son taxi.

Il a commencé à neiger et, en voyant tomber des flocons gros comme une pièce de cinq couronnes, Hurtig sent arriver la première tempête de neige de l'année.

“Zone industrielle de Västberga”, dit-il, puis il prend son mobile pour prévenir Isaak qu’il arrive, mais son téléphone est mort : il jure en silence, furieux d’avoir une fois de plus oublié de le mettre à charger.

En traversant le pont de Liljeholm, Hurtig songe à l’homme tombé de l’avion.

Une histoire qui, d’une certaine façon, a marqué le début des événements de ces dernières semaines.

Un homme tombé du ciel. Comme le signe envoyé par quelque dieu malade.

Un ange déchu.

AIMAN
Hôpital Sud

Elle aimerait que quelqu'un éteigne ces maudits néons, mais la morphine l'a rendue si lasse qu'elle n'a pas la force d'appeler.

Elle continue de presser la poire à morphine. Ça fait du bien. Comme d'être dans une baignoire qu'on remplit d'eau chaude. Au bout d'un moment, elle se met à somnoler.

L'hôpital est calme et silencieux. Des grains de poussière et des reflets lumineux dansent dans l'air. Des voix étouffées, le froufrou des surchaussures dans le couloir et une radio dans la chambre d'en face.

La voix du présentateur du journal est douce et agréable.

"L'homme d'affaires et mécène Holger Sandström a été retrouvé cet après-midi assassiné dans son appartement d'Östermalm, à Stockholm. La police n'a pour le moment aucune…"

La radio s'est éteinte. Silence.

Aliona, pense-t-elle. Un usurier.

Des images intérieures où l'on voit des lettres former des mots, assemblés en phrases qui, mises bout à bout, constituent un récit. Page après page, reliées ensemble en un livre qu'on imprime et envoie de par le monde hanter les gens. Qui demeure, prend vie comme vérité ou expérience.

Des torrents de lettres qui papillonnent sur les murs de l'hôpital.

Des gens qui écrivent et des gens qui parlent.

Déjà vu.

Il n'y a pas de coïncidences, pas de rencontres fortuites.

Elle voit Vanja devant elle. Vanja qui préfère écrire plutôt que parler et, bientôt, Aiman voit un poème manuscrit que Vanja lui a montré une fois.

Mais elle ne voit pas ce qui est écrit.

IVO
Grev Turegatan

Il y a quelque chose dans les yeux, et même le nez, qu'Ivo Andrić a l'impression de reconnaître.

Vu à quelques mètres, le portrait prend sens : le regard intense, intelligent et la lèvre supérieure féminine, presque pointue lui semblent soudain presque familiers.

Il se souvient bien des visages, mais a souvent du mal à les remettre. C'est une frustration bénigne, qui n'est pas sans ressembler à celle que l'on ressent avant de s'apercevoir que la personne qu'on vient de saluer dans la rue n'est pas une connaissance rencontrée dans quelque fête, mais juste un présentateur de télévision.

Après quelques minutes, Ivo est certain que ce portrait a plus d'un seul modèle réel.

Il lui semble si familier que c'est forcément ça. Les yeux, se dit-il en sortant son téléphone.

Il cherche dans la galerie photo et ouvre le dossier FABIAN MODIN.

Les clichés ont beau être ceux d'un mort, les yeux sont bien ceux du tableau.

Il compare avec le cliché suivant.

Les yeux sont identiques.

Au moment où Ivo demande à Emilia Svensson de faire une photo du tableau, on frappe à la porte. Il va ouvrir.

C'est le remplaçant de Hurtig, le nouvel enquêteur principal.

Et c'est une tête bien connue.

HURTIG
Zone industrielle de Västberga

L'atelier d'Isaak occupe un vieux bâtiment industriel en briques rouges.

L'entrée est une immense porte de garage. Isaak est devant, en train de fumer, quand le taxi entre sur le parking. Il s'approche de la voiture, ouvre la portière arrière et paye le chauffeur malgré les protestations de Jens.

"Je gagne plus qu'un flic", rit-il, et ils s'embrassent avant qu'Isaak lui fasse visiter les lieux.

Hurtig s'arrête quelques mètres après l'entrée. Incroyable, pense-t-il.

La pièce est carrée, environ vingt mètres sur vingt, avec, au milieu, une table mise et deux fauteuils. Contre le mur, un bar et trois grandes étagères de livres et de vinyles. Il y a au moins cinq mètres sous plafond, et aucune fenêtre.

Isaak s'approche des rayonnages et commence à chercher dans les vinyles.

Un grésillement électrique, puis une guitare. Hurtig n'arrive pas à savoir où sont situés les haut-parleurs, mais le son vient d'en haut, ce qui lui fait lever la tête.

Six gros baffles pendent aux puissantes poutres métalliques transversales.

"Je sais que tu dis ne pas avoir d'oreille, lui lance Isaak. Mais ça, au moins, ça devrait te plaire.

— Qu'est-ce que c'est?" Hurtig écoute tout en se dirigeant vers les fauteuils.

"Lou Reed. *The Kids*, de son disque berlinois."

Hurtig s'assoit, ferme les yeux et écoute.

They're taking her children away.

"Tu veux boire quelque chose?" demande Isaak.

Hurtig dit oui et se laisse traverser par la musique. Il se sent calme, les revers de la journée semblent très loin. Voilà, c'est exactement là qu'il veut être.

Isaak pose deux verres sur la table, puis s'installe dans l'autre fauteuil.

Il boit une gorgée et soupire. "J'ai entendu, pour Holger, à la radio. C'est après ça qu'on t'a dessaisi de l'enquête?"

À la radio? Bonjour la confidentialité, pense Hurtig. "Oui, et c'est parce que je suis incompétent", répond-il : ça fait du bien de le dire tout haut.

They're taking her children away,
Because she said she was not a good mother.

La musique a changé de caractère. La batterie et la basse se sont ajoutées, la chanson devient plus agitée.

Isaak se cale au fond de son fauteuil et réfléchit. "Ça ne m'étonne pas tant que ça que quelqu'un ait fini par lui faire la peau." Il regarde gravement Hurtig. "Holger avait quelques relations d'affaires peu recommandables. Il avait l'habitude de dire qu'il pouvait parfois être dans son intérêt de ne pas savoir d'où venait l'argent.

— Des relations d'affaires peu recommandables? Tu penses à quelqu'un en particulier?"

Ils se regardent en silence, et Hurtig croit saisir quelque chose de nouveau dans les yeux d'Isaak. Ils semblent plus bleus. Plus clairs.

But my heart is overflowin' anyway. I'm just a tired man, non words to say.
But since she lost her daughter, it's her eyes that's filled with water.

IVO
Grev Turegatan

Le légiste Ivo Andrić est assis dans le séjour de Holger Sandström avec Åhlund, Emilia Svensson et la nouvelle enquêtrice principale. Ivo trouve Jeanette Kihlberg en forme, même s'il sait qu'elle sort d'un long congé pour surmenage et possible dépression.

"C'est bizarre, dit Jeanette. Je n'ai pas travaillé pendant dix mois et, pourtant, j'ai l'impression de n'être jamais partie.

— La force de l'habitude, glisse Ivo en posant sa casquette de baseball sur la table.

— Vous devez savoir que ce n'est pas facile de prendre la place de Jens, continue-t-elle. D'abord parce qu'il est autrement plus au courant de l'enquête que moi, et puis c'est mon ami, je n'aime pas le savoir sur la touche. Bien sûr, j'ai pris connaissance du dossier, mais j'aurais besoin d'éléments complémentaires."

Ivo se tait. Non par indifférence, mais parce qu'il n'aime pas les intrigues et les luttes intestines.

"Comme on dit, Hurtig a été affecté à d'autres tâches. J'ai essayé de le joindre, en vain, mais j'ai eu Schwarz qui sera bientôt là pour nous donner un coup de main. Je sais qu'il a été retiré du terrain, mais nous avons besoin de lui et je me fous de ce que dira Billing."

Ivo hoche la tête. Il retrouve pourquoi il appréciait travailler avec elle : c'est une bonne policière. Elle n'aime pas l'autorité et se fiche éperdument de piétiner les plates-bandes d'un supérieur.

Ivo a fini ses constatations, il faut maintenant que le corps soit transporté à l'institut médicolégal de Solna pour qu'il puisse continuer son travail.

Il se racle la gorge. "Alors voilà, commence-t-il en désignant le tableau appuyé au mur. Eu égard à la signature VIXI et au Post-it collé sur le cadre, on peut supposer que c'est Øystein, *alias* Hunger, qui a peint ce tableau, même si nous ne pouvons bien entendu pas en être certains à cent pour cent." Ivo regarde Jeanette pour s'assurer qu'elle suit et, de la tête, elle lui fait signe de continuer. "Quoi qu'il en soit, l'artiste a composé sa toile à partir de plusieurs visages. Il a utilisé les portraits de plusieurs personnes pour les amalgamer en un seul. On pourrait dire qu'il s'agit d'un collage, où la forme de la tête est celle de Holger Sandström et les yeux sont empruntés à Fabian Modin. Le nez est celui de Hans-Axel Ljung et la bouche celle d'Ingmar Gustafson."

Jeanette secoue mollement la tête, comme si elle avait mille questions, et Åhlund lui-même semble perplexe.

"Indéniablement, c'est bizarre", admet Emilia Svensson.

Ivo Andrić soulève le tableau et le retourne. Derrière, un texte vertical suit le bord supérieur droit de la toile.

Te souviens-tu quand tu étais petit et que tu pouvais entendre l'eau salée sécher sur ta peau ?

HURTIG
Zone industrielle de Västberga

And this is the place our children were conceived,
Candles lit the room brightly at night.

Hurtig a oublié son cocktail, mais à présent il lève son verre. Ils trinquent et il en boit une gorgée. C'est bon. Très bon, même.

Ils restent plusieurs minutes à écouter la musique sans rien dire mais, au bout d'un moment, Isaak rompt le silence.

"Peut-on jamais connaître une autre personne ? demande-t-il d'un ton que Hurtig trouve méprisant.

— Qu'est-ce que tu veux dire ?

— Comprendre les intentions des autres est difficile, car il faut commencer par rentrer en soi-même et faire l'examen de ses propres motivations cachées, avant d'espérer découvrir une thèse universelle. Tout le monde fonctionne pareil : il suffit de trouver l'élément réflexe, et on comprend tout."

La musique cesse. À nouveau le grésillement électrique.

"Je vais te raconter quelque chose, dit Isaak en vidant son verre. Une chose que je n'ai encore racontée à personne.

— Quoi donc ?

— Quand j'avais douze ans, j'ai vu mon petit frère tuer une enfant."

IVO
Grev Turegatan

Jeanette le regarde. Que pense-t-elle ? Elle semble dubitative.

L'ambiance est compacte, lourde des questions qui les unissent : un tâtonnement aveugle pour chercher à comprendre.

Jeanette demande à Ivo et à Emilia de se livrer à un examen plus approfondi du tableau, et les laisse seuls.

Emilia commence par observer la toile de près. Elle trouve bientôt des traces de cheveux dans la peinture.

“Leur structure différente me porte à penser qu'il y a les cheveux d'un homme et les poils d'un animal. Et l'artiste les a sans doute volontairement mélangés à la couleur.

— Ça a donc une signification symbolique”, constate Ivo, en songeant combien il est fréquent que les meurtriers gardent des souvenirs de leurs victimes.

Emilia recule de deux pas et plisse les yeux. “Tu vois ?

— Quoi ?

— Le dégradé.” Elle montre une tache dans le coin inférieur gauche.

Il semble à Ivo que l'artiste a étalé un vernis sombre sur la peinture à l'huile, puis l'a essuyé, en laissant la trace d'une nuance plus foncée.

Emilia sort dans l'entrée. Il l'entend chercher quelque chose dans sa mallette.

Elle revient, s'accroupit, ouvre un flacon et badigeonne précautionneusement la toile d'un liquide translucide.

"Fluorescéine, dit-elle. Ça réagit au sang. Ou plutôt au fer contenu dans l'hémoglobine."

Ivo hoche la tête. Il connaît. Quand on éclaire la fluorescéine aux ultraviolets, les éventuelles taches de sang ressortent en vert.

Elle pose le flacon, se lève et va éteindre au plafond.

Dans le noir, il l'entend chercher dans ses poches. Et trouver.

Elle allume alors la lampe à ultraviolets.

Il pousse un gémissement et elle lâche un soupir.

La pièce est éclairée d'une lueur verte.

Il s'approche de quelques pas et se penche pour regarder le tableau de plus près.

Tout en bas, dans le coin droit, l'artiste a apposé sa signature : Øystein Sandström n'est pas l'auteur.

HURTIG
Zone industrielle de Västberga

“La petite qui est morte était notre sœur, dit Isaak. Âgée d’à peine un an. Officiellement, c’était la mort subite du nourrisson, mais j’avais bien vu ce qui s’était passé. Après, Maman est tombée malade et a fait des allers-retours en hôpital psychiatrique. Pendant une permission, elle est allée avec mon frère se mettre devant un train. Mais elle a changé d’avis au dernier moment.

— Et tu n’as jamais dit à personne que tu as vu ce que ton petit frère a fait ?”

Isaak paraît interloqué. “Non, pourquoi en parler ? À qui cela aurait-il fait du bien ? À Maman ? À Papa ? À mon petit frère ? Non, il valait mieux que je me taise.”

Hurtig ne sait pas quoi dire, et ne lâche qu’une pauvre constatation : “Ça a dû être terrible…”

Isaak sourit. Puis secoue la tête. “Tu trouves peut-être que j’ai pris une décision immorale, que je suis une personne mauvaise pour avoir porté un faux témoignage. Je vais te dire ce que je pense de la morale et de la bonté. La morale n’existe pas, ce ne sont que les mots grandiloquents d’une âme vide et repue. Quant à la bonté, c’est juste la façon qu’a le faible de se défausser de ses échecs.”

Hurtig reste muet.

“C’était euphorique, continue Isaak avec emphase. Un fratricide. C’était biblique, on aurait dit Abel et Caïn, j'étais face à l'évolution, du pur darwinisme, le droit du fort sur le faible."

Les yeux d'Isaak semblent encore plus bleus. Plus fous.

Hurtig se tortille sur son siège. Rien ne se passe comme il l'attendait.

"Tu sais qui est mon frère. Tu l'as même rencontré", poursuit Isaak, et Hurtig tombe éperdument dans le gouffre abyssal de la confiance rompue.

IVO
Grev Turegatan

Dans le coin droit du tableau apparaît une signature en belles lettres de sang.

ISAAK SWÄRD.

"Cinq nuances de sang, dit Emilia. Peut-être ont-elles été peintes à différents moments et ont, pour cette raison, séché plus ou moins vite, mais il peut tout aussi bien s'agir du sang de cinq personnes différentes."

Ivo sort pour informer Jeanette de ce qu'ils ont trouvé sur la toile, mais elle est au téléphone, et il attend.

"C'est urgent, dit-elle. J'ai besoin de ces informations maintenant, et si tu ne me les fais pas parvenir dans les prochaines minutes, tu peux commencer à ranger tes affaires. Compris ?"

Elle raccroche et Ivo lui expose leur découverte.

Ce n'est pas Øystein qui a peint le tableau.

Le légiste ne comprend d'abord pas la réaction violente de Jeanette au nom de l'artiste, mais quand elle lui explique, tout s'éclaire.

"Isaak Svärd est le copain de Jens."

Jeanette appelle Åhlund et lui demande si quelqu'un sait où est passé Hurtig. Elle a essayé de le joindre, mais son téléphone est mort. Il n'y a qu'un répondeur, où elle lui a laissé un message l'invitant à la contacter au plus vite.

Mais personne ne sait où il est. Ivo voit que Jeanette est ébranlée.

“Il a dû rentrer chez lui, suggère Åhlund. J’appelle Schwarz pour qu’il aille vérifier. On va bientôt savoir où il est. En tout cas, où se trouve son téléphone.”

Dix minutes plus tard le mobile de Jeanette sonne. Elle répond, note et raccroche.

“Jens Hurtig a passé deux appels dans la soirée. Un à Isaak Swärd, puis un autre à Taxi Stockholm, qui nous confirme qu’ils l’ont conduit dans la zone industrielle de Västberga, juste après sept heures et demie. Une adresse près de Klätterhallen.”

Ce n’est qu’une fois dans la voiture que Jeanette demande pourquoi Ivo vient avec eux.

“Moi aussi, je suis l’ami de Jens”, dit-il.

HURTIG
Zone industrielle de Västberga

Hurtig sait qu'il devrait avoir peur. Comprend que ce qu'il s'apprête à faire est peut-être la chose la plus dangereuse de sa vie.

Faire comme si de rien n'était.

Il va jouer l'ignorance complète.

"Øystein est ton frère ?" dit-il en prenant l'air le plus surpris possible.

Isaak hoche la tête.

Rien n'est comme il faudrait, pense Hurtig. Il se sent vide.

Presque mort.

Mais pourquoi ? Quel mobile malsain ? Qu'ont fait ces gens-là à Isaak ?

"Et Holger est ton père ?" La question est rhétorique. Il a devant lui l'image de la hache dans le crâne de Holger.

Tout ce sang.

Isaak hoche à nouveau la tête.

"Tu t'appelles Swärd ?

— Le nom de jeune fille de Maman. Elle est d'une famille de soldats suédois, comme toi. Même si elle est née en Norvège.

— Pourquoi avoir changé de nom ?

— À cause de ce que Papa a fait à Maman, et parce qu'il nous a ensuite rejetés. Il a refusé de nous regarder comme ses fils. D'abord moi, puis Øystein."

Il se demande si Isaak a deviné son petit jeu, et regarde ses mains. Elles tremblent légèrement. De petites vibrations rapides.

"Je vais mourir", dit soudain Isaak.

VA MOURIR
Quatre ans plus tôt…

À l'instant de ma mort, j'ai vingt-cinq ans, je pèse soixante-douze kilos et mesure cent quatre-vingt-trois centimètres. En d'autres termes, un enfant bien formé, si ce n'est une croissance cellulaire incontrôlée qui détruit les tissus environnants.

J'ai un cancer. Une tumeur au cerveau inopérable. J'en ai pour cinq ans. Avec de la chance.

Au moment où la vie cesse, la lueur s'éteint dans mes yeux et je comprends que mon existence sera désormais dans les limbes, tandis que je suis confortablement assis dans un fauteuil en cuir en train d'écouter la voix d'un des meilleurs cancérologues du pays.

Si je n'ai pas de chance : trois ans peut-être dans ce no man's land sans avenir.

Vivre au jour le jour dans ce pays où l'engagement n'est qu'un crachat dans le vent.

"Désolé. Il n'y a rien à faire", annonce le cancérologue qui a sur le dos un demi-million de dettes pour rembourser ses études, mais aussi une famille qui l'attend dans sa belle villa de Värmdö.

La tumeur est maligne, et impossible à opérer.

"Nous pouvons bien sûr vous proposer une chimiothérapie, mais…

— Non merci.” Et je me lève en saluant l’un des cancérologues les plus impuissants du pays.

Deux semaines plus tôt… Ou était-ce trois ?

Une période chaotique.

Je maudis ces journées.

La vie est aussi infinie que l’art est éternel. Je rencontre Jens dans un bar, au cœur de Söder. Nos yeux parlent la même langue et nous discutons toute la soirée avant de continuer chez lui. Il me raconte sa vie, ce que c’est qu’être policier, qu’être un frère sans sœur, et nous parlons si longtemps qu’il doit le lendemain se mettre en congé maladie, et nous continuons à parler deux semaines durant jusqu’à ce que tombe le couperet.

Cancer.

C’est ce qui est écrit sur la note qu’il faut à présent payer. La facture qui doit arriver quand on a vécu le coup de foudre total.

Un peu plus tard.

Un mois, peut-être.

Ma mémoire me trahit. Ou peut-être le temps ne m’intéresse-t-il pas tout simplement.

Berlin.

Je suis assis avec Aiman sur un plaid, dans la douve en étoile de la citadelle de Spandau. La tour Julius se dresse derrière la forteresse Renaissance comme une cheminée géante. Je sais que les nazis y ont fabriqué du gaz neurotoxique pendant la guerre.

“Isaak était un prophète, dis-je. Dans le Coran, il se nomme Ishaq.” Je ris.

“Dans la Bible, Isaak est l’archétype du fils rejeté.

— Tu as l'air de t'y connaître en religion, observe Aiman. Tu crois en Dieu ?

— Lequel ?

— Comme tu veux.

— Je crois en l'Antéchrist, dis-je après un moment. C'est le seul prophète qui admet être faux. Tous les prophètes sont faux, puisque Dieu n'existe pas. Mais moi, j'existe pour de bon, parce que ce que je vais faire, ce sera pour de bon."

Je vais me servir de vraies personnes.

HURTIG
Zone industrielle de Västberga

“Un examen de routine. Le médecin m’a donné cinq ans. Quatre ont passé. On me donne encore au mieux un an, mais ça peut très bien n’être que six mois.”

Isaak déboutonne sa chemise. “Il paraît que les métastases auraient pu être empêchées si j’avais pris au sérieux les premiers symptômes. Ils auraient aussi bien pu me dire directement : tu n’as qu’à t’en prendre à toi-même.” Une dizaine de patchs sont collés sur son torse glabre. “Fentanyl. Ça apaise la douleur et me permettra de peindre jusqu’au bout.”

Isaak se lève et disparaît dans une partie plus sombre de l’atelier. Hurtig distingue des toiles dans la pénombre. Toutes retournées, le long du mur.

Sur un chariot, plusieurs vieilles boîtes de conserve pleines de pinceaux de différentes tailles. Quelques chiffons et un sac de bourre. En dessous, le sol est taché de peinture et de solvants.

Quand Isaak revient, il porte un grand tableau. “J’ai bien travaillé.

— Putain de…” Hurtig sent sa voix prête à craquer.

Cherche le chemin le plus court vers la sortie.

“Je suis particulièrement satisfait du portrait.”

Isaak va enlever le disque. Il appuie sur un bouton et les haut-parleurs se remettent à grésiller.

Une musique calme de piano. Si fausse que, même privé d'oreille, il l'entend.

Hurtig reconnaît la musique et, en entendant la voix, il sait ce que c'est.

Une cassette de Hunger.

Quand Isaak revient s'asseoir dans le fauteuil, il regarde froidement Hurtig. "Le 27 décembre. Cette date te dit quelque chose ?"

Peu importe qu'il ait fait semblant de ne rien savoir.

"Oui. C'est ma date de naissance", répond Hurtig en comprenant qu'il lui reste douze minutes et vingt-sept secondes à vivre.

AIMAN
Hôpital Sud

La morphine bloque le neurotransmetteur GABA qui inhibe les perceptions sensorielles. En réaction, le cerveau compense en libérant l'inconscient. Elle voit la poupée russe devant elle. L'enveloppe extérieure est une femme nommée Aiman Chernikova, sage bibliothécaire pratiquant la reliure.

Elle plonge de plus en plus profond en elle-même. Épluche la matriochka, couche après couche, et laisse libre cours à son inconscient.

Tout au fond, le bébé qu'elle trouve est son frère. Elle sait ce qu'elle a fait, mais cela appartient au passé et, bientôt, elle cesse de penser à elle-même.

Elle pense à Vanja. Commence à connaître Vanja qui lui ressemble et a commis les mêmes erreurs.

Vanja qui s'est tailladé les bras.

Vanja qui ne sait pas bien qui elle est et ce qu'elle fait sur terre. Vanja qui écrit sur ce que c'est d'être Vanja.

Aiman sait que Vanja considère comme charnière une période de sa vie. L'été de ses douze ans.

Les mots et les phrases reviennent à Aiman.

Vanja a écrit sur la douleur d'être "déchirée entre deux choix de vie".

Ou bien était-ce "entre deux mondes" ?

Vanja ne voulait plus vivre. La noirceur dans son cœur était en train de la ronger de l'intérieur.

Quelque part entre le Lys et Knivsöder, pense Aiman, et à présent elle croit savoir exactement où.

HURTIG
Zone industrielle de Västberga

Hurtig comprend qu'il s'est fait avoir par la plus vieille ruse du monde.

Accepter un verre.

"Qu'est-ce que tu m'as fait boire ?"

Isaak se cale au fond de son fauteuil. La voix de Hunger dans les haut-parleurs, comme une glossolalie gutturale.

"Ne t'inquiète pas, dit Isaak. Juste une forte dose de LSD. Bienvenue au pays des merveilles."

Il bluffe, pense Hurtig en tentant de se lever, mais son corps est comme cloué au fauteuil et, d'un coup, la drogue s'empare de lui.

C'est comme être assailli par un bourdonnement : le bruit d'un cerveau qui grille.

"Où est Vanja ? demande-t-il.

— Tu dois comprendre combien j'ai été choqué quand tu m'as appris qu'elle était en vie", répond Isaak.

Les mâchoires serrées, Hurtig regarde fixement la table mise, tout en entendant une porte s'ouvrir dans la partie obscure du local.

Le faisceau d'une lampe et deux personnes qui viennent vers lui. Pas de traits du visage, juste leurs silhouettes noires. Par l'ouverture de la porte, Hurtig aperçoit une pièce, avec un matelas et un tapis persan.

De l'autre côté de la table, le visage d'Isaak, ridé d'ombres.

Les silhouettes sombres s'éclairent à présent, et Hurtig reconnaît Vanja et Øystein.

Et il entend la voix d'Isaak.

Pierre après pierre, morceau par morceau.

"C'est quand Maman est morte que nous avons pris notre décision. Il était honteux que ceux qui lui avaient fait du mal lui survivent."

Des mots si explicites que l'ensemble perd tout sens.

"Donc tu n'es pas allé à Berlin ?

— Non, j'ai loué une chambre dans une pension, à Strängnäs, et je suis allé faire une promenade avec Ingo. Du côté de l'étang.

— Et c'est toi qui es allé voir la boîte postale à Hornstull ? C'était toi sur le film de vidéosurveillance.

— J'ai eu l'occasion de m'y faire conduire par Holger, je me doutais que l'agence était sous surveillance, je voulais lancer un rideau de fumée."

Hurtig comprend pourquoi Øystein lui a dit la vérité à propos de la boîte postale. Ils voulaient être vus, voulaient être démasqués et démontrer leur supériorité.

Narcissisme.

Hurtig regarde à nouveau le tableau. Et la signature.

"Que signifie VIXI ?

— VIXI égale 17. Six plus onze en chiffres romains. *Vixi* est aussi le latin pour "j'ai vécu". 17 est un nombre de mort. J'ai vécu, je suis donc déjà mort."

Psychopathie.

Si le puzzle était en vrac jusqu'alors, Hurtig a l'impression de pouvoir à présent classer les pièces et esquisser les contours d'un motif.

Machiavélisme.

Il voit que certaines pièces formeront l'eau ou le ciel, d'autres la forêt ou l'herbe.

L'image commence à apparaître.

Emilia Svensson avait raison. La Triade Obscure. Un grave trouble de la personnalité.

Isaak prépare un nouveau cocktail et tend le verre à Øystein. Ils se font un signe de tête et Øystein boit quelques grandes gorgées. Son visage est fermé.

"Je t'aime, Jens, lâche alors Isaak. Tu te souviens de ce que je t'ai dit, sur le ponton de Runmarö ?"

Hurtig écoute. Laisse les mots se graver en lui.

"Tu…, tente-t-il, sans parvenir à aller plus loin.

— J'ai cité *Faust* : « Et à cet instant, je dis : *Ô reste… Que tu es beau !* »"

Tous les petits détails cisèlent la vérité d'un raisonnement tordu.

Hurtig voit Øystein finir son verre. Isaak s'adresse à Vanja et à lui et leurs ombres s'amenuisent tandis qu'ils quittent le local.

Il respire lentement et, au début, il a l'impression que ça marche mais, en baissant les yeux, il voit sa poitrine se soulever et s'abaisser en mouvements courts et superficiels.

Du calme, pense-t-il. Du calme.

Il essaie d'ouvrir la bouche, mais elle reste solidement vissée dans le mutisme, mâchoires fermées et dents serrées.

À nouveau la voix d'Isaak qui, malgré tout, a curieusement un effet apaisant :

"Le philosophe romain Sénèque disait que le sage vit aussi longtemps qu'il le doit, et non aussi longtemps qu'il le peut. La question n'est pas de mourir tôt ou tard, mais de mourir bien ou mal."

Incapable de rien faire, il voit Isaak poser un révolver sur la table.

IVO
Zone industrielle de Västberga

La violente chute de neige réduit presque à néant la visibilité quand ils quittent Bergsgatan.

Au téléphone Jeanette Kihlberg demande des renforts.

La vitesse donne un peu la nausée à Ivo Andrić, qui regarde par la fenêtre. Toutes les lumières de Stockholm comme des points jaunes et rouges derrière un rideau blanc de neige fraîche. Le légiste est assis à l'arrière, Jeanette à côté d'Åhlund, qui conduit. Son inquiétude pour Hurtig se voit à son regard et à ses mouvements nerveux.

MÉLANCOLIE NOIRE
Zone industrielle de Västberga

Son séjour à l'hôpital n'a pas fait de bien à Maman, qui souffrait de dépression. Et comme toute sa vie, comme celle de Papa, tournait autour de Jésus, ils ont cru qu'elle était possédée par de mauvais esprits. Le père de Simon, Vilhelm, a prescrit de l'Aolept et de l'Hibernal, j'ai lu que ces médicaments agissaient sur le système nerveux, et tous ces traitements ne faisaient qu'empirer la confusion de Maman.

Le Vieux a été convaincu que la médecine classique ne pouvait rien pour elle, et ils ont fini par croire dur comme fer que sa maladie était de nature spirituelle. Et elle les a suppliés de chasser les démons qui vivaient en elle.

Le développement d'une pensée de l'intuition jusqu'à l'idée suit le même schéma qu'une religion.

D'abord une révélation. Une vision surgie de nulle part qui, initialement, paraît folle, insensée. Après un temps de repos, la pensée mûrit et, parfois, elle semble utopique. Peut-être révolutionnaire. Alors le moment est venu de persuader le monde qu'on a vu la lumière.

Ce n'est pas à la portée de n'importe qui.

Mais je vais quand même essayer de lui expliquer.

“Dans les années 1970, l'artiste Chris Burden s'est tiré une balle dans le bras, s'est fait clouer au toit d'une voiture et a fait voler un avion radiocommandé chargé de marijuana au-dessus de la frontière du Mexique. J'ai fait la même chose. De l'art pour de vrai. Je me suis servi de vraies personnes."

Je montre à Jens le carton où j'ai rassemblé tout ce que j'ai pris aux morts, mais je ne sais pas s'il comprend ce que je dis.

Je lui raconte mon premier séjour à Berlin. Ma rencontre avec le Vieux, il y a quatre ans. Comment j'ai persuadé Holger, Fabian, Ingo et H.-A. Ljung de financer une œuvre d'art grandiose.

"Ils n'avaient pas la moindre idée de ce pour quoi ils allaient payer. Quelques touffes de cheveux et un peu de poussière prélevée dans le portefeuille du violeur Fabian Modin. Un fil de la cravate bleue que le major Hans-Axel Ljung portait le jour où il a agressé Maman. Les ongles d'Ingmar Gustafson qui, une fois, l'avaient griffée, je les ai broyés dans un mortier. J'ai tout mélangé dans une couleur constituée du pigment séché de leur sang dilué dans l'huile de lin."

Je vais chercher le bocal, je dévisse le couvercle et lui fais sentir l'odeur de fer de la sombre pâte brune.

"Aujourd'hui, j'ai achevé le tableau avec le sang de Papa. Le groupe sanguin de Holger est O^+. Le symbole vient de l'allemand *Ohne Antigene*, ce qui signifie que les personnes de ce groupe n'ont pas d'antigènes et ne peuvent recevoir le sang des autres. Elles ne peuvent en donner qu'à elles-mêmes."

Jens secoue la tête, mais ne dit rien.

"J'ai essayé de peindre leurs visages de mémoire, car je voulais que ce portrait des personnes que je hais soit vrai, ce qu'il n'aurait pas été en partant d'une photographie."

Je sens que je n'ai plus la force. Les mots et les phrases surgis du passé me viennent malgré moi et je n'y vois plus clair. Je ne sais plus quelles pensées m'appartiennent et quelles autres sont déjà imprimées noir sur blanc et diffusées à des millions de personnes.

Je veux être unique, mais je ne suis pas unique.

Je veux être homosexuel, mais je ne suis pas homosexuel.

Je veux être le plus grand artiste du monde, mais je ne suis pas le plus grand artiste du monde.

Je veux être quelqu'un que je ne suis pas, mais je suis incapable d'agir autrement que comme moi-même.

Jens lève les yeux au ciel, tente de fixer son regard, je vois qu'il hallucine. Son trip est introverti et nombriliste, alors que le mien est réceptif et tourné vers l'extérieur. J'utilise les impressions que je reçois pour les faire miennes. Quand je saisis le révolver, il a l'air apathique.

Chaos et clarté. Si seulement je pouvais voir dans son cerveau.

La voix de Hunger au-dessus de nous. Si pleine de vie. Elle est la vie.

Je lui tends l'enveloppe bulle.

"Ouvre-la."

Il y plonge la main et finit par en tirer son permis de conduire.

Il ferme les yeux. Je comprends qu'il tente de contenir le trip, mais il a reçu une dose bien trop forte. Deux milligrammes de LSD, on ne plaisante pas avec ça.

Il ne va pas en mourir, mais il se fichera complètement de mourir ou non.

Il bouge les lèvres sans rien dire, comme un poisson échoué, et je vois qu'il forme le petit mot ridicule "pourquoi".

Il reste sept minutes sur la piste.

Øystein et moi sommes seuls à la maison tandis que Maman et Papa sont chez le Vieux pour parler sérieusement de ce qu'il faut faire. Ça doit prendre toute la soirée et nous devons rester à l'intérieur.

Nous mangeons nos casse-croûtes et buvons du chocolat chaud, puis nous sortons, Øystein et moi. Nous nous glissons dans le noir en jouant à être des espions russes qui se cachent de la police. Il se prend tellement au jeu qu'il se met à pleurer et je dois le consoler avant d'arriver à la maison paroissiale.

Les fenêtres sont allumées, plusieurs voitures sont garées devant et je reconnais la Volvo du père de Simon et la Volga déglinguée de Fabian Modin. Je dis à Øystein que j'en achèterai une pareille quand je serai plein aux as. Il y a aussi la voiture de fonction du major Ljung, avec sa plaque d'immatriculation bizarre, en chiffres d'or sur fond noir.

À l'arrière du bâtiment, il y a l'escalier du sous-sol, dont la porte est facile à ouvrir, pour peu qu'on connaisse le truc. Nous entrons sur la pointe des pieds, fermons la porte derrière nous et montons l'escalier vers la salle de culte.

C'est vide, mais nous entendons les voix des adultes.

"Quand Jésus a envoyé ses disciples annoncer l'avènement du royaume de Dieu, il leur a donné un pouvoir sur les âmes des autres, dit Fabian Modin. Et c'est un pouvoir dont nous devons nous servir."

Encore cinq minutes avant la fin du morceau.

Je réfléchis au but que nous avons poursuivi avec notre art, mon frère et moi.

Le bon art se suffit à lui-même et n'est pas facile à décrire.

Il s'agit de dire qui on est.

Me voici. Voici mon frère. Nous voici.

Voici ce qui nous a formés. Voici les racines de ce que nous sommes devenus.

Au milieu de la pièce, l'autel, qui n'est qu'une banale table Ikea couverte de velours, avec quelques chandeliers. Par terre, les fonts baptismaux creusés dans le calcaire rouge du Jämtland par un tailleur de pierre de Vitvattnet, que Papa a dédommagé avec quinze billets de mille tout neufs.

Nous entendons leurs voix à travers les fines cloisons et je distingue celles de Papa, Fabian et Ingo.

Le Vieux dit que Maman doit se brider pour qu'ils puissent l'aider à se libérer de Satan et à chasser ses démons. Quand j'entends qu'ils commencent à bouger, je prends Øystein par la main et lui dis qu'il ne faut pas faire de bruit si nous ne voulons pas recevoir une correction qui nous empêchera de nous asseoir pendant un mois. Je vois qu'il a compris et nous nous glissons sous l'autel.

VANJA
Zone industrielle de Västberga

Øystein la pousse sur la banquette arrière, ôte son blouson de cuir et le jette sur elle.

Il lui dit de rester couchée et de la fermer. Si elle n'obéit pas, il lui éclatera la tête.

Vanja ne sait pas si Øystein est armé mais, en voyant son regard fou, elle n'ose pas prendre de risque et reste plaquée sur le siège jusqu'à ce qu'il démarre la voiture.

Sa respiration violente réchauffe bientôt l'air sous le blouson, et la chaleur libère les odeurs corporelles d'Øystein emprisonnées dans la doublure rouge sombre.

Derrière les effluves de tabac, de crasse et d'angoisse de l'adulte, elle se remémore le rire contagieux du petit Øystein.

Tous ces rêves qu'elle a eus la nuit, dans son lit, chez Edith et Paul, étaient donc la réélaboration de souvenirs réels. Son sentiment d'incomplétude venait peut-être de ce manque, et c'est pour cela qu'elle s'est embourbée dans la dépression.

Øystein est la partie qui manquait au tout. Et c'est bien sûr pour ça qu'elle a aimé la musique de Hunger. Il lui a parlé directement, puisqu'il est une partie d'elle et que c'est elle qui parlait à travers lui.

Il l'a toujours haïe.

Et elle a peur de lui.

Ils sont devenus adultes.

MÉLANCOLIE NOIRE
Zone industrielle de Västberga

Je ne dis rien et peut-être Jens, quelque part, comprend malgré tout. Jens bien-aimé qui va bientôt mourir.

Je me rassois à table et dirige le révolver vers lui.

Il reste trois minutes de musique. Ça suffira pour ce que je veux dire malgré tout.

Ses yeux sont plus alertes. Il a réussi à trouver un instant de lucidité : sa résistance à la drogue m'impressionne.

“Ce n'est pas facile de tuer même un homme mauvais. Encore plus de tuer un ami ou celui qu'on aime.” J'arme le chien du révolver. C'est bientôt l'heure. La voix de Hunger s'est tue. Le reste du morceau est instrumental, une minute et demie et ce sera fini.

Fini pour toujours.

Ils entrent dans la pièce, tous sauf Papa.

Quand ils ont allumé les bougies et éteint les lampes du plafond, je risque un œil par une fente du velours et je vois qu'ils se déshabillent.

Le major Ljung se place devant les fonts baptismaux, fait trois signes de croix à la surface puis au fond de l'eau avant de souffler dessus “pour insuffler l'Esprit saint.”

Les jambes nues de Maman s'approchent et elle grimpe sur la table, transformée par le velours en symbole religieux.

Je tiens Øystein contre moi. Il fait chaud et j'ai du mal à respirer en voyant les jambes d'Ingo, au bout de la table.

"Sors de ce corps, âme impure", dit-il avec un mouvement qui fait trembler la table. Maman pousse un soupir, puis c'est au tour des chevilles pâles et velues de Fabian de faire un mouvement semblable tandis qu'il prie.

Jens déglutit. Sa pomme d'Adam monte et descend : il rassemble sa salive pour dire quelque chose. La drogue peut parfois dessécher la bouche.

Je lui tends un verre d'eau, qu'il boit.

"C'est à Berlin que nous avons eu l'idée de peindre avec du sang. Au début, nous avons utilisé le nôtre, puis, comme ça ne suffisait pas, nous avons commencé des expérimentations avec des animaux."

Je vois qu'il veut me frapper à mains nues.

Qu'il me hait.

C'est bientôt l'heure.

Encore une minute.

VANJA
Södertäljevägen

La voiture s'ébranle. Elle suppose qu'ils se sont engagés sur Södertäljevägen.

Elle entend les sirènes de la police se rapprocher. Øystein ralentit, elle envisage d'ouvrir la portière et de se jeter sur la chaussée.

Mais elle n'a pas le temps. La police passe, et Øystein accélère.

Il tourne soudain à droite, puis à gauche et encore à droite. Vanja ne sait plus où ils sont. Elle ferme les yeux.

Et la voiture finit par s'arrêter, Øystein coupe le moteur et tout redevient silencieux.

Puis il ouvre la portière arrière et arrache son blouson de cuir. Il grimace en se tenant le ventre et, un instant, il semble sur le point de vomir. Il s'appuie à la portière et respire profondément quelques secondes avant d'enfiler son blouson. Il est blême quand il la regarde.

Vanja reste couchée. N'ose pas bouger. Tout est noir dehors et un vent glacé pénètre dans l'habitacle. Elle entend le bruit de la circulation, au loin et comme au-dessus d'eux : elle a l'impression qu'ils sont au fond d'un trou et qu'il y a de l'eau à proximité.

Il lui tend le walkman et les écouteurs.

Le son strident d'une alarme.

Au-dessus d'eux, les voitures ralentissent, s'arrêtent, coupent leurs moteurs.

Elle comprend alors ce qui va se passer. Et où elle est. C'est ici qu'Øystein a enregistré le bruit sur sa cassette.

Un frère et une sœur se regardent une dernière fois.

"Comment peux-tu savoir quand…

— Je connais les horaires, dit-il. Le bateau va bientôt arriver."

MÉLANCOLIE NOIRE
Zone industrielle de Västberga

Le rite dure des heures et Øystein finit par s'endormir, la tête sur mes genoux. J'entends les prières de Papa dans la pièce voisine. Il lit à voix haute l'Évangile selon saint Marc, chapitre v, du deuxième au dix-septième verset, en boucle.

"Et sans cesse, nuit et jour, il était dans les tombes et dans les montagnes, poussant des cris et se tailladant avec des pierres..."

Quand nous nous retrouvons seuls dans le noir, je réveille Øystein et nous sortons de notre cachette.

La pleine lune répand par la fenêtre une lueur froide sur la salle de culte et je vois que la nappe d'autel est tachée de sang. En passant la main dessus, je trouve des cheveux et un ongle cassé.

Je demande à Jens de se lever. Il m'obéit, mais très lentement.

Bientôt, il est debout près de la table. Il s'agrippe à un bras du fauteuil, ses phalanges blanchissent.

Il desserre un peu la main et je lève le révolver.

"Le bourreau demande toujours pardon au condamné avant l'exécution. Aie pitié, Jens."

Quand le coup part, je vois quelque chose de nouveau dans ses yeux.

Je crois que c'est du soulagement.

IVO
Zone industrielle de Västberga

Åhlund se gare près du hall d'escalade et ils sortent rapidement de voiture.

Les trois voitures des renforts s'arrêtent à côté, sirènes hurlantes.

"Toi, tu restes ici", dit Jeanette Kihlberg en le regardant sévèrement.

Ivo obtempère et voit Kihlberg et Åhlund disparaître dans la neige tourbillonnante, en direction du bâtiment de briques.

Une autre voiture entre en trombe sur le parking. C'est Schwarz : il a dû, lui aussi, entendre l'appel de Jeanette demandant des renforts.

Schwarz court rejoindre les autres. Ivo a un mauvais pressentiment au ventre. Un coup de feu lui donne raison. Lointain, assourdi par les murs et le hurlement du vent.

Trois ombres dans la neige longent le bâtiment. La première – il pense que c'est Schwarz – se met soudain à courir.

"Non !"

Rien n'est pire que l'impuissance de l'observateur et, un instant, le légiste envisage de s'asseoir sur l'ordre de rester en retrait et de les rattraper en courant.

C'est alors que retentit un second coup de feu.

HURTIG
Zone industrielle de Västberga

La première balle le touche au bras et le choc lui fait perdre l'équilibre. Il se rattrape au fauteuil et sent le tissu doux et chaud sous sa main.

Doux comme les plages presque blanches du lac Miertekjaure, l'été, quand il était petit et réchauffait un paquet de boulettes de viande congelées dans le sable fin brûlant et lisse.

Chaud comme le lac, qui est le plus agréable début août.

Il l'a fait, pense Hurtig.

L'absence de douleur l'étonne. C'est juste comme avoir reçu un grand coup dans le bras.

Dans les haut-parleurs tonne la musique de Hunger. Un bruit d'usine métallurgique.

La deuxième balle le touche à la cuisse et Hurtig tombe à genoux. Ses muscles ne fonctionnent plus, il s'appuie par terre de son bras indemne.

Il a déjà été dans cette position.

À genoux dans les starting-blocks, quelques secondes avant le départ de la finale du quatre cents mètres. Le trac au ventre. Maman, Papa et la frangine dans les gradins. Le soleil cuit.

Hurtig essaie de fixer son regard, mais Isaak bouge trop vite et par à-coups. Sort de son champ visuel. Se déplace quelque part à sa périphérie.

Il a peur de faire un faux départ et s'élance en retard après le coup de feu. Voit le dos des autres devant lui. Sent l'acide lactique tirer dans ses cuisses après seulement vingt mètres.

Il lui reste une éternité.

Isaak se place devant lui, mais Hurtig n'a pas la force de lever le regard vers lui.

Sa tête est beaucoup trop lourde. Comme de la pierre ou du plomb. Mais ses idées sont claires.

Cent mètres et toujours loin derrière les autres. Mais il sait que c'est sur le dernier tiers qu'il est le meilleur. Là, on voit qui est le plus fort. Qui résiste le mieux à l'acide lactique.

La troisième balle touche Hurtig au bras sur lequel il s'appuie, et il tombe sur le côté.

La musique de Hunger s'arrête net, comme si quelqu'un avait coupé le courant.

Isaak est à présent au-dessus de lui. Ses yeux sont bleu marine. Ils brillent comme des lampes et leurs pupilles sont des trous noirs ouverts sur l'infini.

En route vers les ténèbres, la foi lui manque et il comprend qu'il a eu tort.

Toute sa vie, il a eu tort. L'athéisme n'offre pas d'après. Aucune consolation.

On ne reverra jamais une sœur qui est morte.

Il est couché sur le flanc et devant lui s'étend le sol nu.

La quatrième balle le touche à la poitrine.

Le sprint final. Il regagne le terrain. Double les autres et c'est lui qui franchit la ligne d'arrivée.

D'autres coups de feu, mais aucun ne l'atteint. Une balle touche le sol juste à côté de lui. Explosion de pierre et de poussière, il sent les éclats contre ses joues.

Trois personnes se précipitent vers lui. Il vomit et son corps se tord en convulsions.

Il est étendu sur une piste de course goudronnée. Le soleil lui cuit le visage et, tandis qu'il se redresse péniblement, il les voit accourir.

D'abord sa sœur qui se précipite vers lui.

Elle prend sa main. Il la regarde.

Elle a sept ans, elle est fière de son frère.

IVO
Liljeholmen

Le visage de Jens Hurtig est blanc comme la craie quand on charge la civière dans l'ambulance.

Sa respiration est un râle et une mousse rosâtre lui coule de la bouche. Il est atteint de plusieurs balles : on redoute que son cœur ne lâche.

Un des secouristes fixe un cathéter dans son bras et lui transfuse du sang, tandis que l'autre prépare une défibrillation. Jeanette Kihlberg est debout près de la civière et Ivo Andrić voit qu'elle pleure de désespoir.

"Vous vous occupez de ça ?" dit le chauffeur de l'ambulance en lui tendant la veste sanglante d'Isaak Swärd.

Le peintre Isaak Swärd s'est tiré une balle dans la tête et gît inconscient sur une autre civière, dans une autre ambulance. Ivo espère qu'il survivra, pour la seule raison que, sans cela, on ne saura jamais pourquoi.

Ivo s'assied sur le siège passager de la voiture d'Åhlund, tandis que Schwarz démarre la sienne.

Les ambulances actionnent leurs sirènes et les suivent à grande vitesse à travers la zone industrielle déserte.

Tout ça rappelle à Ivo Andrić son passé. Des ambulances en route vers un petit village, au sud de la Bosnie. Des bombes tombent sur de petites maisons sans aucune valeur, explosent dans des champs qui ont cessé de porter des récoltes et tuent des enfants qui n'ont pas encore commencé à vivre. Ivo dans une ambulance, avec une femme blessée par balle. Le sang coule à flots d'un trou dangereusement proche de l'artère du cou, on ne peut pas la sauver.

Soudain une sonnerie téléphonique retentit. Il entend qu'elle provient de la veste qu'il a posée sur la banquette arrière. Il hésite d'abord à répondre mais, après quatre sonneries, il tend la main pour décrocher.

"Allô ?"

La femme qui parle à l'autre bout du fil se présente comme Aiman Chernikova, amie d'Isaak, et déclare détenir une information importante concernant la jeune fille portée disparue, Vanja Hjorth. Ivo Andrić sait très bien de qui elle veut parler. Sa disparition a fait les gros titres ces derniers jours.

"Pourquoi Isaak ne répond-il pas ?" demande la femme.

Ivo l'informe de la situation, de ce qu'Isaak Swärd a fait et de ce dont on le soupçonne.

La femme se tait, puis dit qu'elle le croit et qu'elle commence à se souvenir.

"Vous devez retrouver Vanja. Je crois qu'elle est sous le pont de Liljeholm."

La femme raccroche. Ivo ne sait pas quoi en penser.

Mais il comprend qu'il doit sur-le-champ prévenir Jeanette.

À travers la tempête de neige, par le pare-brise, il voit les ambulances rouler vers le pont de Liljeholm. Hurtig et Jeanette dans la première, Isaak Swärd dans la seconde.

Åhlund ralentit en voyant les signaux lumineux qui annoncent l'ouverture du pont.

"Jebiga!" jure Ivo tandis que les barrières s'abaissent.

Dans la baie d'Årstaviken, un gros bateau se dirige vers le nord, engagé dans le canal entre Södermalm et

Liljeholm. Les feux de position du mât brillent à travers le mur de neige compact.

Dans la foulée du coup de téléphone d'Ivo qui l'informe de l'appel d'Aiman Chernikova, Jeanette peste contre celui qui a négligé de prévenir le centre de coordination du trafic maritime pour demander la suspension de l'ouverture du pont en attendant le passage des ambulances.

Une négligence qui pourrait coûter la vie à Jens Hurtig.

Le pont commence lentement à se lever mais, après quelques secondes, la machinerie s'arrête. Le gardien du pont a vu les ambulances approcher, et il interrompt l'ouverture. Les voitures s'écartent pour laisser passer les véhicules d'urgence.

Au téléphone, Jeanette ordonne à Åhlund de descendre immédiatement sous le pont. Il écrase l'accélérateur et tourne à droite en montant sur les dalles du bas-côté.

Par la vitre arrière, Ivo voit que Schwarz les suit.

Il a aussi le temps d'apercevoir les deux ambulances parvenues sur l'autre rive, côté Hornstull, et les barrières qui s'abaissent à nouveau.

Trente secondes plus tard, quand les deux voitures déboulent sur le terre-plein de graviers sous le pont, un spectacle étrange les attend.

Au bord du quai, une fille, les mains attachées dans le dos.

Elle a une corde autour du cou. Étendu à côté d'elle, un jeune homme maigre vomit violemment.

La corde est accrochée au manteau du pont à présent à moitié levé. Ivo comprend que la jeune fille va bientôt être emportée et pendue au-dessus de l'eau noire et glacée du canal.

La corde commence à se tendre.

Décimètre par décimètre, tandis qu'Åhlund se jette hors de la voiture, suivi de près par Schwarz.

Puis mètre par mètre. Ivo suit leur exemple.

Un fracas sourd retentit du pont au-dessus de leurs têtes, choc du béton contre le béton, suivi du claquement cinglant de la corde qui se tend.

Schwarz arrive le premier.

Juste avant que la corde ne soit projetée en l'air avec une force inouïe, au cœur de la tempête de neige, il parvient à ôter le nœud coulant. La fille pousse un cri étouffé avant de s'effondrer dans ses bras.

Une seconde, pense Ivo.

Il s'en est fallu d'une seconde que sa tête ne soit arrachée.

Schwarz évacue la jeune fille vers sa voiture, tandis qu'Ivo rejoint Åhlund, accroupi près du garçon qui vomit.

Il a de l'écume autour de la bouche, se tient le ventre, et quelques gouttes de sang lui coulent du nez.

De loin, le légiste comprend qu'il s'agit d'un empoisonnement.

Øystein Sandström va mourir.

PHASE IV :
NOUVELLE ORIENTATION

"I never would have started if I'd
known that it'd end this way.
But funny things, I'm not at all sad
that it stopped this way."

VA MOURIR
Narvik, quatre ans plus tôt…

Le chagrin est parfois aussi incurable que la mort, et frappe seulement celui qui ose vivre.

Et seul celui qui se met à nu pour s'ouvrir aux autres peut ressentir un chagrin vraiment profond.

Dans le cas d'Øystein Sandström, le chagrin se nomme Toril Hegeland, un joli mélange de physique et de théorie, d'idiotie et d'intelligence, de sexe et de conversation. Il l'aimait, mais depuis qu'il a appris sa mort, il la hait.

Le chagrin réunit le manque, la haine et l'amour en une seule bouffée d'une haleine fétide.

Le terminal de la compagnie minière sur le port a produit un nuage de poussière qui flotte comme un brouillard gris sur la vallée. Les granulats qui piquent la gorge accompagnent le chagrin. Comme si on avait fait éclater en l'air un sac d'aspirateur, pense-t-il en ouvrant la porte.

Le quartier où habite Øystein est surnommé Harakiri. Des logements étudiants alignés au fond d'un ravin toute l'année dans l'ombre. Même le soleil d'été n'arrive pas à franchir les crêtes des montagnes.

Et pourtant c'est Toril qui s'est suicidée, pas lui. Elle qui habitait chez ses parents, dans une grande villa plein sud, dans les beaux quartiers de Narvik. Lui qui vit dans le couloir d'une résidence d'étudiants, dans une zone au taux de suicide le plus élevé de Norvège et qui n'a même pas de vrais parents.

Lui qui n'a qu'Isaak.

Il monte s'enfermer dans sa chambre. Allume son ordinateur, branche ses écouteurs et ouvre une playlist nommée Hunger avant de se glisser dans le lit. Fracas sombre et métallique. Il ferme les yeux. Écoute ses premiers essais maladroits de création musicale.

Imagine son visage. L'expression de son visage la toute première fois qu'elle a écouté sa musique.

Elle a foncé droit sur une paroi rocheuse. Il sait que ce n'était pas un accident.

La batterie cesse net et un piano calme se met à jouer si faux qu'on en a mal aux oreilles.

La musique lui donne envie de crier. Il voudrait lui échapper en se cachant, mais il ne peut s'empêcher d'écouter.

Toril aimait la musique. Elle ne la détestait pas comme il lui arrive de le faire. À présent, il la déteste.

Ça lui donne la même impression que d'être forcé de manger quelque chose dont on a horreur, d'avoir la bouche pleine de boulettes de poisson.

Au bout d'une demi-minute c'est fini, la batterie est de retour. Des guitares au son de machine à coudre et la voix de Hunger. Sa propre voix.

Il se hait lui-même et Dieu le hait. Chacun pour soi et Dieu contre tous.

La haine authentique se fonde sur la haine de soi. La haine de Toril était de cette étoffe.

Øystein Sandström sent que son visage est bouffi de larmes, mais il ne sait pas s'il pleure parce qu'il la hait, qu'il l'aime ou qu'elle lui manque. Il n'a pas de mots pour décrire ça.

Elle savait tant de choses, grandes et petites, alors que lui ne sait rien.

Elle savait qu'une étoile de mer se nourrit en sortant son estomac à l'extérieur de sa bouche, que le nom le plus répandu au monde est Mohammed, que toutes les montres dans *Pulp Fiction* indiquent quatre heures vingt et que la plupart des gens mangent en moyenne huit araignées et demie au cours de leur vie, pendant leur sommeil. Elle savait que le café soluble sent le pipi de chat, mais juste au moment où l'on verse l'eau sur la poudre.

Elle le faisait rire.

Une fois qu'il était venu chez elle, il l'avait trouvée dans la salle de bains avec le bonnet de douche de sa mère sur la tête et une brosse à dents électrique dans la bouche. À part un tee-shirt moulant où Kurt Cobain proclamait I HATE MYSELF AND I WANT TO DIE, elle était nue.

Øystein l'a aimée et elle l'a aimé aussi.

AIMAN
Nynäsvägen

Les banlieues sud de Stockholm défilent en nuances de gris à la fenêtre du taxi, et Aiman Chernikova appuie sa tête contre la vitre fraîche.

Dans la poche de son manteau elle a un cadeau pour Jens Hurtig, et porte le même anneau noir à son majeur droit.

L'ancienne vie est finie, songe-t-elle. Une nouvelle commence.

Elle est maman d'un petit garçon toujours en couveuse. Mais il survivra.

Ces dernières semaines, Vanja et elle ont longtemps parlé de tout ce qui s'est passé.

Vanja a raconté, et Aiman écouté. Tant d'instants de confiance qui les ont vues rire et pleurer ensemble.

Souvent aussi, elles sont restées ensemble à partager en silence la solitude qui est la douleur de tout être sensible. À partager le manque de ceux qui ne sont plus.

Des heures de travail silencieux au Lys, et Vanja a rendu heureux un vieil homme en lui restituant un agenda perdu contenant des observations sur le temps qu'il fait et la circulation des poids lourds, à présent solidement relié plein cuir avec de beaux motifs dorés à la feuille.

Aiman lui a tout dit de son frère et de la plus petite poupée, au cœur de la matriochka.

Le bébé.

Seule Vanja sait ce qui est arrivé à Dima.

AIMAN
Stockholm, quatre ans plus tôt…

Aiman Chernikova sait que ses parents sont morts depuis longtemps, assassinés par le dernier shah d'Iran. Elle vit aussi dans la croyance que son frère Dima est mort victime de la guerre contre l'Irak.

Et c'est en raison de cette certitude cruciale d'être seule au monde que son existence bascule ce soir-là au retour du travail, tandis qu'elle s'engage dans la pénombre de la coursive.

Les yeux qu'elle croise appartiennent à son enfance et, depuis la dernière fois qu'elle les a vus, elle a respiré deux cent quatre-vingt-cinq millions de fois.

“Dima, s'écrie-t-elle en se jetant à son cou. Tu es vivant…”

Voilà plus de trente ans, ils étaient tous les deux derrière un étal, sur un marché de Téhéran, où ils vendaient ses nappes et maniques kazakhes brodées avec le motif du clan familial, rouge, noir et vert.

Dima.

Disparu le temps que son cœur batte cinq cent quatre-vingt-huit millions de fois.

Elle le serre contre elle, caresse ses cheveux et sent ses larmes sur son cou.

Elle l'écarte doucement et alors seulement voit qu'il

est très malade. Ses joues sont creuses, la peau de son visage pend, grise et lâche.

On entend de la musique très fort chez les voisins : les deux garçons vêtus de noir qui ont récemment emménagé font encore une fois la fête. Elle a songé aller frapper à leur porte pour leur souhaiter la bienvenue. Elle ne les croit pas aussi méchants qu'ils en ont l'air, mais elle mettra quatre ans à parler à l'un d'eux.

Elle prend Dima sous son bras et le fait entrer chez elle. Il boite beaucoup et son corps tremble d'effort à chaque pas.

Ils vont à la cuisine où elle lui fait chauffer du thé.

"Tu es malade", dit-elle.

Quelques larmes s'accrochent encore dans ses poils de barbe. Elle lui tend un mouchoir en papier.

Elle reconnaît son geste quand il souffle sur son thé avant d'en boire du bout des lèvres, mais ses yeux ne sont plus les mêmes.

Ce sont deux trous vides fixés sur l'éternité.

"Leucémie, répond-il. Ça vient de la mer d'Aral."

Ils parlent longuement et Aiman trouve des réponses aux questions qui l'ont habitée toutes ces années. Le voyage de Dima a été encore plus accidenté que le sien, à travers toute l'Europe, pour finalement aboutir à Södertälje. Il était alors déjà malade. Il lui raconte aussi comment il l'a retrouvée. Une connaissance l'a vue à la bibliothèque municipale. Cet ami a reconnu le motif du clan familial sur son hijab, après quoi ne restait plus qu'à utiliser Internet.

Elle hoche la tête et, quand elle l'interroge sur son cancer, il baisse les yeux et ses mâchoires serrées tendent la peau de ses joues.

"Je traîne la mort avec moi depuis que je suis petit." Aiman reconnaît l'expression de leur père.

“Comme une carriole lestée de pierres, continue-t-il. Parfois quelques-unes en sont tombées et la carriole a été plus légère, mais elle n’arrête pas de se remplir. Elle est à présent si lourde qu’elle va bientôt se renverser sur moi, et alors il ne restera plus que toi.”

Il boit une gorgée de thé et la regarde. “Tu as des enfants ?” demande-t-il.

Aiman secoue la tête. “Non. Je vis seule, mais j’ai l’intention d’adopter un chat.”

Dima la regarde d’un air soucieux et lui explique qu’en tant qu’unique fils il considère comme son devoir de veiller à ce que la lignée ne s’éteigne pas.

“Voilà pourquoi je t’ai trouvé un mari convenable. Il est kazakh lui aussi.

— Dima… Tu ne comprends pas.”

Il secoue la tête en la faisant taire d’un geste de la main. Une chevalière en or scintille, elle la reconnaît. Un bijou de famille dont héritent les hommes de la lignée.

“Ce n’est pas pour toi, dit-il alors. C’est par gratitude pour Père et Mère. L’homme que tu vas épouser vit à Södertälje et je veux t’y emmener ce soir.”

Elle se raidit. “C’est impossible.”

Il ne répond pas, mais les muscles de ses mâchoires gonflent et il se lève en prenant appui sur la table.

Elle n’a pas le temps de réagir avant le coup.

Le revers de sa main la touche au visage : il n’a pas seulement cogné fort, il l’a aussi salement amochée. Sa chevalière. Elle sent la chaleur irradier son œil.

Elle est assise dans sa voiture, sur le siège passager. Elle ne saigne plus, mais dès qu’elle ouvre l’œil, les lampes jaunes de l’autoroute piquent comme des aiguilles.

Il ralentit. Il dit qu'il a besoin de pisser et prend la sortie Salem, Rönninge. Il se gare bientôt sur le parking de l'église de Salem. Derrière un mur, le cimetière.

Il coupe le moteur mais laisse les phares allumés. Boite jusqu'à un buisson, se retourne dans la lumière et la regarde de ses yeux vides avant d'ouvrir sa braguette.

Son œil l'élance. Aiman Chernikova ne réfléchit pas. Elle agit.

Elle se jette au volant, tourne la clé de contact et écrase l'accélérateur.

C'est lui qui se jette sur la voiture, pas elle qui lui roule dessus.

Son corps passe sous les deux roues gauches, elle dérape et pile.

Embraie la marche arrière.

Cette fois, c'est le côté droit de la voiture qui se soulève et le châssis heurte le sol après le second rebond. Quand elle s'arrête, Dima gît immobile devant elle.

VANJA
Knivsöder

La neige tombe en silence entre le Lys et Knivsöder.

Un bouvreuil picore distraitement la boule de suif qu'Edith a pendue devant la fenêtre de la cuisine. Vanja vient de terminer son petit-déjeuner.

Elle pense à sa famille biologique. Qui n'a jamais été sa vraie famille.

Sa mère, Marit, morte voilà six mois, l'a fait adopter bébé pour la protéger d'Øystein.

Øystein est mort après avoir ingurgité un cocktail assaisonné de poison.

Isaak et son père Holger sont morts.

Partie à sa recherche, Edith est allée frapper à la porte de Holger. Mais il n'a pas ouvert.

Ça devait être à peu près au moment où Isaak lui a fendu le crâne à la hache.

Sa famille biologique est aussi anéantie que celle d'Aiman. C'est une chance qu'elles se connaissent. Aiman a promis d'aider Vanja à en savoir plus sur qui était Marit.

Si elle a encore de la famille en Norvège, elle voudra les rencontrer.

Paul entre dans la cuisine. Se verse une tasse de café, la regarde et lui dit qu'il la trouve jolie.

Ils restent un moment assis sans rien dire. "Pardon", finit-il par lâcher.

Elle lui sourit, sans un mot.

Pense au jour qui a suivi les événements du pont de Liljeholm. Elle est rentrée de l'hôpital avec une minerve. De la porte du séjour, elle a observé Paul en train de vider méthodiquement le bar. Des allers-retours entre le séjour et l'évier de la cuisine. Les bras chaque fois chargés de bouteilles.

Il n'a plus rebu depuis. En revanche, il a achevé sa série d'articles, et elle l'y a aidé. Elle en est fière.

"Comment va ta nuque ? demande-t-il.

— Presque remise", répond-elle en appuyant un peu sur le côté de son cou. La blessure provoquée par la corde s'est cicatrisée. Il s'en est fallu de peu.

Elle s'en est tirée.

Elle regarde à nouveau par la fenêtre. Le bouvreuil s'est envolé et la neige tombe un peu moins dru. Elle aperçoit presque l'endroit où elle a failli mourir.

IVO
Cimetière Skogskyrkogården

Le solstice d'hiver est un jour de grand froid et la neige nouvelle, sèche et poudreuse, scintille et luit à la surface gelée du lac Magelungen, sous les pâles rayons du soleil.

Ivo Andrić regarde le thermomètre avant de descendre de voiture. Moins vingt-trois. Le jour le plus froid de l'année jusqu'à présent, d'une agressivité digne du Norrland. Tandis qu'il gratte le givre de son pare-brise, son nez le brûle et il perd immédiatement la sensibilité de ses joues.

Il embrasse le lac du regard. Quelques courageux patineurs bravent le froid et filent vers les bâtiments gris de trois étages, le long de Farsta Strand. Ils ignorent complètement sa présence, et il sait que leurs vies se déroulent indépendamment de la sienne. Ils ont leurs soucis, il a les siens.

Il démarre sa voiture et met le chauffage, avant de sortir à reculons du parking et de prendre doucement la direction du centre-ville. Depuis la première tempête de neige, un mois plus tôt, il a encore neigé et, certains jours, on risquait sa vie à s'aventurer sur les routes non dégagées.

En entrant sur la nationale, il se souvient pourquoi il a déménagé ici.

Dans un rayon de quelques kilomètres, c'est une Suède en raccourci : rochers couverts de forêts, rivières et lacs, champs et prés. Il vit ici depuis bientôt deux ans et se plaît dans cette désolation.

À gauche, le club de golf d'Ågesta. Sur un des greens tout blancs, il voit une troupe de chevreuils.

Ivo Andrić dépasse Larsboda et s'engage sur Nynäsvägen. Passe Farsta, Hökarängen et Sköndal. Il essaie de penser à autre chose et allume la radio.

Tandis qu'il écoute le sinistre décompte des victimes de la route à Noël, il regarde le parc arboré sur sa droite.

Des arbres sombres alourdis par la neige, le long des promenades rectilignes. Un groupe de cantonniers sable les allées.

Le paysage s'ouvre alors sur un champ parsemé de collines blanches.

De petits bosquets contre le ciel pâle et une croix polie en pierre noire.

Ivo Andrić est assis sur un des bancs de gauche.

La chapelle de la Sainte-Croix, au cimetière Skogskyrkogården, est bondée, avec une dominante de chemises blanches et de casquettes bleues de la police.

Après la cérémonie, les cendres de Jens Hurtig seront transportées à Kvikkjokk pour être dispersées dans le lac Miertekjaure.

Il remarque que Hurtig n'avait pas beaucoup d'amis hors de la police. Au premier rang, la famille. Douze têtes courbées, dont celles de ses parents.

Désormais sans enfants.

Ivo sait ce qu'on ressent. Il a perdu ses deux enfants pendant la guerre de Bosnie. C'est alors qu'il a cessé de croire en Dieu.

Personne ne dit rien, rien qu'un brouhaha de pleurs silencieux interrompu par l'écho étouffé des pas sur les dalles.

Quand l'orgue attaque, il se met lui aussi à pleurer.

Ivo Andrić reconnaît aussitôt la musique de Jan Johansson. *La Chanson d'Utanmyra*.

On ne fait pas plus suédois.

Le cercueil est porté par six policiers en uniforme. En tête Dennis Billing et Jeanette Kihlberg. Elle a les yeux brillants et rougis. Derrière elle marchent Schwarz et Åhlund, tous deux en larmes.

Le long des bancs, la haie d'honneur, avec le drapeau suédois, celui de l'ONU et l'étendard de la police. Dans la matinée, le cercueil a été escorté par les motocyclistes de Sollentuna, la première affectation de Jens Hurtig.

La cérémonie est civile. Ivo trouve l'enterrement sans confession plus personnel.

On n'invoque aucun dieu. Le défunt est placé au centre. L'enterrement d'un athée est plus nu, plus dépouillé, et infiniment plus triste.

Il pense à Jens Hurtig. L'officiant a beau parler de son enfance, de ses goûts et de sa personnalité, Ivo ne l'a jamais rencontré que dans des circonstances liées à la mort.

Difficile de faire la connaissance de quelqu'un sur ces bases-là.

Il regarde à présent Jeanette Kihlberg, assise quelques rangs devant lui, en se demandant à quel point elle connaissait son plus proche collègue. Autant qu'il le sache, ils ne se fréquentaient pas en privé, mais il est certain qu'elle tenait beaucoup à lui.

À sa droite, Aiman Chernikova, en voile blanc.

Une connaissance d'Isaak Swärd. Lui aussi est mort. Dans l'ambulance, au moment même où son frère succombait au poison.

Folie à deux, pense Ivo Andrić.

Sur le même banc est assise Vanja. La fille qui, dans la même journée, a perdu son père biologique et ses deux frères. De part et d'autre, ses parents adoptifs, Edith et Paul.

Le silence se fait dans l'église quand l'officiant annonce qu'un collègue de Jens Hurtig va interpréter une chanson connue.

L'assistant Schwarz se lève de son banc et, le visage gris, se place face à l'allée centrale. Il empoigne un accordéon, respire à fond et commence à jouer.

Boeves Psalm de Lars Hollmer. En mode mineur, les notes fragiles du robuste policier les plongent un moment dans la plus profonde tristesse.

Tu aimeras ton prochain comme toi-même.
Lévitique, XIX, 18.

Merci à : Justin Bieber.

Les chansons de l'album de Lou Reed *Berlin* (RCA, 1973), sont citées aux pages suivantes :
p. 7 : *Caroline Says II* © Chappell SA
p. 177 : *Oh Jim* © Chappell SA
p. 366, 405 : *The Bed* © Chappell SA
p. 275, 362-363 : *The Kids* © Chappell SA

La chanson *Shoreline* (texte de Henrik Berggren) de l'album de Broder Daniel *Cruel Town* (Dolores, 2003) est citée p. 224-227.

Des extraits de l'ouvrage *Angoisse* de Pär Lagerkvist (trad. Karl Poulsen), Atelier La Feugraie, 1996, sont cités p. 60 et 70.

OUVRAGE RÉALISÉ
PAR L'ATELIER GRAPHIQUE ACTES SUD
ACHEVÉ D'IMPRIMER
SUR ROTO-PAGE
EN SEPTEMBRE 2015
PAR L'IMPRIMERIE FLOCH
À MAYENNE
POUR LE COMPTE DES ÉDITIONS
ACTES SUD
LE MÉJAN
PLACE NINA-BERBEROVA
13200 ARLES

DÉPÔT LÉGAL
1re ÉDITION : OCTOBRE 2015

N° impr. : 88844
(Imprimé en France)